**»NÖ, DU STÖRST NICHT,
ICH BIN GERADE IN DER BAHN!«**

CHRISTOF DÖRR

»NÖ, DU STÖRST NICHT, ICH BIN GERADE IN DER BAHN!«

Die tägliche Talkshow auf Schienen:
Eine Hommage an alle Liebesleben-Besprecher,
Unterwegs-Skyper und Auf-Lautsprecher-Steller

SCHWARZKOPF & SCHWARZKOPF

»Vox populi – vox dei« –
»Volkes Stimme (ist) Gottes Stimme«
PETRUS VON BLOIS

»Vox populi – vox Rindvieh«
ELARD VON OLDENBURG-JANUSCHAU

»Alles, was man tun kann, ist,
etwas für sich zu tun, es zu lieben und zu hoffen,
dass es die anderen auch lieben werden!«
RIVER PHOENIX

INHALT

Vorwort

STEUERWAGEN

Tack, tack! Tack, tack! Tack, tack! Das ist seit nunmehr über einem Jahr mein morgendlicher und abendlicher Begleiter: das monotone Geräusch einer fahrenden S-Bahn.

Überall in Deutschland ist es gleich: Tack, tack! Tack, tack! Tack, tack! Und worüber die Menschen in der S-Bahn sprechen, das bewegt Deutschland wirklich. S-Bahn-Dialoge spiegeln wieder, was die Menschen beschäftigt, was sie sich wünschen und erträumen. Man hat zeitweise den Eindruck, dass die S-Bahn eine Insel ist, auf beziehungsweise in der man von der perfekten Welt träumen kann – bis sich die Schiebetüren mit lautstarkem Piepen öffnen und der Menschenstrom in die Realität entlassen wird.

Tack, tack! Tack, tack! Tack, tack!

Meine S-Bahn! Ich fahre an jedem Werktag morgens einmal quer durch München zur Arbeit und abends einmal quer durch München zurück. Dauer je Fahrt: eine Stunde! Der Grund für diese Tortur ist der Klassiker: meine Babys Matilda und Carlotta, die tollsten Zwillinge der Welt. Ich gehöre nun also zu den Millionen Pendlern in Deutschland, die aufs Land gezogen sind, um in einem kleinen Haus mit Garten zu wohnen – und deren Hauptverbindung zur Arbeit die öffentlichen Verkehrsmittel sind. Bei mir ist es eben die S-Bahn.

Tack, tack! Tack, tack! Tack, tack!

Was anfänglich für mich eher nach einem Horrorszenario klang, stellte sich schnell als extrem unterhaltsam heraus. Nicht nur die skurrilen Typen, die ich während meiner Fahrt beobachte, sind eine große tägliche Freude.

Da ist zum Beispiel der Mann, der immer in Wagen 28 sitzt. Er sieht aus wie Heinz Erhardt: vier Haare, meist fettig, über den Kopf gekämmt, eine abgewetzte Aktentasche, geflickte Schuhe, gut 50 Kilo Übergewicht – Willi Winzig in Reinkultur. Aber »noch 'n Gedicht« möchte man von ihm nun wirklich nicht hören. Außerdem riecht er ziemlich unangenehm nach Schweiß, was dazu führt, dass der Sitzplatz neben ihm meist frei ist. Oder er ist der letzte, der bei großem Andrang in der Bahn noch besetzt wird.

Tack, tack! Tack, tack! Tack, tack!

Die Bahn ist für mich auch der ultimative Schmelztiegel der Kulturen. Da steigt am Hauptbahnhof ein wild gestikulierender Italiener ein, der sich neben den irritiert dreinschauenden Willi Winzig setzt. Am Hirschgarten gesellt sich ein Inder dazu und spätestens, wenn in Pasing ein Afroamerikaner mit seinen Goldkettchen einsteigt, ist das Melting-Pot-Gefühl perfekt.

Tack, tack! Tack, tack! Tack, tack!

Seit ich S-Bahn fahre, habe ich schon miterlebt, wie sich ein Mann von seiner Freundin lautstark getrennt hat. Ich habe einem Mädchen zugehört, das seiner Mutter am Telefon seine Verzweiflung über die viel zu große und unpersönliche Stadt München klagte, am Ende aber versicherte: »Nein, nein, Mutti, du brauchst keine Angst zu haben. Ich tue mir nichts an!«

Dann war da der Afroamerikaner, der lustvoll und laut schmatzend ein halbes Hendl mit den Fingern aß – breit und glücklich grinsend. Irgendwann läutete das Handy in seiner Brusttasche. Er begann, hektisch seine Taschen abzusuchen, bis ihm bewusst wurde: Ich habe keine Serviette mitgenommen, was zu vielen unschönen Hähnchen-Schlieren auf dem Display meines iPhones führen wird.

Aber die Krönung war eine Frau, die ihrer besten Freundin lautstark erklärte, dass ihr Mann gerade im Drogenentzug sei – Heroin und Kokain. Danach müsse er in den Knast, weil er im Rausch eine Supermarktfiliale überfallen habe. »Der brauchte halt Geld für den nächsten Schuss. Trotzdem würde ich ihn nie verlassen!«

Tack, tack! Tack, tack! Tack, tack!

Ich habe die Gespräche tatsächlich direkt in der Bahn mitgeschrieben. Auf meinem iPhone. Mit einem Ohr habe ich zugehört und das Gehörte gleichzeitig eingetippt. Das war anfänglich ziemlich schwierig – entweder man kommt mit dem Tippen nicht hinterher oder man verpasst große Teile des Gesprächs. Mit der Zeit perfektioniert man das System aber und kann beides zugleich. Das Ganze hat auch den Vorteil, dass man unauffällig ist, weil die Belauschten denken, man schreibe eine Mail oder eine SMS. Sie fühlen sich unbeobachtet beziehungsweise »unbelauscht«.

Tack, tack! Tack, tack! Tack, tack!

Das gesammelte Gedächtnis der Menschheit, das Internet also, hält jede Menge unnützes Wissen für Suchende bereit. So weiß ich jetzt zum Beispiel, dass der Begriff »S-Bahn« eigentlich eine Abkürzung von »Stadtschnellbahn«, »Stadtbahn« oder »Schnellbahn« ist. Dass es 3.711 Kilometer S-Bahn-Gleise in Deutschland gibt. Dass allein in Berlin an jedem Werktag etwa 720.000 Passagiere mit der S-Bahn unterwegs sind. Und dass die durchschnittliche Reisegeschwindigkeit 39 Kilometer pro Stunde beträgt.

Weitere wissenswerte Fakten sind die folgenden:

- In japanischen S-Bahn-Zügen bleibt ganz schön was liegen: Jahr für Jahr eine Viertelmillion Brillen und fast eine halbe Million Schirme.
- In New York ist es verboten, aus der S-Bahn heraus weiße Kaninchen mit einer Pistole abzuschießen.
- Die Glühlampen des New Yorker S-Bahn-Systems werden entgegen dem Uhrzeigersinn eingeschraubt und im Uhrzeigersinn herausgedreht, also genau anders herum als üblich. Das hat auch einen guten Grund: Falls sie geklaut werden, kann der Dieb nichts damit anfangen.
- Die New Yorker Verkehrsbehörde hat entschieden, dass auch Frauen »oben ohne« S-Bahn fahren dürfen. Der Grund: Ein New Yorker Gesetz besagt, wenn sich ein Mann irgendwo mit freiem Oberkörper zeigen darf, müsse einer Frau dasselbe Recht zugestanden werden.

Tack, tack! Tack, tack! Tack, tack!

Schon nach den ersten zwei Monaten meines neuen S-Bahn-Lebens stellte ich fest, dass ich abends meiner Frau mehr von den völlig verrückten Gesprächen und Erlebnissen während der Fahrten ins Büro und nach Hause erzählte als von den zehn Stunden dazwischen. So ist die Idee zu diesem Buch entstanden. Über ein Jahr lang habe ich Gespräche und Ereignisse aufgeschrieben und zusammengefasst. Und ich finde, dass diese S-Bahn-Dialoge sehr gut zeigen, was Deutschland bewegt und was für die Menschen hier bei uns wirklich wichtig ist.

Tack, tack! Tack, tack! Tack, tack!

WAGEN 1

KAMPF DER GENERATIONEN

»Das sind heutzutage echt Schwätzer vor dem Herrn. Karl textet mich nur mit Blödsinn zu. Manchmal will ich ihm sagen: Halt einfach mal deine große Fresse!«

»Vorhin kam meine Mutter rein und hat gefragt, ob ich eine Flasche Sekt mitnehmen will. Da habe ich nur gedacht: Oh nein, Sekt! Wie peinlich!«

FREITAG, 18.15 UHR

Plötzlich wird es laut im S-Bahn-Wagen. Alle blicken von ihren Zeitungen auf oder unterbrechen ihre Unterhaltungen. Der Grund: Zwei Mädchen sind eingestiegen und fallen vom ersten Augenblick an auf, am meisten durch ihre hohen und sehr lauten Stimmen.

Aber auch, weil sie sehr sexy angezogen sind: weit ausgeschnittene und sehr figurbetonte T-Shirts, hochhackige Schuhe und enge Jeans. Beide haben lange blonde Haare, die sie offen tragen. Sie sind stark geschminkt und haben sehr lange schwarze aufgeklebte Wimpern. Vermutlich sind sie 17 Jahre alt. Sie erinnern an Lindsay Lohan und Paris Hilton auf dem Weg zu einer Party in Los Angeles.

Paris hält triumphierend eine EC-Karte in die Höhe.

Lindsay: »Woher hast du die?«

Paris: »Von meiner Mutter! Mit dem Kohleabheben muss ich mich aber beeilen. Weil, wenn sie oder mein Vater checken, dass die weg ist, lassen sie sie bestimmt gleich sperren. Das ist mir schon mal passiert und als ich dann Geld ziehen wollte, wurde sie einbehalten. Bei Luisa war das mal noch krasser. Die stand im Laden und wollte mit Mamas Karte schön für 250 Euro Klamotten einkaufen. Als sie bezahlen wollte, bekamen die Verkäufer die Nachricht, dass mit der Karte was nicht stimmt und dass sie sich in der Zentrale der Kreditkartenfirma melden sollen. Das war wie in einem schlechten Film. Luisa hat voll Panik bekommen und versucht, das aufzuklären. Sie hat den Verkäufern erzählt, dass sie, ohne zu fragen, die Karte ihrer Mama genommen hat und dass die sie deshalb bestimmt gerade als verloren gemeldet hat. Daraufhin haben die bei ihrer Mutter angerufen und die musste im Geschäft vorbeikommen und die Geschichte bestätigen. Erst dann konnte Luisa gehen. Wie peinlich ist das denn?!«

Lindsay: »Und Luisa hat bestimmt voll Ärger bekommen, oder? Die Mutter von der ist doch so nervig und kleinkariert! Voll die schlimme Spießerin!«

Paris: »Klar. Die rafft echt null, dass wir auch sehen müssen, wo wir bleiben! Sicher ist ja wohl: Würden unsere Eltern uns mehr Taschengeld geben, würde das auch nicht passieren. Wie viel Taschengeld bekommst du? Ich bekomme 200 Euro im Monat. Das reicht gerade mal für zwei Wochen. Immer wenn ich dann zu meinen Eltern gehe und noch was haben will, sagen die: ›Nix da! 200 Euro müssen für den ganzen Monat reichen.‹«

Lindsay: »200 Euro? Krass! Das ist voll viel! Ich bekomme 150 Euro. Klar, dass das auch nie reicht. Aber auf einen Nebenjob habe ich null Bock, Zeitungen austragen oder so was. Wer bin ich denn?! Da lacht doch die ganze Nachbarschaft über mich! Übrigens, nicht vergessen: Zigaretten wollten wir mit der Karte deiner Mama auch noch ziehen. Das Gute ist nämlich, dass wir uns mit der prima ausweisen können. Vorausgesetzt, deine Mutter ist über 18! In der Nähe vom Jack ist ein Automat. Ansonsten kannst du dafür aber auch die Karte von Waldi nehmen.«

Paris: »Stimmt, der ist ja schon 18! Das ist ja übelst geil! Dann ziehe ich mit der von meinen Eltern nur Geld.«

Sie tippt mit ihren extrem langen French Nails auf der elterlichen EC-Karte herum. Auf den Nägeln sind kleine pinke Herzen, die in grellem Kontrast zu ihrem knallroten T-Shirt stehen.

Lindsay: »Weißt du, was ich heute Nacht geträumt habe? Dass meine Mutter die Rumflasche entdeckt hat. Oder den Whiskey oder was auch immer wir da gestern Abend gesoffen haben. Und dass ich echt Ärger bekommen habe. Da habe ich dann voll die Scheiße gelabert, so wie: Ja, wenn ich davon wirklich getrunken hätte, dann stände ich ja nur noch kotzend da. Lauter solche

Sachen. Das habe ich ernsthaft geträumt. Fand ich voll lustig! Aber irgendwie auch schlimm.«

Paris: »Aber echt! Ich hab nach der krassen Feier gestern gar nichts geträumt. Vorhin kam meine Mutter rein und hat gefragt, ob ich eine Flasche Sekt mitnehmen will. Da habe ich nur gedacht: Oh nein, Sekt! Wie peinlich!«

Beide schütteln völlig entsetzt den Kopf.

SAMSTAG, 14.54 UHR

Ein Mann und seine Tochter unterhalten sich. Der Vater ist circa 50 Jahre alt. Er hat weiße Haare und einen weißen Vollbart. Wie der Typ in der Camel-Trophy-Werbung früher trägt er eine beige Weste. Die hat vermutlich hundert Taschen in verschiedenen Größen. Eine schwarze Jeans, weiße Tennissocken und Jesuslatschen vervollständigen sein Outfit.

Die Tochter ist vielleicht 20. Sie hat braune gelockte Haare und ist nicht geschminkt. Zu einer blauen Jeans trägt sie ein Feinripp-Herrenunterhemd und violette Chucks.

Die beiden scheinen dem Outfit nach von einer Abenteuerreise zu kommen. Indiana Jones meets Lara Croft.

Sie verstehen sich offenbar gut, denn sie lachen viel und sprechen über Facebook.

Lara: »Ich bin da ungefähr jeden Tag eine Stunde. Weil es mich natürlich schon interessiert, was die Leute so machen und wie sie ihr Leben verbringen. Wenn jemand wirklich alles preisgibt, auch eigentlich ganz private Sachen, dann ist es ja nicht so, dass man sich denkt:

Oh, das will ich jetzt mal lieber nicht lesen. Das ist ja privat.

Natürlich liest man das.«

Indiana: »Geht ihr davon aus, dass die Daten da sicher aufgehoben sind? Oder nimmt man das in Kauf, dass alle Dinge, die man bei Facebook einstellt, dann Allgemeingut und für jeden sichtbar sind?«

Lara: »Tja, das ist so ein Ding. Es ist schon krass, wie sehr die Daten gespeichert und behalten werden. Ich habe neulich gerade auf meiner Pinnwand nachgeschaut und ich kann wirklich bis zu meinem ersten Eintrag zurückgehen. Das ist alles noch da: die erste Freundschaftsanfrage, die ich angenommen habe, alles, was die Leute mir jemals gepostet haben. Das kann man alles noch nachschauen.«

Ihr Vater macht ein betroffenes Gesicht. Er kratzt sich am Kinn und verbiegt seine Zehen so, dass sie unter den vorderen Schnallen seiner Sandalen durchpassen. Dann beginnt er, mit den Zehen auf dem Fußbett zu kratzen. Trotz seiner weißen Tennissocken hört man deutlich das Geräusch der Nägel auf dem Kork. Das wird er im Verlauf unserer gemeinsamen Zeit in der S-Bahn noch mehrere Male wiederholen.

Indiana: »Kann man das nicht löschen?«

Lara: »Löschen kann man das natürlich. Aber dann kann ich es mir auch nicht mehr anschauen und die Leute finden es auf meiner Seite nicht mehr. Außerdem bin ich mir sicher, dass Facebook, also deren Server, das dann noch hat. Ich bin jetzt seit drei Jahren bei Facebook und will gar nicht wissen, was die alles für Informationen von mir gespeichert haben!«

Indiana: »Du könntest dich bestimmt an sie wenden und schriftlich verlangen, dass alle Daten von dir gelöscht werden. Das ist dein gutes Recht. Aber selbst dann bist du natürlich nicht sicher, ob es nicht doch noch irgendwo drauf ist. Wenn man sich einmal darauf eingelassen hat, ist man gefangen. Das ist alles so undurchschaubar für jemanden, der kein Computerexperte ist – da hat man dann keine Chance mehr.«

Lara: »Klar! Andererseits: Bei allem, was man ins Internet stellt, muss man damit rechnen, dass es jemand anders bei sich speichert.«

Indiana: »Ganz genau! Gerade wenn es so private Dinge sind – die ziehen das zu sich rüber und dann haben sie es. Das Private war ja schon immer das Interessante. Man kann nur drauf hoffen, dass irgendwann alle Server auf der Welt mal kaputtgehen und dann das Zeug weg ist. Aber wenn man mal der Brüller der Woche war und alle sich dein privates Filmchen gesichert haben, keine Ahnung, von einem besonders peinlichen Moment zum Beispiel oder einem dummen Fehler, den du begangen hast, dann hast du wahrscheinlich nicht mehr die Chance, dass der irgendwann mal komplett weg ist. Der verfolgt dich dann dein Leben lang via Internet, weil irgendwer den irgendwo auf seinem Rechner immer noch gespeichert hat und ihn jederzeit für alle zugänglich wieder einstellen kann.«

Man vernimmt wieder lautstark das oben erwähnte Kratzen seiner Zehen. Eine wirklich unangenehme Angewohnheit! Es scheint, als würde das Kratzen mit Zunehmen der Internet-Verschwörungs-Fantastereien immer intensiver und lauter werden.

Lara: »Vor allem mit den Fotos muss man vorsichtig sein. Es gibt auf Facebook ja einen Link – wenn man auf den drückt, kann man sich einfach die Fotos von allen runterladen. Das finde ich voll beängstigend. Denn das heißt ja, dass sich jeder meine Fotos einfach so runterladen kann. Da muss man echt aufpassen, was man reinstellt.«

Indiana: »Urlaubsfotos auch?«

Lara: »Klar! Alles, was man bei Facebook hochlädt. Natürlich gibt es viele Einstellungen zur Privatsphäre, zum Beispiel dass Leute, die nicht mit dir befreundet sind, nichts Privates mehr sehen können. Ich habe auch voll viel gesperrt, meine Fotos und so. Aber bei der Sandra ist es so: Wenn man ihren Namen bei Google eingibt, kommt man auf ihr Facebook-Profil. Und dann kann man sich auch alle ihre Bilder anschauen – jeder, der will. Viele haben ihre Bilder auch schon runtergeladen und woanders ins Netz gestellt. Wir haben ihren Namen mal gegoogelt und sind dann auf Bildersuche gegangen. Da waren voll viele ihrer Bilder auf Seiten, die sie nicht mal kennt. Vor allem Urlaubsfotos im Bikini natürlich, die sie bei Facebook hochgeladen hatte. Voll gruselig!«

Indiana: »Welche Station sind wir jetzt eigentlich?«

Lara: »Keine Ahnung, aber es dauert noch ein Weilchen. S-Bahn-Fahren ist für mich der blanke Horror. Ich bin so froh, dass ich das nicht jeden Tag tun muss. Allein zu euch raus – das sind für mich immer 45 Minuten pure Langeweile. Ich sitze immer da und denke mir: Gähn! Nächste Station Kuhkaff 3!«

Wieder ertönt das Kratzen von Indiana. Es hört sich irgendwie an, als würde jemand mit den Fingernägeln über eine raue Steinplatte scharemmen.

Indiana: »Du könntest ja lernen oder dir ein Buch mitnehmen.«

Lara: »Und wenn ich keinen Sitzplatz bekomme?! Das ist dann nämlich das nächste Problem.«

FREITAG, 17.22 UHR

Zwei Männer und eine Frau fahren mit mir in der S-Bahn. Alle drei sind etwa 45 Jahre alt. Sie tragen blaue Jeanshosen. Die Männer haben dazu bunte Holzfällerhemden und braune Halbschuhe an. Die Frau trägt ein braunes Hemd und schwarze Trekkingschuhe.

Sie arbeiten offensichtlich gemeinsam in einer Firma, kennen sich aber auch seit Jahren privat gut und sind gerade auf dem Heimweg. Die Männer wirken ein wenig wie Waldorf und Statler aus der *Muppet Show*. Wie die beiden Alten lästern auch sie gern, vor allem anscheinend über ihre Kinder. Die Frau scheint die Angewohnheit zu haben, ununterbrochen zustimmend mit dem Kopf zu nicken. Dadurch erinnert sie an Camilla, das Huhn aus der *Muppet Show*.

Statler: »Mein Tim hat gestern tatsächlich mal wieder mit uns zu Abend gegessen. Es geschehen doch noch Zeichen und Wunder! Irgendwie seltsam, dass man jetzt über so eine Selbstverständlichkeit schon froh sein muss. Da habe ich ihn mal auf seine Freundin angesprochen, so ganz unverfänglich: ›Na, ist das jetzt deine Freundin?‹ Da hat er betont cool und gelangweilt gesagt:

›Nee! Das ist Freundschaft plus!‹

Als ich ihn voller Unverständnis angeschaut habe, hat er mir erklärt: Bei Freundschaft plus entscheidet man sich nicht fest für jemanden. Man schaut einfach mal, wie es läuft, ganz unverbindlich. Man knutscht und fummelt ein bisschen rum und wenn es funktioniert, ist es gut. Wenn nicht, dann ist es halt nur Freundschaft. Das ist irgendwie echt seltsam heutzutage.«

Alle drei lachen. Waldorf und Statler schauen sich vielsagend an, so à la »Schade, dass es das früher noch nicht gab! Bei uns war alles viel komplizierter«. Camilla nickt zustimmend und ausdauernd mit dem Kopf.

Waldorf: »Da hat dein Sohn also sozusagen die Lizenz zum Testen. Klingt nicht schlecht!«

Statler: »Ganz genau, ein kostenloses Probetraining! So was kriegste dann halt so nebenbei um die Ohren gehauen. Überhaupt ist der total oberflächlich! Und dann hat man manchmal wieder das Gefühl, er redet wie ein alter Mann – oder wie ein weiser Indianer. Wir haben uns danach zum Beispiel über so ein Fotoprogramm für den Computer unterhalten, das man braucht, wenn man etwas professioneller Fotos machen möchte. Und ich habe ihm gesagt, dass das circa 1.000 Euro kostet. Da hat er mich angeschaut, als wäre ich völlig verrückt, und gefragt: ›Wer kauft denn so was heute noch? Da gehe ich ins Internet und ziehe es mir kostenlos runter!‹«

Statler macht seinen Sohn nach, indem er betont cool und breitbeinig den Gang hoch- und runterläuft, dann stehen bleibt und seine Hand wie einen Scheibenwischer vor seinem Gesicht hin- und herbewegt. Danach tippt er sich mit dem Zeigefinger gegen die Stirn. Camilla nickt wieder zustimmend und ausdauernd mit dem Kopf.

Camilla: »Echt Wahnsinn! Aber das ist heutzutage so. Das macht meiner auch ständig. Da gibt's halt solche Webseiten und da geht er dann drauf und ganz schnell hat er alles, was er will.«

Waldorf: »Das Schlimmste ist ja, dass die gar kein Unrechtsbewusstsein haben. Die denken halt, das ist völlig okay, wenn sie einfach so Sachen aus dem Netz klauen. Dabei ist das schlicht und ergreifend Diebstahl. Da denken die gar nicht dran!«

Statler: »Die denken halt, dass sie mit einem Internetzugang den Platz an der Sonne haben, wo alles umsonst ist. Da ist auch keine Hemmschwelle mehr da. Die schaukeln sich gegenseitig hoch, so nach dem Motto ›Ich hab's geschafft, mir das kostenlos zu besorgen‹. Und damit ist man dann cooler als der andere. So einen Begriff der Wertigkeit gibt's gar nicht mehr!«

Auch dazu nickt Camilla zustimmend und ausdauernd mit dem Kopf.

Camilla: »Aber andererseits zahlen sie für eine blöde Mütze von einer Firma, die gerade angesagt ist, ohne mit der Wimper zu zucken 60 Euro.«

Statler: »Ja, ganz genau! Für einen Fetzen Stoff, der eigentlich nichts wert ist, aber das richtige Logo aufgestickt hat. Den braucht man dann unbedingt.«

Alle drei lachen betont hämisch. Camilla nickt wieder zustimmend und ausdauernd mit dem Kopf. Mir ist allerdings Folgendes aufgefallen:

Waldorf und Statler haben Levis-Jeans an. Die karierten Holzfällerhemden weisen das Logo einer großen Firma auf. Die

Halbschuhe sind ebenfalls von einer bekannten Marke. Auf die Frau trifft das Gleiche zu – auch sie trägt Markenkleidung.

Waldorf: »Erinnert ihr euch noch – diese grässliche Mütze von Mike, die so schrecklich gekratzt hat? Für die hat er 50 Euro bezahlt. War von irgend so 'ner supercoolen Firma. Und zwei Monate später war die out und liegt seitdem im Schrank rum!«

Statler: »Das sind heutzutage echt Schwätzer vor dem Herrn. Karl textet mich nur mit Blödsinn zu. Manchmal will ich ihm sagen: Halt einfach mal deine große Fresse! Aber man muss das ja immer positiv formulieren. Der ist noch dreimal blöder, als ich damals war! Das ist echt irre.«

Alle drei lachen und Camilla nickt zustimmend und ausdauernd mit dem Kopf.

MITTWOCH, 8.22 UHR

Die S-Bahn ist ziemlich leer. Zwei Frauen fallen sofort auf, weil sie ihre Handtaschen mit beiden Händen fest am Riemen umklammert halten und an ihren Körper pressen. Sie schauen jedes Mal erschrocken hoch, wenn jemand an ihnen vorbeigeht. Die beiden sind circa 65 Jahre alt und erinnern an Tilly und Klementine, deren Spül- beziehungsweise Waschmittelwerbung aus den 1960er-Jahren Kult sind. Sicherlich kennen Sie auch noch die Sprüche »Sie baden gerade Ihre Hände drin« und »Nicht nur sauber, sondern rein«.

Die zwei Frauen haben graue Haare und tragen Dauerwelle. Klementine hat eine blaue Jeans an und dazu einen schwarzen Rollkragenpullover mit großen silbernen Pailletten, die die Worte »Just for Fun!« ergeben. Tilly trägt ebenfalls blaue Jeans, eine rote Windjacke und ein weißes T-Shirt, auf dem die Sylt-Silhouette in Gold zu sehen ist. Kurzum: Sie sind gekleidet im Adler-Mode-Chic.

Der Geruch von Mottenkugeln hängt deutlich in der Luft. Klementine und Tilly versprühen den typischen Charme von Landbewohnern, die sich einmal im Jahr auf den Weg in die Großstadt machen. In ihrem Vorort fühlen sie sich sicher – die große Stadt jagt ihnen Angst ein: die vielen Autos, die vielen Menschen, die vielen schlimmen Geschichten, die man immer in der Regionalzeitung über den Sündenpfuhl Großstadt liest. Die Devise des Tages lautet: Bloß nicht auffallen!

Die Frauen unterhalten sich über ihre Enkelkinder.

Klementine: »Unserer Judith ist momentan alles peinlich. Die ist ja jetzt 14 und macht gerade eine echt schwierige Phase durch – ganz schlimm!«

Tilly: »Oh nein! Aber lass dir aus Erfahrung sagen: Das wird jetzt vermutlich ein paar Jahre dauern, dann wird sie wieder normal.«

Klementine: »Sie will nicht mal mit ihren Freundinnen draußen sein. Das ist ihr alles zu langweilig. Ich sehe zum Beispiel oft Kinder, die mit ihren Eltern oder Großeltern gerne mal wohin gehen, gerade wenn so Veranstaltungen mit Livemusik sind oder wie jetzt das Seefest. Da wollten wir mit ihr hin. Aber das ist so gar nicht ihr Ding. Das ist ihr zu laut, sagt sie. Sie mag einfach nicht. Dabei haben viele Mädchen in ihrem Alter da Spaß und freuen sich. Die können da tanzen. Aber sie? Das ist ihr alles zu peinlich! In Vereine mag sie auch nicht gehen. Einmal habe ich ihr gesagt: ›Geh doch mal ins Jugendrotkreuz oder so was!‹ – aber nichts. Das ist ihr alles zu anstrengend. Immerhin spielt sie regelmäßig Gitarre.«

Tilly: »Unser Quirin hat momentan auch so seltsame Ideen im Kopf. Jetzt ist er sogar aus dem Fußballverein ausgetreten, damit er mehr Zeit für seine Freundin hat. Sagt er zumindest. Na ja, es ist seine erste. Mal sehen, wie lange das hält. Die gehen halt jetzt viel zusammen weg, auch zum Feiern. Immerhin hat er sich äußerlich noch nicht verändert. Ich befürchte aber, dass das auch noch kommt.«

Klementine: »Ich wäre ja froh, wenn unsere endlich mal loslegen würde. Aber sie traut sich ja gar nichts. Neulich habe ich gesehen, wie unten bei uns im Hof ein paar Mädchen und junge Burschen gespielt haben. Da habe ich ihr gesagt, sie soll doch mal runtergehen. Aber sie hat sich so was von geziert.«

Tilly: »Ach, wo du gerade unseren Hof ansprichst: Hast du auch gesehen, dass der Pole aus dem Erdgeschoss seinen BMW mitten in den Hof gestellt hat? Das macht der jetzt schon seit ein paar Tagen und dann steht der ewig da. Dabei sind die Parkplätze doch nur für kurzzeitiges Parken. Warum macht der das?«

Klementine: »Ja, das ist mir auch schon aufgefallen. Warum sagt da niemand was? Am Wochenende hatte der sogar Besuch, da standen dann zwei Autos im Hof!«

Tilly: »Ja, ganz genau! Und neulich standen da drei Autos – von irgendwelchen Leuten. Und uns geht der Platz einfach ab. Wenn man mal was ausladen will oder so! Irgendwas hat man ja immer da zu tun.«

Klementine: »Ja, das stört halt einfach! Kurzzeitparkplätze sind Kurzzeitparkplätze, Punkt! Da darf man sein Auto nicht länger hinstellen. Gut, wenn der jetzt mal eine Stunde lang da steht, da sagt ja keiner was, aber wenn der den Hof die ganze Nacht über belegt, dann ist das schon ziemlich unverschämt. Wenn das jeder machen würde!«

Tilly: »Und es sieht ja auch nicht schön aus, wenn man auf dem Balkon sitzt und in den Hof schaut.«

Klementine: »Stimmt, da will man es ja idyllisch und schön haben. Wobei ich jetzt am Wochenende mal ein halbes Stündchen draußen saß und merkte, dass es doch schon recht kalt ist. Der Herbst rückt unbestreitbar immer näher. Ich hatte mit unserer Carola übrigens so schlimme Probleme wegen der

Herbstgarderobe. Die will ja immer alles neu haben. Wenn ich sie dann bitte, mal in einem Secondhandladen zu schauen, bekomme ich nur vorwurfsvolle Blicke zugeworfen. So was zieht sie nicht an. Als ich sie mal mitnehmen wollte, hat sie sich mit Händen und Füßen gewehrt: ›Ich ziehe doch nichts an, was andere schon anhatten!‹, schrie sie. Und dann hat sie eine Jeanshose, die ist erst sechs Monate alt und sieht aus wie neu, aber sie behauptet, die sei ihr zu kurz. Deshalb zieht sie die nicht mehr an und will eine neue. Ich hab ihr dann gesagt, dass es keine neue gibt, weil die alte noch gut ist. Und da hat sie gesagt, dass sie die Hose wegschmeißt. Das hat sie sich natürlich nicht getraut, aber solche Probleme hat man mit ihr. Die begreift gar nicht, dass das alles Geld kostet. Und dieses modische Zeug, das sie immer haben will, das kostet ja noch mehr. Unfassbar viel Geld geht da jedes Mal über die Ladentheke. Die jungen Leute scheinen das Geld mit vollen Händen aus dem Fenster zu werfen, ohne nachzudenken. Wenn wir zusammen einkaufen gehen, will ich immer mit ihr zu H&M oder C&A. Da gibt's doch auch hübsche Sachen für junge Mädchen. Aber nein, sie will immer in die teuren Schickimicki-Läden. Da kostet dann eine Jeans 150 Euro. Aber das kann sie sich abschminken. Noch bestimme ich über das Geld!«

Tilly: »Das ist bei meinem ganz genau so. Und seit er seine Freundin hat, ist das noch schlimmer geworden. Ihm ist es regelrecht peinlich, wenn er mal was von KiK anhat. Da sage ich ihm immer: ›Verdien dein eigenes Geld, dann kannst du dir auch so teure Sachen kaufen, wie du magst!‹«

Klementine: »Ganz genau so sehe ich das auch!«

WAGEN 2

NONSTOP NONSENS

»Heute kommt ›Frauentausch‹ auf RTL II. Das liebe ich ja total. Die Menschen da machen sich immer so toll zum Affen. Die sind so dämlich! Und dämlichen Menschen schaut man doch immer gerne zu.«

»Das Krasse war, dass wir dachten, die schläft schon, und extrem über sie gelästert haben – wie doof die ist und wie langweilig. Und plötzlich putzt sie sich die Nase und man hört das voll laut. Ich bin mir ziemlich sicher, dass sie uns auch gehört hat!«

DONNERSTAG, 19.35 UHR

Es wird laut gesungen im Abteil, und das gar nicht schlecht. Zuerst erkennt man *Best Thing I Never Had* von Beyoncé, dann *California King Bed* von Rihanna. Drei Mädchen sorgen für die S-Bahn-Unterhaltung. Nennen wir sie Partygirl, Dreadlocksgirl und Piercinggirl.

Sie sind circa 16 Jahre alt und die Blicke und Kommentare der anderen Fahrgäste sind ihnen offensichtlich völlig egal. Partygirl und Dreadlocksgirl haben afrikanische Wurzeln und sind, freundlich ausgedrückt, viel zu klein für ihr Gewicht.

Partygirl ist relativ unauffällig gekleidet: blaue Jeans, grünes T-Shirt, rosa Chucks.

Dreadlocksgirl dagegen hat ihre Kleidung nicht passend zur Figur gewählt. Sie trägt sehr enge weiße Leggins und ein rosa T-Shirt, das ihr mindestens eine Nummer zu klein ist. Alles, was sich darunter befindet, zeichnet sich deutlich ab. Außerdem hat sie sehr lange Dreadlocks.

Piercinggirl ist türkischer Herkunft. Sie hat eine sehr gute Figur und einen, sagen wir mal, extravaganten Kleidungsstil. Sie trägt ein schwarzes T-Shirt, das unten abgeschnitten wurde, um ihren flachen Bauch zu zeigen. Dazu hat sie eine graue Marken-Jogginghose an, die sie bis übers Knie hochgekrempelt hat, und sehr hohe schwarze Stöckelschuhe. Das Auffälligste an ihr sind aber zwölf sichtbare Piercings: eins im rechten Nasenflügel, eins durch die Nasenscheidewand, zwei durch jede Augenbraue, drei durch die Unterlippe – je eins rechts, links und in der Mitte –, eins durch den Bauchnabel, eins durch die Zunge und eins an der Schläfe.

Mit den drei Piercings an ihrer Unterlippe spielt sie ununterbrochen. Das Piercing rechts ist ein Ring, der von einem Ball zusammengehalten wird. Zunächst bewegt sie diesen mit ihrer Zunge so, dass der Ball erst sichtbar ist, dann einen Halbkreis beschreibt und dadurch im Mund verschwindet. Nun geht es weiter zum mittleren Piercing. Das ist ein einfacher Stecker, der einen Perlenaufsatz hat. Immer, wenn sie das Piercing nach innen zieht, verschwindet die Hälfte der Perle im Fleisch ihrer Unterlippe. Danach ist die linke Seite dran. Auch dort ist ein Ring mit Ball angebracht, der so behandelt wird wie das Piercing auf der rechten Seite. Es folgt eine kurze Pause und das Ganze beginnt von vorn.

Die drei Mädchen essen schmatzend eine Familienpackung M&M's und lachen dabei – alles sehr laut! Dann fangen sie wieder an zu singen:

»It's gettin' better, better, better!«

Wieder lachen sie, diesmal noch lauter, fast schon hysterisch! Dann stecken sie sich schnell eine Handvoll M&M's in den Mund und unterhalten sich beim Kauen unverzüglich weiter.

Partygirl: »Die grünen sind einfach die geilsten, das stelle ich immer wieder fest!«

Dreadlocksgirl: »Ich schmecke da keinen Unterschied.«

Partygirl: »Wie machen die immer?«

Alle drei versuchen, Beatboxing nachzuahmen: »Bum, tschack, bum!«

Dreadlocksgirl: »Zeig mir mal das Foto von deinem neuen Stecher! Wie heißt der eigentlich?«

Partygirl: »Mein Stecher? Wer soll das denn sein? Keine Ahnung, wen du meinst!«

Dreadlocksgirl: »Na, der Typ, du weißt schon! Der ist doch auf unserer Realschule.«

Partygirl: »Keine Ahnung, von wem du redest. Ich bin da doch nicht mehr.«

Dreadlocksgirl: »Ich weiß.«

Piercinggirl: »Jetzt tu nicht so! Du weißt ganz genau, wen sie meint. Du hast dich doch vor ein paar Tagen mit ihm getroffen. Da hab ich euch gesehen und dir war das voll peinlich.«

Partygirl: »Ach, der! Emre. Da ist nichts. Das ist der komische Cousin von Hassein oder Hussein oder wie auch immer der heißt! Der ist doch mit dieser Vollzicke Laura zusammen, der eingebildeten Kuh.«

Dreadlocksgirl: »Keine Ahnung!«

Sie und Partygirl unterhalten sich plötzlich in einer afrikanischen Sprache.

Piercinggirl versteht die beiden nicht und ist ziemlich sauer.

Piercinggirl: »Hey, ihr blöden Labertanten! Ich kann leider kein Timbuktuanisch. Wenn ihr nicht mit mir quatschen wollt, dann sagt Bescheid. Dann gibt's eins auf die Fresse!«

Partygirl: »Wir sprechen nur über ihren Friseur.«

Piercinggirl: »Ja klar, wer's glaubt, wird selig!«

Dreadlocksgirl: »Nein, wir reden über den Typ da drüben und wollten nicht, dass der uns versteht. Der starrt uns voll an – total seltsam. Immer wenn ich in seine Richtung schaue, glotzt der auch!«

Piercinggirl: »Welcher?«

Partygirl: »Alte, musst du so schreien? Voll peinlich! Der hier gegenüber. Der ist total blau angeschmiert im Gesicht. Keine Ahnung, was das ist. Für Fasching ist es ja noch zu früh. Igitt! Der hat auch voll die gelben Zähne. Die sind aber echt und nicht angemalt. Irgendwie unheimlich!«

Hier sollte kurz erwähnt werden, dass zwei Sitzreihen hinter den Mädchen tatsächlich ein Mann sitzt, der im Gesicht vollständig schlumpfblau angemalt ist. Dadurch stechen seine sowieso schon sehr gelben Zähne doppelt deutlich hervor. Ansonsten erinnert bei ihm aber nichts an einen Schlumpf. Er hat schwarze, streng zurückgegelte Haare. Das Rot seines Pullovers steht in starkem Kontrast zu dem blauen Gesicht. Überraschenderweise hat das Make-up überhaupt nicht auf den Pullover abgefärbt. Außerdem trägt der Mann eine schwarze

Stoffhose und schwarze Lederschuhe. Zwischen seinen Beinen steht eine schwarze Aktentasche. Wäre die seltsame Gesichtsfarbe nicht, würde man annehmen, dass er in einer Bank arbeitet.

Piercinggirl: »Boah, Alter, wie krass! Vielleicht ist das total der Psycho und wenn wir gleich aussteigen, folgt er uns und stellt sonst was mit uns an.«

Dreadlocksgirl: »Apropos aussteigen: Wo fahrt ihr denn jetzt hin? Etwa gleich nach Hause?«

Piercinggirl: »Klar! Oder wir chillen noch irgendwo. Ich bin fürs GBs.«

Dreadlocksgirl: »Ja klar! GBs ist gut! Wie spät ist es?«

Partygirl: »19.50 Uhr. Wenn wir uns beeilen, schaffen wir es vorher noch zu diesem komischen Kiosk. Wie heißt der noch mal? Da können wir uns ein paar Bier oder so was holen.«

Dreadlocksgirl: »Gute Idee, ich glaube, der hat noch offen.«

Partygirl: »Deine Schuhe sind voll geil!«

Dreadlocksgirl: »Echt? Du willst mich verarschen, oder? Die hab ich neu, seit gestern. Voll das Schnäppchen, reduziert von 159 auf 99 Euro!«

Partygirl: »Klar finde ich die geil – sonst würde ich das doch nicht sagen! Allerdings glaube ich dir nicht, dass du wirklich 99 Euro dafür bezahlt hast. Die hast du nie im Leben gekauft, Alte!«

Alle drei lachen wieder lautstark. Als sich Dreadlocksgirl dabei nach vorn wirft und mit den Handflächen auf die Knie schlägt, bekommt der Mann, der ihr gegenübersitzt, ihre Haare einmal quer übers Gesicht.

Die Mädchen haben ihn schon längere Zeit ziemlich geärgert. Das konnte man als unbeteiligter Beobachter an seiner sich stetig mehr verdüsternden Miene ablesen. Und jetzt auch noch die Attacke mit den verfilzten Haaren. Das ist eindeutig zu viel Multikulti für den etwa 70-Jährigen mit den weißen Haaren und dem beigen Trenchcoat. Er faltet seine Zeitung zusammen, setzt sich seinen Hut auf, schnauft noch einmal lautstark, um seinen Missmut zum Ausdruck zu bringen, und stapft von dannen.

Den Mädchen ist der Unmut ihres Sitznachbarn nicht aufgefallen. Er ist in ihren Lachsalven einfach untergegangen. Mit tränenden Augen setzen die drei glucksend und kichernd ihre Unterhaltung fort.

Dreadlocksgirl: »Okay, okay, du hast recht! Ich hab am Wochenende doch bei Daniela geschlafen, auf dem Sofa im Wohnzimmer. Als ich gegangen bin, hat sie noch tief und fest geschlafen. Die hat nix gemerkt; keine Ahnung, was die in der Nacht noch alles eingeschmissen hatte. Da hab ich die Schuhe gesehen und sie einfach mitgenommen. Ich glaube, die hat das bis jetzt nicht bemerkt. Die sind mir auch voll zu groß, aber die waren sauteuer. Über 200 Euro, glaube ich. Daniela hat so circa 400 Paar Schuhe oder so – da kommt es auf eins mehr oder weniger nun wirklich nicht an. Eine extrem stylishe Jacke habe ich auch mitgehen lassen. Aber wenn ihr der davon erzählt, raste ich aus. Dann gibt's voll Ärger für euch, egal ob ihr meine besten Freundinnen seid oder nicht!«

Piercinggirl: »Quatsch! Was denkst du denn von uns? Die Alte ist so verwöhnt, die rafft das sowieso nicht.«

Partygirl: »Mein Schweigen musst du dir aber erkaufen. Kann ich deine Kette haben?«

Dreadlocksgirl: »Spinnst du? Jetzt drehst du wohl voll durch, oder? Wofür willst du die denn haben?«

Partygirl: »Na, wenn wir jetzt noch ins GBs gehen – das sieht einfach cooler aus!«

Alle drei verlassen die Bahn. Der Mann mit dem blauen Gesicht und den gelben Zähnen steigt nicht aus.

SAMSTAG, 14.53 UHR

Zwei Jungs, circa 14 Jahre alt, sitzen sich gegenüber. Beide sind unauffällig gekleidet: blaue Jeans, beige Sneaker. Der eine hat eine Gürtelschnalle, auf der »Pussy Galore« steht. Außerdem trägt er eine schwarze Daunenjacke, die er bis unters Kinn zugeknöpft hat.

Der andere hat eine Gürtelschnalle mit einem Totenkopf drauf, eine olivgrüne Steppjacke an und eine Beanie-Mütze auf dem Kopf. Das ist die Art von Mütze, die eigentlich viel zu lang ist und mit der man immer wie einer der sieben Zwerge aussieht.

Die beiden unterhalten sich über den Song *Eure Mädchen* von Kraftklub. Pussy Galore reicht seinem Kumpel den goldfarbenen Kopfhörer seines iPods rüber.

Pussy Galore: »Hör mal! Voll fett!«

Beanie-Zwerg: »Das kenne ich schon. Voll fett, aber auch voll alt! Du musst deine Musik echt mal auf den neusten Stand bringen, Alter!«

Er blickt auf den freien Platz neben sich. Dort liegt eine *Bild*-Zeitung mit der großen Schlagzeile »Aus!« und dem Bild des früheren Bundespräsidenten Christian Wulff, der einen Tag vorher zurückgetreten ist.

Beanie-Zwerg: »Dass der jetzt nicht mehr da ist, finde ich irgendwie voll schade. So lustig war wohl noch nie ein Bundespräsident. Allein schon über die Witze mit dem Namen Wulff konnte ich mich immer schlapplachen.«

Pussy Galore: »Ich fand den auch witzig. Der sah immer aus wie der harmlose Kinderschokoladentyp und hat sich sein ganzes Leben von reichen Kumpels bezahlen lassen: Urlaub, Haus, Auto. Ich hab auf meiner Mailbox den Spruch ›Ich bin momentan nicht da, du kannst mir aber eine Nachricht wulffen!‹, weil ich das einfach zu lustig finde. Immerhin hat er es wie kein anderer Präsident geschafft, dass die Jugend ihn kennt. Bei mir in der Klasse kennt jeder Christian Wulff.«

Beanie-Zwerg: »Bei mir auch. Aber natürlich nur, weil sich alle über ihn lustig machen. Schau mal …«

Er reicht dem anderen sein iPhone rüber.

Beanie-Zwerg: »Ich hab gerade bei Google nur mal ›Wulff Witze‹ eingegeben und habe knapp eine Million Treffer.«

Sein Kumpel schaut auf das Handy und klickt darauf rum. Dann fängt er plötzlich an, laut zu lachen.

Pussy Galore: »Der Mann kann einem aber auch echt leidtun, immerhin wäre er gern ein angesehener Politiker. Hier zum Beispiel, der ist gut:

›Ich war immer aufrichtig, äh, auf richtig gute Schnäppchen aus!‹ Verstehste? Einmal ›aufrichtig‹ zusammengeschrieben und einmal mit zwei Worten. Oder hier, die abgewandelten Filmtitel: ›Der mit dem Wulff tanzt‹, ›Jäger des verlorenen Anrufs‹, ›Reiche pflastern seinen Weg‹, ›Einer flog übers Eigenheim‹ ... Und dann haben die Nerds auch immer gleich das passende Filmplakat dazu gebastelt – mit dem Kopf von Christian Wulff drauf. Boah, echt krass aufwendig!«

Beanie-Zwerg: »Gib mal her!«

Er klickt auf dem iPhone herum und sucht ganz offensichtlich etwas. Dann erklingt plötzlich sehr laut die Melodie eines Kinderlieds. Beanie-Zwerg blickt sich peinlich berührt um, greift sich die Kopfhörer von Pussy Galore und steckt sie an sein Handy. Es wird schlagartig leise im Abteil. Die Menschen, die etwas irritiert und genervt zu den beiden rübergeblickt haben, wenden sich wieder ihren Beschäftigungen zu. Beanie-Zwerg reicht seinem Kumpel die Kopfhörer.

Beanie-Zwerg: »Hier, hör mal! Das ist richtig geil!«

Pussy Galore lauscht eine Weile, dann bricht er in schallendes Gelächter aus: »Das ist zu geil! Unfassbar!«

Beanie-Zwerg zieht den Kopfhörer aus seinem iPhone. Das Kinderlied schallt plötzlich wieder laut durch den ganzen

Wagen. Zur Melodie von *Schnappi, das kleine Krokodil* hört man die Textzeile »Schni-schna-schnorri, schnorren mit Niveau«.

Beanie-Zwerg: »Bei YouTube ist das Lied *Schnorri, der Bundespräsident* der totale Renner. Es hat schon knapp 100.000 Klicks. Auf der Party am Wochenende haben sie das auch gespielt und alle haben sich weggeschmissen vor Lachen. ›Liebe Kinder, mein Name ist Christian und meine Freunde nennen mich einfach Schnorri, der Bundespräsident.‹ Wie die immer auf solche Ideen kommen, Wahnsinn! Hier, den Witz zum Rücktritt finde ich auch lustig: ›Ich nehme meinen Hut‹, sagt der Bundespräsident. Auf die Frage ›Ihren Hut, Herr Wulff?‹ antwortet er: ›Na ja, eigentlich ist es nur die Mütze von dem Kleinen von den Scorpions. Alter Kumpel ...‹«

Pussy Galore lacht: »Ja, ich werde den Wulff echt vermissen. Ich glaube, ich nehme mir die *Bild*-Zeitung mit und hänge mir das Titelbild auf die Toilette. Und immer wenn ich auf dem stillen Örtchen sitze und mein Geschäftchen mache, lege ich eine Gedenkminute für Präsi Peinlich ein. Ich bin mal gespannt, wer jetzt als Nächstes kommt. Aber eins ist sicher: Jetzt ist die ganze Internetgemeinde so auf das Namenerfinden eingeschossen, dass der Nächste sich garantiert warm anziehen muss. Der wird sofort seinen Spitznamen weghaben und es wird hunderttausend Veralberungen seines Namens geben.«

Beanie-Zwerg: »Ich hab sowieso keine Ahnung, was so ein Präsident überhaupt macht. Aber ich habe gelesen, dass er 199.000 Euro im Jahr bekommt, und das finde ich krass viel dafür, dass niemand so genau weiß, was der eigentlich macht. Angeblich muss der ja nur manchmal 'ne Rede halten und rumreisen. Das war's.«

Pussy Galore: »Und Miete, Auto, Essen und so weiter muss der von dem Geld ja auch nicht bezahlen. Das bekommt er auch noch obendrauf. Der hat eigentlich das perfekte Leben.

Ich würde den ganzen Tag lang chillen und in dem Schloss, in dem man wohnt, erst mal 'ne amtliche Musikanlage installieren lassen.«

Beanie-Zwerg: »Und ein Kino! Als Präsident bekommt man bestimmt auch immer ganz einfach die neusten Filme. Das wäre ein Leben! Eigentlich perfekt. Da siehste mal, wie bescheuert der Wulff war, das alles wegzuwerfen. Das würde mich jetzt am meisten ärgern.«

MITTWOCH, 10.33 UHR

Es ist kalt. Das Thermometer hat am Morgen minus 16 Grad angezeigt. Die Straßen und Bürgersteige sind komplett vereist, ebenso die Oberleitungen der S-Bahnen. Deshalb fliegen Funken, wenn die Kontakte über die Eisflächen auf den Oberleitungen gleiten. Das Ganze sieht gespenstisch aus, ist aber völlig ungefährlich. Auf dem Bahngleis unterhalten sich zwei Männer darüber.

Mann 1: »Unfassbar, dass die in solchen Ausnahmesituationen ihre Züge fahren lassen! Unverantwortlich, absolut unverantwortlich! Was da passieren kann!«

Mann 2: »Wie schnell die S-Bahn in Flammen aufgehen kann durch die Funken! So eine S-Bahn besteht ja fast ausschließlich aus Plastik. Und wenn ständig Funken gegen Plastik geschleudert werden, ist die absolute Katastrophe ja vorprogrammiert!«

Die beiden blicken sich vielsagend an und nicken dann verschwörerisch mit dem Kopf. Sie wirken wie Averell und Jack Dalton, zwei der Gegenspieler von Lucky Luke. Ziemlich sicher haben sie auch ein ähnlich großes Verständnis für Technik.

Averell: »Wenn so ein Wagen mal brennt, ist das ja auch die absolute Falle. Da hat man keine Chance mehr, lebend rauszukommen. Die Technik, durch die sich die Türen öffnen lassen, wird sofort durch einen Kurzschluss lahmgelegt. Wenn man Pech hat, tropft das heiße Plastik von oben. Und dann die giftigen Dämpfe! Das geht total schnell.«

Jack: »Und in der ganzen Panik denkt man ja auch nicht dran, die Scheiben einzuschlagen. Da herrscht dann echte Endzeitstimmung in so einem Sarg auf Rädern. Und die befördern Tausende Fahrgäste damit! Da kann man mal sehen, dass die echt nur auf Kohle und Profit aus sind.«

Averell nickt zustimmend. Er hat eine klassische Mönchsfrisur: oben Glatze und an den Seiten einen Haarkranz. Er trägt einen grauen Trenchcoat, den er über dem Bauch fest zugeschnürt hat. Der Mantel hat einen großen Kragen, wie er in den 1970er-Jahren modern war. Sein Outfit wird vervollständigt durch eine schwarze Anzughose und braune, ziemlich ausgelatschte Schuhe, die an vielen Stellen schon abgewetzt sind. Jack hat eine blaue Windjacke an, darunter ein blau-schwarz-weiß gestreiftes Hemd, eine blaue Jeans und schwarze Lederschuhe. Beide tragen Brillen mit goldenem Metallrahmen und dunkel getönten Gläsern.

Averell: »Ich müsste jetzt eigentlich mit der nächsten Bahn fahren. Aber da beobachte ich die Einfahrt erst mal ganz genau. Wenn das wieder so Funken schlägt, bekommen mich keine zehn Pferde da rein! Da melde ich mich heute lieber krank, als dass ich morgen als Toter in einer Zeitungsmeldung erwähnt werde.«

Jack: »Ich sag meinem Chef einfach, wie es ist: dass Bahnfahren heute schlicht und ergreifend Lebensgefahr bedeutet und dass da nix geht. Da vorne steht ja so ein Bahnangestellter – komm, den sprechen wir mal an!«

Die beiden gehen etwa 30 Meter den Bahnsteig entlang. Verwunderte Blicke der Menschen, die bislang um sie herumstanden, folgen ihnen. Aber es gehen tatsächlich fünf Männer hinter ihnen her, um die Fortsetzung der Funkenflugaffäre mitzubekommen.

Der Bahnangestellte sieht schon aus einiger Entfernung, dass da eine Gruppe Menschen auf ihn zukommt, die nichts Gutes bedeutet. Aber er hat keine Chance, schnell zu verschwinden. Rechts von ihm sind nur die Bahngleise. Nach links könnte er immerhin acht Schritte machen, dann hätte er aber auch dort die Gleise erreicht. Und das rettende Aufenthaltshäuschen mit dem Schild »Zutritt nur für Angestellte der Bahn« an der Tür befindet sich am anderen Ende des Bahnsteigs. Inzwischen haben Jack und Averell ihn erreicht.

Averell: »Hey, Sie! Haben Sie bemerkt, dass die Bahnen hier momentan unter Bedingungen verkehren, die man als halbwegs anständiges Unternehmen nicht verantworten kann?«

Bahnangestellter: »Äh, nein. Können Sie mir das bitte etwas genauer erklären?«

Jack: »Unfassbar! Jetzt stellt er sich auch noch doof. Das hat ihm vermutlich sein Chef gesagt: Wenn aufgebrachte Kunden kommen, erst mal ignorieren, und wenn das nix hilft, doof stellen!«

Averell knöpft seinen Trenchcoat auf und präsentiert ein weißes Hemd, das drei große rote Flecken auf Höhe seines beträchtlichen Bauchs hat. Dann sagt er:

»Mein Name ist Hase, ich weiß von nix! Hallöchen! Die Funken dürften ja sogar Ihnen nicht entgangen sein! Und dass die bedeuten, dass Gefahr für Leib und Leben der Bahnkunden besteht, ist ja wohl auch nichts Neues, oder?«

Bahnangestellter: »Ach, die Funken! Nein, die habe ich natürlich gesehen. Die sind aber völlig harmlos.«

Averell: »Aha, Stufe drei! Erst ignorieren, dann für doof verkaufen und jetzt verharmlosen. Hallo! Sie sprechen hier nicht mit irgendwelchen Idioten! Wir wissen, wovon wir reden.«

Jack: »Also wirklich! Dass der andauernde Funkenflug unweigerlich zu Dachbränden und damit zu absoluter Lebensgefahr für die Fahrgäste führt, ist außerdem kein Fachwissen, sondern allgemein bekannt!«

Averell und Jack sprechen während der gesamten Unterhaltung sehr laut. Da sie sich sicher sind, im Recht zu sein, wollen die beiden, dass alle mitbekommen, wie sehr sie um das Leben der S-Bahn-Kunden kämpfen. Mittlerweile beobachten zwölf Wartende die Auseinandersetzung.

Nach Jacks letzten Ausführungen fangen drei Jugendliche lautstark an zu lachen.

Auch der Bahnangestellte kann sich nur noch mit größter Mühe ein Schmunzeln verkneifen, was man an seinen zuckenden Mundwinkeln deutlich erkennen kann.

Bahnangestellter: »Aha! Wie viele S-Bahnen mit brennendem Dach sind Ihnen denn schon begegnet?«

Diese Worte sagt er betont flapsig und provozierend, was Averell nicht entgeht und ihn zusätzlich verärgert.

Dann greifen auch noch die Jugendlichen in das Gespräch ein.

Jugendlicher 1: »Ui, schau mal! Da ist schon wieder eine brennende S-Bahn!«

Jugendlicher 2: »Und da auch! Und da! Aber was Besonderes ist das ja nicht, Alter! Das sieht man ja ständig.«

Jugendlicher 3: »Klar, das sind diese lebensgefährlichen Funken! Ist doch Allgemeinwissen, dass die andauernd S-Bahn-Dächer anzünden. Ich hab schon voll Angst. Immer wenn ich im Winter mit der Bahn unterwegs bin, mache ich mir Pipi in die Hose.«

Die drei klatschen sich lautstark lachend ab. Da bekommen Averell und Jack plötzlich unverhofft Unterstützung. Eine etwa 75 Jahre alte Frau mit grauer Dauerwelle greift ein.

Ältere Frau: »Jetzt lasst die armen Männer doch mal in Ruhe! Ich hab auch immer ein komisches Gefühl, wenn ich die Funken fliegen sehe. Irgendwas ist da bestimmt dran!«

Averell: »Vielen Dank! Dass hier auch ein vernünftig denkender Mensch anwesend ist, stimmt mich versöhnlich. Also, bitte erklären Sie mir mal, wie das Plastikdach der S-Bahn dem unaufhörlich darauf einprasselnden Funkenflug dauerhaft Widerstand leisten soll!«

Jack: »Das sind ja über 100 Grad, und das über Stunden! Zwar mit Unterbrechungen, aber immer wieder. Wie soll das bitte gehen?«

Bahnangestellter: »Selbstverständlich ist das völlig ungefährlich! Wenn der Kontakt zwischen Oberleitung und Stromabnehmer abreißt, ist die anliegende Stromspannung dennoch hoch genug, damit der Strom über die Luft zwischen den Metallen fließen kann. Dabei regen die Elektronen des Stroms die Elektronen der Moleküle der Luft so stark zum Schwingen an, dass diese Licht aussenden. Hören kann man den Vorgang auch, die angeregten Moleküle schwingen und stoßen ihre Nachbarn an, aber mit viel weniger Energie. Diese Verdrängung macht sich durch Knistern und Knallen bemerkbar; je weiter man von der Quelle entfernt ist, desto tiefer der Ton. Das ist aber alles wie gesagt völlig ungefährlich und die S-Bahnen sind ja auch nicht komplett aus Plastik – die bestehen zum Großteil aus Metall und sind auf dem Dach natürlich doppelt und dreifach gesichert. Da kann nichts passieren – und schon gar nicht fangen sie Feuer. Deshalb können Sie auch bei erhöhtem Funkenflug völlig beruhigt einsteigen und zur Arbeit fahren.«

Averell dreht sich um und sieht eine S-Bahn in den Bahnhof einfahren, die wieder extremen Funkenflug verursacht.

Averell: »Da, bitte! Schon wieder! Mit dieser Bahn müsste ich eigentlich fahren, aber bei dem Funkenflug kriegen mich keine zehn Pferde dazu, diesen Sarg auf Schienen zu betreten.«

Bahnangestellter: »Haben Sie mir eigentlich zugehört?«

Ältere Frau: »Also, so ganz überzeugt hat mich das auch nicht!«

Jugendlicher 1: »Ich werde jetzt todesmutig diese S-Bahn betreten. Leb wohl, schöne Welt!«

Jugendlicher 2: »Ich folge dir! Gehen wir gemeinsam in den sicheren Tod!«

Die beiden tun so, als wären sie Schauspieler auf einer Theaterbühne. Sie machen große Gesten mit ihren Händen und blicken sehr heldenhaft drein. Der dritte Jugendliche kann sich vor Lachen kaum noch auf den Beinen halten. Dann dreht er sich zu Averell und Jack um, verbeugt sich tief und blickt ihnen direkt in die Augen.

Jugendlicher 3: »Ich danke Euch edlen Fremden, dass Ihr mich vor der Lebensgefahr warnen und beschützen wolltet. Aber auch ich werde dem Tod ins Auge sehen und mich der Gefahr stellen. Sollte ich verunglücken, sagt bitte meinem Chef: Die Ausbildung war ihm wichtiger als sein Leben.«

Die drei verschwinden lachend in der S-Bahn. Zurück bleiben Averell und Jack, die verwundert dreinschauen und über so viel Leichtsinn nur den Kopf schütteln können.

DONNERSTAG, 19.38 UHR

Zwei Mädchen, circa 17 Jahre alt, unterhalten sich. Sie sind unauffällig gekleidet: Bluse, Stoffhose, Slipper, eine Rot-Grau-Braun-Kombination. Beide haben schwarze Haare und sind nicht geschminkt. Eine hat einen Geigenkasten auf den Beinen. Sie erinnern mich an Hanni und Nanni.

Die beiden sind so auffällig unauffällig gekleidet, dass man spontan denkt: Die müssen es faustdick hinter den Ohren haben. Im Geigenkasten ist bestimmt literweise Schnaps und wenn sie an ihrem Zielort angelangt sind, reißen sie sich die Klamotten vom Leib, schmeißen sich in das klitzekleine Schwarze und tanzen wild die Nacht durch.

Jedes der Mädchen hat ein dreieckiges Käse-Schinken-Sandwich in der Hand. Sie schmatzen sehr laut.

Hanni: »Hast du echt schon mal ein Tomate-Mozzarella-Sandwich gesehen?«

Nanni: »Ja, bei Mandy!«

Hanni: »Du bist vielleicht blöd! Dass es grundsätzlich Tomate-Mozzarella-Sandwiches gibt, weiß ich auch. Ich meine doch im Laden. Ich hab noch nie eins im Geschäft gesehen. Also, so ein verpacktes dreieckiges Sandwich wie das hier.«

Nanni: »Ach so! Nee, so bewusst im Laden hab ich auch noch keins gesehen. Nur halt bei Mandy, da hatte die Mutter uns einen ganzen Teller voll mit denen gemacht.«

Hanni: »Das hier ist aber ganz lecker, oder? Denkt man gar nicht von so einem Fertigessen.«

Nanni: »Ja! Der Käse ist gut.«

Mehrere Minuten innigen Schmatzens folgen. Es ist verwunderlich, wie lange und intensiv man auf einem Bissen Sandwich herumkauen kann – frei nach dem Motto »Gut gekaut ist halb verdaut«. Vielleicht liegt dem intensiven Kauverhalten ja folgende Überlegung zugrunde: Das Sättigungsgefühl setzt erst nach circa 20 Minuten ein. Je besser man kaut, umso länger braucht man beim Essen. Dadurch ist man schneller satt und isst insgesamt weniger – man nimmt also nicht zu. Außerdem ist die Gefahr zu ersticken geringer.

Nanni: »Übrigens: Mein Horoskop heute war ganz gut. Ich glaube da zwar nicht dran, trotzdem ist es irgendwie beruhigend. Gestern war es richtig scheiße – und da hab ich mich auch den ganzen Tag über voll scheiße gefühlt!«

Hanni: »Weißt du, wie meins heute war?«

Nanni: »Nö. Ich kann aber schnell nachschauen. Ich hab da ’ne sehr coole App!«

Sie zieht ihr iPhone aus der Tasche, entfernt die Schutzhülle und tippt wild auf dem Telefon herum. Die Hülle sieht aus wie das legendäre Plattencover *Never Mind the Bollocks, Here's the Sex Pistols*: quietschgelb und mit der Aufschrift »No Future« auf einer Seite. Auf der anderen Seite prangt ein großes A für »Anarchie«. Vermutlich gibt's auch bald eine Punk-App, die einem verrät, an welchem Körperteil eine Sicherheitsnadel am coolsten aussieht.

Nanni: »Du bist Stier, oder? Warte, hier ist deins von heute!«

Hanni nimmt das Telefon und liest vor: »Jeder will was von Ihnen. Sie sind der Dreh- und Angelpunkt. Auch ein Jobwechsel ist möglich. Ihr Partner verwöhnt Sie. Singles erhalten eindeutige Angebote!«

Beide lachen laut.

Hanni: »Das ist alles komplett falsch! Heute wollte wirklich niemand was von mir. Ich bin Single und habe bis jetzt nicht mal mit einem Jungen gesprochen – heute meine ich natürlich. Horoskope sind so ein verlogener Scheiß!«

Nanni: »Moment mal! Hier:

›Sie sind fast etwas sentimental‹ steht da. Das stimmt immerhin. So wie du vorhin reagiert hast! Ich sag nur Pipi im Auge!«

Hanni: »Trotzdem! Alles Quatsch! Horoskope sind voll der Scheiß!«

Nanni: »Mein Horoskop sagt mir, dass wir jetzt hier aussteigen müssen.«

Sie stehen auf.

Hanni: »Ganz wichtig: immer vor dem Aussteigen noch mal umdrehen und nachschauen, ob man was vergessen hat.«

Nanni: »Das sagt meine Mami auch immer.«

Beide lachen und steigen aus.

SONNTAG, 16.50 UHR

Was nun folgt, ist der S-Bahn-Auftritt des Jahres. Im gesamten Wagen herrscht Stille. Es scheint, als sei er nur von Lesern und Denkern besetzt. Einige starren einfach vor sich hin.

Doch dann steigt er zu: Guitar Joe, circa 16 Jahre alt, Lederjacke, blaue Jeans, schwarzes T-Shirt, lange blonde Locken. Er hört Musik auf seinem iPhone, das er demonstrativ in der Hand hält. Die Kopfhörer scheint er aber falsch herum eingesetzt zu haben, denn die Klänge sind deutlich vernehmbar. Ein Gitarrensolo folgt aufs andere. Guitar Joe wippt mit dem Fuß, schüttelt die Haare und bewegt stumm die Lippen. Er ist der lebende Rock 'n' Roll!

Circa fünf Minuten nachdem er eingestiegen ist, fängt er plötzlich an, lautstark mitzusingen.

Guitar Joe:

»I beg to dream and differ from the hollow lies.
This is the dawning of the rest of our lives.
On holiday!
Hear the drum pounding out of time.
Another protester has crossed the line
to find the money's on the other side.
Can I get another amen?
Amen!«

Es ist *Holiday* von Green Day – ein Lied, das laut mitgegrölt in einer S-Bahn, die ansonsten ausnahmslos von Lesern und Denkern besetzt ist, für erstaunlich viele irritierte, genervte, belustigte und aggressive Gesichter sorgt.

Gut für Guitar Joe, dass er relativ schnell begreift, dass er offenbar laut mitgesungen hat, anstatt nur zuzuhören.

Er blickt sich um in der Hoffnung, dass niemand seinen Auftritt mitbekommen hat, und merkt, dass alle Augen auf ihn gerichtet sind.

Sein Kopf wird rot, ziemlich rot!
Dann ist wieder Ruhe in Wagen 2.

DIENSTAG, 18.30 UHR

Vier Jugendliche – zwei Jungs, zwei Mädchen – fahren mit. Sie sind circa 14 Jahre alt und wirken wie die fünf Freunde, nur ohne Timmy, den Hund. Sofort hat man die Titelmelodie im Ohr: »Wir sind die fünf Freunde Julian und Dick, Anne und George – *ohne Timmy, den Hund*. Wir sind die besten Freunde, yeah!«

Die Mädchen sind leger zurechtgemacht. Anne trägt ein T-Shirt mit bunten Totenköpfen darauf, eine blaue Jeans und weiß-grüne Turnschuhe. Georgina, genannt George, hat ein pinkfarbenes Trägertop an, ebenfalls eine blaue Jeans und blaue Ballerinas mit einer Schleife auf der Spitze.

Beide Mädchen haben French Nails, die sie sich vermutlich gerade selbst aufgeklebt und angepinselt haben. Die diversen »Bauteile« liegen nämlich noch wild verstreut auf einem freien Platz neben ihnen. Ihre Nägel sind durch die Plastikverlängerung ungefähr doppelt so lang, wie sie normalerweise sein sollten. Im gesamten Abteil riecht es stark nach Kleber.

Die Jungen sind so angezogen, als hätten sie vor, am Abend zu feiern. Julian trägt eine Stoffhose mit großen Karos in diversen Brauntönen, weiße Sneakers und ein gelbes T-Shirt mit dem Aufdruck »Echo Beach«. Eine silberne Schlüsselkette ist an einer der Gürtelschlaufen der Hose befestigt und hängt an der Seite herunter. Sein Blazer ist offensichtlich neu, soll aber so aussehen, als sei er sehr oft getragen worden. Er hat überall aufgenähte Flicken und ist an einigen Stellen zerrissen.

Dick hat ein einfaches weißes T-Shirt an, das ebenfalls zum Teil zerrissen ist und den Blick auf seinen durchtrainierten

Körper freigibt. Dazu trägt er eine blaue Jeans, die ziemlich verwaschen ist, und braune Bootsschuhe.

George steht plötzlich auf.

Anne: »Tschüss!«

George: »Bis morgen!«

Sie steigt aus.

Anne: »Boah, ich hätte jetzt voll Lust auf Chicken Wings!«

Julian: »Wir können uns ja welche holen – wenn du mir Geld leihst.«

Anne: »Ja klar! Leihen! Und dann bekomme ich es in hundert Jahren zurück.«

Julian: »Ja! Du kannst es mir aber auch schenken.«

Anne: »Ja, ganz genau!«

Alle lachen und blättern in ein paar Zeitungen, die irgendwer in der Bahn liegen gelassen hat.

Anne: »Boah, das ist cool hier: ›Urlaubsdrama! Mädchen ertrinkt in illegalem Hotelpool!‹ Krasse Geschichte!«

Sie lacht lange! Sehr lange! Man ist irgendwie peinlich berührt. Auch von ihren Freunden erntet sie verwunderte Blicke.

Julian: »Was?«

Anne: »Mädchen ertrinkt in illegalem Hotelpool! Verstehste?«

Dick (ironisch): »Boah, ist das lustig!«

Anne: »Nein, das ist natürlich nicht lustig. Aber illegaler Hotelpool klingt so lustig.«

Julian: »Soll ich dir mal was vorlesen? ›Schuldrama: Schülerin bekommt Kaugummi ins Haar, weil sie zu doof zu allem ist!‹ Hahaha! Das ist auch eine voll witzige Geschichte. Pass mal auf!«

Noch während er das sagt, nimmt er seinen Kaugummi aus dem Mund und klebt ihn Anne in die schulterlangen Haare. Dabei reibt er ihn richtig kräftig hinein.

Anne: »Iiiiiiiih! Du Arschloch!«

Sie fummelt sich lange im Haar herum, um den Kaugummi wieder herauszubekommen, hat aber keinen Erfolg. Auch ihr Versuch, jede Haarsträhne einzeln zu befreien, bringt nichts. Der weiße Gummiklumpen bleibt störrisch in ihrem Haar hängen – und nicht nur das: Immer mehr Haare verfangen sich darin. Anne ist den Tränen nah und schaut verzweifelt zu dem Jungen, der ihr das angetan hat.

Julian: »Du brauchst gar nicht so zu gucken. Das hast du dir selbst zuzuschreiben. Wer sich so dämlich verhält ...«

Anne: »Wieso? Egal – ich verstehe dich sowieso nicht. Kannst du mir jetzt wenigstens helfen, den Mist wieder aus meinen Haaren rauszubekommen?«

Julian: »Boah, dann nimm halt die Schere und schneid dir den blöden Kaugummi raus!«

Er zeigt auf den Platz neben Anne, wo noch die Utensilien für die French Nails liegen, unter anderem eine Schere. Das Mädchen denkt kurz nach, nimmt dann tatsächlich die Schere in die eine Hand und die verklebten Haarsträhnen in die andere. Fünf Sekunden lang verharrt sie in dieser Pose. Dann schneidet sie beherzt los. Julian und Dick staunen nicht schlecht, als sie ihnen mit einem breiten Grinsen ein ziemlich großes Haarbüschel präsentiert. Es wandert in den kleinen S-Bahn-Mülleimer.

Dick: »Hier, die Schlagzeile ist witzig. Die haben ein Flugzeug beschlagnahmt, weil der Besitzer einem 30 Millionen Euro schuldet.«

Anne: »Und was muss der jetzt machen, um sein Flugzeug zurückzubekommen?«

Julian: »Na, bezahlen!«

Dick: »Das ist auch krass: ›Junge Frau erkennt ihren Lebensretter wieder und heiratet ihn.‹ Was es nicht alles gibt auf dieser Welt!«

Julian: »Oder hier: ›Lieber Dackel als Kinder! Warum Silvia den Vierbeiner vorzieht!‹ Tja, das will man doch unbedingt wissen.«

Dick: »Und noch eine gute Nachricht: Heute kommt *Frauentausch* auf RTL II. Das liebe ich ja total. Die Menschen da machen sich immer so toll zum Affen. Die sind so dämlich! Und dämlichen Menschen schaut man doch immer gerne zu.«

Anne: »Ja, das ist echt lustig! Schaust du das?«

Dick: »Nein, ich schaue *Alarm für Cobra 11*. Das ist echt krass!«

Anne: »Bei mir läuft der Fernseher eigentlich immer, wenn ich zu Hause bin. Ich schaue alles Mögliche, was halt gerade läuft! Hier, das ist auch lustig: ›Auf seinem Finger klebt ein Kuckuck!‹«

Dabei zeigt sie auf einen Artikel in der Zeitung.

Julian: »Was?«

Anne: »Ach, da hab ich mich jetzt verlesen! ›Auf seinem Flieger klebt ein Kuckuck‹ steht da natürlich. Das ist der Typ, von dem du vorhin erzählt hast. Der mit den 30 Millionen.«

Julian: »Boah, du bist echt doof! Sogar zu doof zum Lesen! Du könntest fast schon bei *Frauentausch* mitmachen.«

Dick: »Hier steht endlich mal was Sinnvolles: ›Schüler fälschen Arztatteste!‹«

Alle drei lachen und blättern weiter.

DONNERSTAG, 19.14 UHR

Zwei Männer, beide Mitte 20, haben in der S-Bahn ein Werbeplakat der Deutschen Bahn entdeckt.

Der eine liest sie laut vor: »›Günstig auf die Piste mit dem Garmischer Ski-Ticket! Ab 42 Euro inklusive Tagesskipass!‹ Alter, das klingt sehr geil! Voll billig!«

Beide tragen eine Sonnenbrille in den kurz geschnittenen Haaren – der eine den Ray-Ban-Klassiker: dicker schwarzer Rahmen und schwarze Gläser, der andere eine mit Goldrahmen und verspiegelten Gläsern. Außerdem haben beide T-Shirts von Ed Hardy an.

Ed: »Aber echt! Krass! Da können wir morgens mit dem ersten Zug hinfahren und abends mit dem letzten zurück. Skier leihen brauchen wir nicht, weil wir ja sowieso nur Après-Ski machen: Miezen checken und Cocktails schlürfen!«

Hardy: »Ganz genau! Sollen sich doch die anderen die Knochen brechen. Wir sorgen für das Zwischenmenschliche!«

Ed: »Ob das Rückfahrtticket wohl auch noch für den nächsten Tag gilt, wenn man zufällig im Skigebiet beischlafen, äh, übernachten musste?«

Eds T-Shirt ist schwarz mit einem Tigerkopf drauf. Er trägt dazu eine graue Jogginghose aus Ballonseide und grüne Turnschuhe. Weit und breit ist keine Jacke zu sehen, obwohl es Januar ist und draußen minus 5 Grad sind. Auch Hardy hat keine Jacke dabei. Sein T-Shirt mit einem Totenkopf darauf ist gelb. Die Augen des Totenkopfes und auch die des Tigers glitzern, weil sie aus silbernen Pailletten bestehen. Außerdem trägt Hardy eine beige Chino und weiße Turnschuhe. Als lustigen zusätzlichen Farbtupfer hat er lila Socken angezogen.

Hardy: »Eigentlich voll lustig: Ich fahre, seit ich 15 Jahre alt war, also seit knapp zehn Jahren, zweimal im Jahr Ski, ohne jemals Ski gefahren zu sein! Okay, mal den Hang runter, das geht schon. Aber ich hab da irgendwie keinen richtigen Bock drauf. Ich find's halt geil, abends schön Après-Ski und gib ihm, weißte. Meine Eltern haben natürlich keine Ahnung davon und bis vor zwei Jahren haben sie die Urlaube auch immer schön finanziert. Dann habe ich die Lehre angefangen und jetzt ist meistens Ebbe in der Kasse.«

Ed: »Sehr geil! Meine Alten hatten für Winterurlaub nie was übrig. Die sind selbst immer voll pleite. Deshalb hab ich immer meine Oma abgecheckt. Die hat mir meistens ein paar Hundert Euro gesponsert. Die ist aber gerade gestorben. Ich fahre auch voll mies, weil ich die Kohle für den Skipass meistens in Bierchen gesteckt habe.«

Hardy: »So ein Mist! Und was machst du jetzt? Irgendwie musst du doch an ein bisschen Kohle kommen. Wenn ich früher neue Skiklamotten wollte, also Markenzeugs von Burton oder so – man will ja cool aussehen und die stylishsten Klamotten haben, auch wenn man nicht fährt. Da stehen die Girls schließlich mehr drauf als auf jeden halsbrecherischen Stunt ...«

Beide lachen und klatschen sich ab.

Hardy: »... also, wenn ich neue Klamotten wollte, habe ich immer Löcher in meine alten Hosen und Jacken geschnitten und bin dann zu meinen Eltern hin. Vorher hab ich mir im Bad noch Wasser in die Augen getan, damit es aussieht, als hätte ich geheult. Ich hab denen dann immer die Riesenshow vorgespielt, wie leid es mir um die Klamotten tut und wie gern ich sie noch mal angezogen hätte. Dann war es immer derselbe Ablauf: Mein Vater hat gesagt, dass ich warten soll, bis es bei Lidl günstige Skianzüge gibt. Die hätten bei Stiftung Warentest voll gut abgeschnitten und kosten nur ein Drittel von dem, was ich sonst immer für die teuren Markenprodukte ausgebe. Ich hab ihm dann erklärt, wie viele meiner Kumpels schlimme Unfälle hatten, weil sie nur das Billigzeugs von ihren Eltern bekommen hatten, und ratzfatz hatte ich die Kohle zusammen. Meine Mutter hat dann immer gesagt, dass der Junge wenigstens eine gute Ausrüstung haben soll, wenn er schon einen so gefährlichen Sport macht. Und mein Vater hat mir die paar Hundert Euro gegeben. Er hat gesagt, dass er es sehr vernünftig von mir findet, dass ich wenigstens keine teuren Skier und Skischuhe haben möchte.«

Beide lachen.

Hardy: »Vielleicht kannst du es auch mit einer schönen Tränendrüsenattacke probieren. Dann rücken die Alten doch immer was raus.«

Ed: »Keine Chance, Alter! Mein Vater ist, seit ich denken kann, nicht mehr arbeiten gegangen. Meine Mutter auch nicht. Die haben selbst nix – voll asozial, die zwei! Die hocken den ganzen Tag über zu Hause und lassen die Glotze laufen. Abends geht's dann immer Zur Freiheit, weißte, die Kneipe bei uns unten im Haus. Ich bin voll froh, dass ich da vor drei Monaten ausgezogen bin. Bei den beiden, das war voll der Horror. Mir tut es nur leid um meinen kleinen Bruder. Der ist erst 15 und lebt noch bei denen. Wobei, eigentlich lebt der jetzt mehr bei mir. Ist 'ne miese Situation. Ich hab auch eigentlich keinen Bock, darüber zu sprechen. Klar ist nur: Da ist null zu holen. Haben sich deine Eltern eigentlich nie über die Löcher in den Klamotten gewundert?«

Hardy: »Meine Mutter dachte immer, dass ich voll die Monstermotten im Schrank hätte. Die hat dann die Riesenaktion gestartet und mein komplettes Zimmer mit extra Mottenmittel gereinigt. Ich hab mir einen gegrinst und so getan, als wäre ich extrem allergisch – so Hustenanfall vorgetäuscht und Würgegeräusche gemacht. Weißte, was ich meine? Dann hat die mich immer rausgeschickt und gesagt, dass sie Angst hätte, dass ich ersticke. Mit den Jahren wurde es einfacher, weil sie dann immer gleich gesagt hat, dass ich draußen bleiben soll – wir wüssten ja alle, dass ich das Mittel nicht vertrage.«

Beide lachen wieder und klatschen sich ab.

Ed: »Eltern verarschen macht doch am meisten Spaß, oder? Aber du kommst ja aus einer voll geilen Familie. Ihr habt Kohle und Mama hat dein Zimmer sauber gemacht. Ich will ja nicht scheiße klingen, aber dafür musst du eigentlich voll dankbar sein, weißte?«

Hardy: »Alter, du klingst wie mein Vater! Fang dich mal! Seit ich eine Ausbildung mache, ist der Geldhahn ziemlich zugedreht. Und in so einer peinlichen Spießeridylle bei Mama und Papa im Keller zu leben, ist auch nicht gerade mein Traum vom Leben. Die wollen mir absolut nicht eine eigene Wohnung bezahlen. Und mit meinem miesen Azubigehalt ist nach drei Partywochenenden und einer Shoppingtour Ende Gelände. Da hast du es schon besser, so mit eigener Bude und so!«

Ed: »Ja sicher, Alter! Komm du mal klar! Meine Bude zahlt das Amt. Das ist ein Zimmer mit Küchenzeile und zwei Fenstern. Ein alter Schrank, ein altes Bett und ein Schreibtisch standen schon drin. Mehr habe ich nicht, du Spacko! Und wer da alles in dem Hochhaus mit mir lebt, willst du nicht wirklich wissen. Da fliegen regelmäßig diverse Gegenstände aus dem Fenster. Das ist wie bei Sido in *Mein Block* – voll assig. Dann lieber deine Spießeridylle!«

Hardy: »Ja klar! Du bist halt voll fett Ghettokind – und voll Straße. Is' klar. Was ist denn jetzt mit Skifahren? 42 Euro wirst du doch wohl noch übrig haben, oder? Ein paar Bierchen schlürfen und Weiber anquatschen? Klingt doch nach einem perfekten Wochenende! Warte, ich schau mal nach, wie das Wetter wird!«

Er zieht sein iPhone aus der Hosentasche und klickt ein paarmal darauf rum.

Hardy: »Geilomat! Sonne ist angesagt – Samstag und Sonntag! Yeah! Ich würde ganz klar sagen: Ab auf den Berg, rein in die Sonne und Schorle am Start, oder?«

Ed: »Klingt perfekt. Ich schau mal, ob ich irgendwo Kohle organisieren kann, und dann bin ich dabei. Voll logo, Mann. Ich habe ja noch ein paar Tage Zeit.«

FREITAG, 18.55 UHR

Es ist ein ganz normaler Anblick, wenn man mit der S-Bahn in Richtung Flughafen fährt: zwei Männer, circa 40 Jahre alt, schwarzer Anzug, weißes Hemd, schwarze Krawatte, schwarze Sonnenbrille. Sie erinnern an die Blues Brothers Jake und Elwood. Immer fest an ihrer Seite haben sie natürlich schwarze Trolleys mit ausziehbarem Griff;

Jake hat zudem die aktuelle Ausgabe der *ZEIT* in der Hand.

Jake: »Wirklich Wahnsinn, was unser Körper alles auch alleine schafft – also ohne dass man ständig zum Arzt rennen muss. Die schreiben hier von etlichen Fällen, bei denen sogar Krebs ganz ohne Zutun eines Arztes geheilt worden ist. Und eine abgestorbene Hand, die sich selbst von innen geheilt hat.«

Elwood: »Echt? Wie geht denn so was? Ich dachte immer, dass man wegen jeder Kleinigkeit besser zum Arzt gehen sollte.«

Jake: »Ich gebe dir den Artikel nachher mal. Aber das hier muss ich dir gleich erzählen: Es gibt Würmer, die heißen Planarien, umgangssprachlich wohl Plattwürmer. Hab noch nie was von denen gehört. Die scheinen aber echte Wundertiere zu sein. Pass auf:

›Die Stars der Wunderheilung sind Planarien. Das hat einen guten Grund. Diese Tiere sind so unzerstörbar, dass man ihnen den Kopf abschneiden kann und innerhalb einer Woche ist der Verlust repariert. Selbst wenn alle Körperzellen mit einer tödlichen Dosis bestrahlt worden sind, reicht eine funktionsfähige Zelle aus einer anderen Planarie, um den toten Wurm zu reanimieren.‹*

Echt Hammer, was der Wurm so kann. Muss ich gleich nachher mal googeln!«

* *Quelle: Die Zeit, 21.07.2011*

Elwood: »Und dann erwischt dich deine Frau vor dem Computer, wie du dir nackte Plattwürmer anschaust! Da wäre ich gern dabei!«

Beide lachen.

MONTAG, 20.48 UHR

Es wird gedrängelt und geschubst in der S-Bahn. Plötzlich bekommt man Töpfe und Pfannen aus Aluminium an Brust und Arme geschleudert. Drei Frauen sind zugestiegen, alle Mitte zwanzig; zwei von ihnen haben dicke Tramperrucksäcke auf dem Rücken, an die sie ihr Kochgeschirr gebunden haben. Offenbar beabsichtigen sie nicht, die extrem sperrigen Rucksäcke abzunehmen und sie irgendwo hinzustellen, wo sie weniger Schaden anrichten können. So ist man bei jeder Bewegung der Damen darauf bedacht, dem Geschirr auszuweichen.

Aufkleber auf den Rucksäcken verraten, dass ihre Trägerinnen gerade vom Kirchentag in Leipzig kommen. Nennen wir die beiden doch Dörte Vollgut und Jutta Jute.

Dörte hat lange Dreadlocks. Sie trägt ein schwarzes Herrenunterhemd und einen bunten Batikrock. Jutta hat sich ein buntes Batiktuch um den Kopf gebunden. Ihre Haare sind geschätzt drei Millimeter kurz geschoren. Sie trägt eine sehr auffällige schwarze Hornbrille, blaue Jeans und ein T-Shirt, ebenfalls mit dem Logo des Kirchentags in Leipzig darauf.

Ihre Freundin hat die beiden offenbar vom Bahnhof abgeholt. Sie passt optisch absolut nicht zu ihnen. Nennen wir sie einfach mal Nina Normal.

Sie trägt einen blauen, ziemlich kurzen Jeansrock, ein weißes T-Shirt mit einem roten Herzen auf der Brust und braune Cowboystiefel. Ihre schwarzen Haare hat sie zu einem Pferdeschwanz zusammengebunden.

Dörte Vollgut: »Wir haben das alles bezahlt und von diesen blöden Streichkäsedingern wurden gerade mal zwei gegessen. Sechs blieben einfach so übrig. Dann hatten wir noch zwei volle Chipspackungen und eine, die noch drei viertel voll war.«

Jutta Jute vollzieht eine halbe Drehung, um Nina direkt ins Gesicht blicken zu können und so ihrer Empörung Nachdruck zu verleihen. Dabei schleudert sie wieder Pfannen, Töpfe und Aluminiumtassen durch die Luft. Die Umstehenden ducken sich oder weichen anderweitig aus. Dazu gibt es eine interessante Klangkulisse: Es klappert, klimpert, klirrt und kracht, dass es eine wahre Freude ist.

Jutta Jute: »Schinken hatten wir auch noch ohne Ende. Von der Salami wurde fast nichts gegessen. Wir hatten ja sogar den Auftrag, unbedingt zweimal Salami zu kaufen, und dann hat sie niemand gegessen. Das Einzige, was weg war, waren der Käse und das Brot!«

Dörte Vollgut: »Am krassesten fand ich ja den Sandro und die Katja. Die hatten tausend Sonderwünsche, was wir noch alles einkaufen sollten, und dann haben die nix mitgegessen, weil sie vorher noch fett bei Burger King waren! Und Daniel hat sich selbst eine riesige Packung gebackene Camemberts mitgebracht. Da waren acht Stück drin und er hat zwei gegessen. Sechs hat er einfach so stehen lassen. Die konnten wir dann wegschmeißen.«

Nina Normal: »Die haben das echt einfach alles so stehen lassen?«

Dörte gerät in Rage. Es folgt wieder eine halbe Drehung und damit das Klappern, Klimpern, Klirren und Krachen der Rucksack-Klanginstallation. Diesmal muss aber niemand ausweichen, weil die anderen Fahrgäste mittlerweile eine Sicherheitszone um die drei Damen freigelassen haben.

Dörte Vollgut: »Das war denen scheißegal! Und wir durften das dann alles einsammeln. Die Sachen, in denen durch das offene Rumstehen Dreck drin war, haben wir natürlich weggeworfen. Aber ich habe das einfach nicht eingesehen, dass man Sachen, die man noch gut essen kann, einfach säckeweise da liegen lässt. Das gute Essen wegwerfen, wo es doch so viel Hunger und Leid auf der Welt gibt? Niemals! Und dann haben wir die Sachen, die schon geöffnet waren, die man aber noch gut essen konnte, irgendwelchen Leuten geschenkt, an denen wir auf dem Weg zur Pension vorbeigekommen sind.«

Jutta Jute: »Einem Rosenverkäufer hab ich 'ne fette Packung Käse in die Hand gedrückt. Der hat mich nur total seltsam angeschaut und mich gefragt, warum ich ihm das gegeben habe. Und ein paar Jungs, die vor einer Disco standen, habe ich Pudding geschenkt. Die sind mir dann hinterhergelaufen und haben mich gefragt, ob ich sie noch alle habe. Das war echt lustig!«

Dörte Vollgut: »Die guten Sachen, die danach noch übrig waren, haben wir mit in unser Zimmer genommen und nach und nach noch gegessen. Und einen Riesensack voll haben wir unserem Nachbarn geschenkt. Wir haben ›Nachbar‹ zu ihm gesagt, obwohl er ein Obdachloser war. Der hat direkt unter unserem Zimmer geschlafen, im Hof, und der war voll nett. Der hat sich auch tierisch über das gute Essen gefreut. Chips, Salami ...«

Jutta Jute: »... Orangen, Eistee. Und sogar den Sonnenschirm hat der bekommen. Den hatten wir uns gekauft, weil es an dem Wochenende so heiß war. Der hat es echt voll gebracht und ich glaube, dass der Nachbar den auch gut gebrauchen konnte.«

Dörte Vollgut: »Einmal hat der auch bei uns geduscht.«

Nina Normal: »Warum denn das?«

Wieder klappert, klimpert, klirrt und kracht es. Obwohl da nur Aluminiumgeschirr aneinanderschlägt, ist der Geräuschpegel ziemlich hoch. Den Frauen scheint das aber nicht aufzufallen. Sie drehen sich weiter hin und her, ohne Rücksicht auf Verluste.

Jutta Jute: »Na, der sah so schlimm dreckig und verwahrlost aus, aber irgendwie auch voll nett und sympathisch! Da haben wir ihn gefragt, ob er nicht mal wieder duschen wolle. Also ist er mit zu uns gekommen. Er hat richtig lange geduscht und das Wasser voll genossen. Dann hat er sich sogar die Haare geföhnt und sah hinterher richtig gut aus. Er war voll dankbar. Und wir haben uns gedacht, dass das unsere gute Tat des Tages war.«

Dörte Vollgut: »Wir hatten sogar überlegt, ihn die zwei Nächte bei uns schlafen zu lassen, aber dann hatten wir doch Angst. Wir kannten den ja gar nicht!«

Nina Normal: »Und wie war das mit Susanne? Habt ihr die mal getroffen?«

Dörte Vollgut: »Klar, da kamen wir ja nicht drum rum, wir mussten ihr in der Schule doch hoch und heilig schwören, uns zu melden. Mit der waren wir gleich am ersten Abend in einer Kneipe. Da haben wir eine Gruppe aus Berlin kennengelernt – drei Jungs und drei Mädchen, voll nett. Und mit denen haben wir uns dann den ganzen Abend über unterhalten. Susanne war voll angepisst, weil sich niemand für sie interessiert hat.«

Jutta Jute: »Die ist danach noch mit zu uns, weil unsere Pension direkt um die Ecke von der Kneipe war. Und plötzlich wollte sie bei uns schlafen. Ich glaube, sie war allein nach Leipzig gekommen und hat nur so getan, als wäre sie mit Freunden da. Voll tragisch!«

Dörte Vollgut: »Aber das Krasse war, dass wir dann gemeinsam ins Bad sind, als Susanne schon im Bett lag. Wir dachten, sie schläft, und haben deshalb extrem über sie gelästert – wie doof sie ist und wie langweilig und dass wir keinen Bock darauf haben, dass sie bei uns schläft. Und plötzlich putzt sie sich die Nase und man hört das voll laut. Ich bin mir ziemlich sicher, dass sie uns auch gehört hat!«

Jutta Jute: »Ich hab sie dann am nächsten Tag gefragt, ob sie da noch wach war, und sie hat gesagt, dass sie nicht schlafen konnte und noch ziemlich lange wach lag. Und wir haben ja auch nicht gerade leise gesprochen, weil wir ja dachten, dass sie schläft. Ich glaube auch, dass sie alles ganz genau gehört hat, sich aber nicht getraut hat, was zu sagen. Vielleicht war ihr das voll unangenehm, weil sie uns ja belauscht hat.«

Die drei steigen aus, begleitet vom Klappern, Klimpern, Klirren und Krachen. Bleibt festzuhalten, dass an diesem Abend niemand durch fliegende Untertassen oder Bratpfannen verletzt wurde. Immerhin!

FREITAG, 19.45 UHR

In der S-Bahn raus aus der Stadt, direkt in die Vororte, sitzen sich zwei junge Frauen, circa 17 Jahre alt, gegenüber. Sie kommen offensichtlich vom Einkaufen – das sieht man an den vielen Tüten, die sie dabeihaben – und fahren vermutlich zu Mama und Papa nach Hause.

Die Mädchen sind der Inbegriff des Töchterchens aus gutem Hause. Man ahnt sofort: Diese beiden reiten und spielen Tennis. Sie werden zum Abitur ein Golf Cabriolet geschenkt bekommen und sich während des Studiums in einen BWL- oder Jurastudenten, der ebenfalls aus gutem Elternhaus kommt, verlieben. Nennen wir sie mal Susi Sorglos und Babsi Blumenwiese.

Susi Sorglos trägt eine grüne Barbour-Jacke, eine beige Stoffhose und braune High Heels, die vorn extrem spitz zulaufen. Sie hat blonde, leicht rötliche Haare, die sie zu einem Pferdeschwanz gebunden hat, und Sommersprossen. Ihre Fingernägel sind grau lackiert – *der* Sommertrend des Jahres – und ihre Handtasche ist von Louis Vuitton.

Babsi Blumenwiese hat ein rotes Kleid mit großen weißen Punkten an, das ihr bis knapp übers Knie geht. Darüber trägt sie eine braune Strickjacke, dazu ein rotes Halstuch mit kleineren weißen Punkten, eine blickdichte braune Strumpfhose und braune High Heels mit runder Spitze. Sie hat schulterlange braune Haare, die sie offen trägt. Ihre Lippen sind rot geschminkt.

Susi Sorglos: »Kommst du jetzt eigentlich mit zum Geburtstag von der bescheuerten Melli?«

Die Frage wird begleitet von einer dermaßen auffälligen Mimik, dass sich eine genauere Beschreibung lohnt. Etwa bei dem Wort »Geburtstag« beginnt die Vorführung. Mit beiden Augen blickt Susi plötzlich zur Decke. Dabei zieht sie ihre Stirn in dramatische Falten. Als Nächstes wandern ihre Augen einmal im Kreis herum. Ihr Kopf wackelt dabei etwas hin und her. Dann fixiert sie ihre Freundin wieder, legt die Stirn erneut in Falten und zieht beim Namen »Melli« ihre rechte Augenbraue verächtlich nach oben. Es fehlt nur noch, dass sie sich verzweifelt den Handrücken an die Stirn legt. Drama, Baby, Drama!

Babsi Blumenwiese: »Klar! Ich meine, großen Bock habe ich natürlich nicht, aber sie hat mich nun mal eingeladen und da kann ich ja schlecht absagen. Ich kenne sie seit über zehn Jahren.«

Susi Sorglos: »Stimmt, ich kenne sie ja auch schon so ewig. Hilfe! Ich fand sie schon immer voll doof. Aber ich werde auch kommen. Ich hatte schon eine Idee, was wir ihr schenken können: Wir bestellen beim Konditor eine richtig große runde Torte mit einem Foto von ihrem Gesicht drauf. Weißte, ihr kugelrundes Mondgesicht mit der ekligen Brille! Die Torte können wir ja rosa machen lassen. Das passt doch zu ihr, oder nicht?«

Babsi Blumenwiese: »Boah, bist du gemein! Das ist null lustig! Aber es passt irgendwie schon zu ihr. Sie sieht ja aus wie dieses Schwein, na, wie heißt das noch mal? Miss Piggy!«

Susi Sorglos: »Ja, genau – weil ihr Gesicht doch auch immer so rot ist. Und sie isst auch so gerne. Ich würde sie zu gerne mal auf die Waage stellen. Was meinste, wie viele Kilos die drauf hat?«

Wieder wird das Ganze durch eine dramatische Mimik unterstrichen. Diesmal werden auch noch einzelne Worte betont, vermutlich um sie noch verächtlicher klingen zu lassen: Bei »rot«, »Waage« und »Kilos« überschlägt sich die Stimme fast und die Vokale werden in die Länge gezogen.

Babsi Blumenwiese: »Bestimmt 80.«

Susi Sorglos: »Und das bei 1,60 Meter. Quadratisch, praktisch, gut! Ich bin mal gespannt, was sie anzieht. Vielleicht holt sie ja wieder die lila Platz-Bluse raus! Kannste dich an die noch erinnern?«

Babsi Blumenwiese: »Logo! Das war peinlich. Vorn an der Tafel – ich wäre im Erdboden versunken. Und dann hatte sie auch noch so einen altbackenen BH an. Und schminken kann sie sich auch nicht. Das schaut immer voll nach Gruselkabinett aus. Sie hat dann so rote Backen und übertrieben schwarze Augen. Und dazu ist sie noch so fett!«

Susi Sorglos: »Eigentlich ganz schön schlimm, dass wir erst so fies über sie lästern und dann zum Geburtstag gehen und heile Welt spielen. Küsschen hier, Küsschen da. ›Wie geht's dir? Hach, wie ist das schön und geschmackvoll bei dir!‹ Wenn die wirklich die lila Bluse anhat, werde ich zu ihr sagen: ›Die steht dir aber besonders gut!‹«

Ein letztes Mal kommen wir in den Genuss der dramatischen Mimik. Wunderbar, Applaus! Die Drama-Queen-Show ist aus. Die Vorstellung war ein voller Erfolg. Der Preis für die falschesten Schlangen des Jahres geht an Susi Sorglos und Babsi Blumenwiese.

Die beiden lachen beim Verlassen der S-Bahn.

WAGEN 3

LIEBE, LUST & LEIDENSCHAFT

»Ich schwöre dir: Wenn die Geschichte nicht stimmt, die er mir aufgetischt hat, dann wird er den fetten, fetten Aufstand haben. Und mit fett meine ich ultrafett!«

»Mir ist aber auch was voll Peinliches passiert. ›Je t'aime‹ heißt ja auf Französisch ›Ich liebe dich‹. Und ich habe ihm ›Thomas, je t'aime‹ geschrieben, weil ich dachte, es heißt ›Danke schön!‹. Da hat er mich angerufen und war voll am Lachen.«

MITTWOCH, 9.45 UHR

Ein Mann spricht mit dem Laptop auf seinem Schoß. Nachdem man ihn vielleicht als etwas verrückt abgetan hat, beginnt man sich darüber zu wundern, dass der Laptop plötzlich antwortet.

Mann: »Ich habe gestern Abend noch etwas Fußball im Fernsehen geschaut und bin dann schlafen gegangen, so gegen 23 Uhr. Nichts Aufregendes also.«

Laptop: »Ich gehe jetzt gleich noch weg – mit Norman und Martha. Wir wollen in so eine angesagte Bar. Mal sehen, wie das wird.«

Der Mann unterhält sich also mit seinem Computer. Diese erstaunliche Situation verdient eine genauere Betrachtung. Ein Blick über seine Schulter verrät, dass er per Skype mit jemandem spricht. Das Bild ist etwas unscharf, aber man kann auf dem passfotogroßen Ausschnitt auf dem Monitor deutlich eine circa 30-jährige Frau erkennen. Sie hat schulterlange rote Haare und trägt eine weiße Bluse. Im Hintergrund ist eine Bücherwand zu sehen. Die Titel der Bücher sind allesamt auf Englisch.

Mann: »Echt? Noch schön auf die Rolle gehen? Aha! Na, das hört sich doch super an. Wie spät ist es jetzt eigentlich bei euch?«

Frau: »Gleich acht, also noch völlig okay. Wir haben hier ein paar Gläser Rotwein getrunken und Musik gehört und alle fänden es doof, wenn der Abend jetzt so plötzlich enden würde. Schau mal, das ist Norman. Erinnerst du dich noch?«

Sie zieht einen ziemlich gut aussehenden jungen Mann vor die Kamera. Seine schwarzen Haare trägt er wie Justin Bieber. Ein hellblaues Jeanshemd und eine goldene Kette mit einem ziemlich großen Kreuz daran sind zu erkennen. Norman grinst breit und offensichtlich schon ziemlich angetrunken.

Norman: »Hi! How are you?«

Dann prostet er sich gut gelaunt mit der Frau am anderen Ende der Leitung zu. Beide nehmen einen Schluck aus den großen Rotweingläsern.

Mann: »I'm fine, thank you! Sag mal, Schatz, bei euch ist aber wirklich noch einiges los! Norman ist Student in dem Kurs, in dem du hospitierst, richtig?«

Frau: »Ja, genau! Das ist der, der mir gleich so super geholfen hat, als ich hier ankam und niemanden kannte. Hatte ich dir doch erzählt. Der mir so lieb die Kisten hochgetragen hat. Wir verstehen uns echt gut, sind auf der gleichen Wellenlänge.«

Der Mann mit dem Laptop ist ebenfalls circa 30 Jahre alt. Bekleidet ist er mit einer blauen Windjacke, einer beigen Chino und ehemals schwarzen, inzwischen aber ausgebleichten und ausgelatschten Sneakers. Er trägt keinen Ehering. Sein leicht lockiges, schulterlanges braunes Haar ist ungekämmt. Unter der Jacke, deren Reißverschluss er bis fast ganz nach oben zugezogen hat, sieht man gerade noch so den Kragen eines weißen Hemdes. Darauf ist das Wort »Tschacka« gestickt.

Tschacka: »Aha, gleiche Wellenlänge. Cool! Gut, dass du so schnell Anschluss gefunden hast – freut mich voll für dich! Auf mich wartet nur ein langweiliger Tag im Büro, Verträge aufsetzen und so. Aber vielleicht gehe ich mit Sabine heute Abend ins Kino. Da läuft dieser Film, den wir zusammen sehen wollten, was ja jetzt nicht mehr möglich ist, weil du weg bist. Ist doch okay, oder?«

Allen Lauschern und Beobachtern, von denen es mittlerweile eine Menge gibt, ist sofort klar, dass er seine Freundin mit dieser Ankündigung nur eifersüchtig machen will. Gespannte Neugierde macht sich im Wagen breit. Wie wird sie reagieren?

Frau: »Ja, mach das! Der Film soll voll cool sein. *Happy New Year* heißt er – falls du Karten reservieren willst. Hier läuft er ja leider nicht mehr, sonst könnten wir gleichzeitig ins Kino gehen und im Geiste Händchen halten – über die Kontinente hinweg. Das wär sehr romantisch. Aber untersteh dich, die schöne Sabine auch diesbezüglich als Stellvertreterin zu nehmen!«

Sie bewegt ihren Zeigefinger warnend hin und her. Dabei grinst sie sehr sympathisch und ehrlich.

Frau: »Ich hoffe sehr, dass sie mindestens 30 Kilo zugenommen hat, seit ich sie bei eurem Firmenausflug in hautenger Radfahruniform kennengelernt habe. Hat sie doch sicher, oder?«

Dabei lacht sie wieder und diesmal lacht er mit.

Tschacka: »Nein, das hat sie leider nicht. Ehrlich gesagt ist sie noch immer so gut in Form wie im Sommer. Aber da schaue ich natürlich nicht hin. Für mich zählen nur die inneren Werte der lieben Kollegin – wie für dich ja ganz offensichtlich auch, wenn man sich deinen jungen Begleiter so anschaut!«

Er tut so, als sei das Ganze ein Witz, und fängt laut an zu lachen. Das Lachen ist aber etwas zu gewollt, zu aufgesetzt. Man merkt deutlich, wie eifersüchtig er ist.

Frau: »Ganz genau, Schatz, an diesem 22-jährigen, durchtrainierten Burschen interessiert mich nur sein Fachwissen über Atomphysik! Ist doch logisch!«

Mit diesen Worten legt sie den Arm um Norman und zieht ihn so nah zu sich, dass seine Wange sich fest an ihre drückt und beide direkt in die Kamera nach Deutschland grinsen. Es ist ein Bild, wie man es sonst nur aus Fotoautomaten kennt, wenn sich frisch Verliebte in der kleinen Zelle eng aneinanderpressen, um gemeinsam aufs Foto zu kommen.

Tschacka: »Ach ja, das sieht ja echt kuschelig aus bei euch! Kannst du das vielleicht machen, wenn die Kamera aus ist? Jetzt habe ich den ganzen Tag über das Bild von dir und diesem Adonis im Kopf. Das ist nicht gerade schön! Also: Bitte schubs den Typen aus dem Bild und lass uns noch fünf Minuten lang normal quatschen! Dann muss ich sowieso aussteigen und du kannst Party machen.«

Dabei blickt er sehr genervt auf den Monitor des Laptops.

Frau: »Och, Mensch! Was biste denn so genervt? Diese blöde Zeitverschiebung ist echt ein Stimmungskiller! Immer wenn ich feiern bin, musst du arbeiten, und umgekehrt. Ich glaube auch, dass du irgendwie eifersüchtig bist. Kann das sein? Dafür gibt es ja nun wirklich keinen Grund!«

Tschacka: »Ach nein? Was soll ich denn sagen, wenn du dich mit irgendwelchen gut aussehenden Typen vergnügst, betrinkst und nächtelang feiern gehst?«

Frau: »Nächtelang? Das ist das erste Mal, dass ich weggehe, und ich bin ja mittlerweile seit drei Wochen hier. Und Norman ist nun wirklich nicht mein Typ! Das solltest du eigentlich am besten wissen. Außerdem brauchst du dich nicht zu beschweren, du gehst mit Sexbombe Sabine ins Kino, in einen Liebesfilm wohlgemerkt, und machst mir ein schlechtes Gewissen!«

Tschacka: »Ganz genau! Ich will halt auch mal einen schönen Abend haben. Wie du weißt ebenfalls zum ersten Mal, seit du weg bist. Und zur Erinnerung: Du bist gegangen, sechs Monate Australien zum Lernen. ›Ich werde da sowieso nur arbeiten‹ – deine Worte! Die habe ich noch laut und deutlich im Ohr!«

Er ist ziemlich aufgebracht, versucht aber weiterhin, leise zu sprechen, fast schon zu flüstern. Dafür gibt er jedem seiner Worte einen ganz besonderen Nachdruck. Er zischt das s und betont die einzelnen Silben stark.

Tschacka: »Mensch! Jetzt sitzen wir hier und streiten uns. Und ich werde wieder den ganzen Tag über ein ungutes Gefühl haben und mich nicht konzentrieren können, weil ich mir ständig vorstelle, wie dieser Norman dich antatscht. Das war aber auch wirklich ’ne dämliche Idee von dir, mich von eurer Privatparty aus anzurufen!«

Frau: »Entschuldige bitte! Ich wollte dich einfach vor der Arbeit noch mal sehen, weil ich dann ja wieder zehn Stunden lang keine Möglichkeit dazu habe. Wenn du das für eine blöde Idee hältst, tut es mir sehr leid!«

In diesem Moment drängt sich Norman ins Bild und versucht, auf Englisch beruhigend auf die beiden einzuwirken. Zum besseren Verständnis gebe ich seine Worte hier auf Deutsch wieder.

Norman: »Hey ihr zwei, jetzt schreit euch bitte nicht an! Hier ist alles okay. Wir haben nur ein bisschen Spaß, nichts, worüber man sich Sorgen machen müsste. Und du hast doch viel Arbeit in Deutschland. Also entspann dich und sei cool! Versuch, dich auf das Wesentliche zu konzentrieren! Es bringt doch nichts, dir Sorgen über Sachen zu machen, die du sowieso nicht beeinflussen kannst.«

Tschacka: »Also, das setzt dem Ganzen ja die Krone auf. Jetzt gibt dieser Furz mir auch noch Lebenstipps. Ich drehe gleich durch. Der soll froh sein, dass mehrere Tausend Kilometer zwischen uns liegen. Und was heißt hier überhaupt: Dinge, die ich sowieso nicht beeinflussen kann? Bitte? Ich glaube, hier geht gerade einiges gehörig schief. Schatz, mach, was du willst! Ich hab keinen Bock mehr. Viel Spaß beim Feiern! Tschö!«

Er klappt den Deckel des Laptops mit voller Wucht zu. Es macht klick und die Verbindung ist beendet. Bei seinem letzten Ausbruch ist er dann also trotz aller Versuche, sich zu beherrschen, doch laut geworden und hat einen ziemlich roten Kopf bekommen.

Nun hat auch der Letzte im Wagen den transatlantischen Streit mitbekommen. Alle schauen neugierig in Tschackas Richtung. Der sitzt in sich zusammengesunken über seinem zugeklappten Laptop. Er atmet tief und schwer.

Nach circa dreißig Sekunden des Schweigens blickt er ruckartig hoch. Sein Kopf ist immer noch rot vor Wut. Er klappt den

Laptop wieder auf und startet das Programm, mit dem er eben noch Kontakt zu seiner Freundin hatte, mit einem energischen Doppelklick. Als sich die Verbindung aufgebaut hat, klickt er auf den Namen seiner Freundin. Das kleine Fenster ist erneut zu sehen, aber es bleibt schwarz. Unten rechts in der Ecke steht: »Offline«. Wütend schlägt Tschacka den Laptop wieder zu.

In die erwartungsvolle Stille, die sich rund um seinen Sitzplatz breitgemacht hat, platzt plötzlich eine Frauenstimme: »Machen Sie sich nicht zu viele Sorgen. Ich finde, Ihre Freundin kann tatsächlich auch mal feiern. Und dass Sie beide sich lieben, hat man ja deutlich gemerkt. Rufen Sie sie doch einfach an, wenn Sie heute Abend von der Arbeit kommen. Dann ist der Ärger verraucht.«

Nach einem kurzen Moment der Stille steht Tschacka auf, steckt den Laptop in seine Tasche und geht in Richtung Tür. Auf halbem Weg dreht er sich noch einmal um.

Tschacka: »Wissen Sie, was mir jetzt wirklich noch gefehlt hat an diesem total beschissenen Morgen: gut gemeinte Ratschläge. Vielen Dank dafür! Echt klasse! Ich hoffe, ich habe Sie gut unterhalten. Irgendeiner hat mich bestimmt mit dem Handy gefilmt, dann können Sie sich das alles ja noch mal bei YouTube anschauen. Der Alleinunterhalter muss jetzt leider aussteigen.«

Dann verlässt er die Bahn. Die Frau, die ihn angesprochen hatte, hat bei der Schimpftirade einen ziemlich roten Kopf bekommen und blickt demonstrativ nach unten auf ihre Zeitung.

FREITAG, 18.12 UHR

Wenn Frauen eifersüchtig sind, kann es in der S-Bahn sehr, sehr laut werden: Dann wird der vermeintlich untreue Freund beziehungsweise Ehemann persönlich oder am Telefon zur Rede gestellt und die Damen scheren sich keinen Deut darum, wer diesem Szenario alles zuhört. Im Moment bin ich mit einem Fall konfrontiert, in dem der Freund zwar zweifellos ein untreuer Schuft ist, dies aber noch nicht bewiesen werden konnte. Die Betroffene und ihre Freundin sitzen sich gegenüber. Beide beugen sich nach vorn, sodass ihre Köpfe sich auf halbem Weg treffen, und besprechen verschwörerisch die Lage. Nennen wir sie mal Fegefeuer und Höllenglut.

Die beiden Racheengel sind circa 17 Jahre alt.

Sie sind ziemlich aufgetakelt, im Partnerlook zurechtgemacht fürs Ausgehen: sehr enge blaue Röhrenjeans, dazu sehr eng anliegende Tops – die eine in Rosa, die andere in Weiß. Beide tragen eine schwarze Lederjacke über dem Arm. Die Lippen sind rot, die Augen dunkel geschminkt. Die schwarzen Haare haben sie streng zum Pferdeschwanz zurückgekämmt.

Fegefeuer: »Ich glaube, dass der Simon mich verarscht. Wir können ihnen ja heute Abend folgen, einfach ein bisschen hinterhergehen.«

Höllenglut: »Ich schwöre dir: Wenn die Geschichte nicht stimmt, die er mir aufgetischt hat, dann wird er den fetten, fetten Aufstand haben. Und mit fett meine ich *ultra*fett!«

Fegefeuer: »Stell dir vor, die gehen danach noch schön essen – mit irgendwelchen Schicksen, die sie aufgabeln!«

Höllenglut: »Ich wette mit dir, dass die das machen! Wer geht schon nach dem Kino direkt nach Hause? Das macht niemand!«

Sie blickt ihre Freundin vielsagend an, nickt dabei mit dem Kopf und legt die Stirn in Falten. Ihr Gesichtsausdruck soll unterstreichen, dass *niemals* irgendwer nach dem Kino direkt nach Hause geht.

Fegefeuer: »Und die sind ja jetzt schon zusammen in der Stadt unterwegs, angeblich mit ihrer Jungstruppe!«

Höllenglut: »Na und? Das stimmt ja vielleicht sogar. Aber nach dem Kino geht trotzdem nie jemand einfach so nach Hause. Einfach so: Tschüss jetzt, mach's gut! Da würden ihn seine Kumpels ja auslachen, und das kann er gar nicht ab. Ich hoffe natürlich, dass dann nichts mit anderen Weibern passiert. Für ihn hoffe ich das!«

Fegefeuer: »Ich hoffe es auch für ihn!«

Beide schauen dermaßen grimmig, dass man sie sich gut in Tarantino-Pose mit einem Säbel in der Hand beim Köpfen diverser Männer vorstellen kann.

Fegefeuer: »Und was mache ich, wenn wir Simon heute Abend mit anderen Mädels zusammen sehen? Klar, ich könnte ihn morgen früh fragen, ob was war. Aber wenn er mir nicht die Wahrheit sagt, kann ich ja schlecht sagen: Du Schatz, ich hab dich gestern heimlich beobachtet. Wie reagiere ich dann, wenn er mir morgen erzählt, dass nichts war? Wenn er einfach behauptet, dass er danach nicht mehr unterwegs war?«

Tja, das ist ein schwerwiegendes Problem. Wie schwer, kann man an ihrer Mimik ablesen: Sie sieht wirklich verzweifelt aus. Ihre Freundin schaut zuerst ein bisschen bedröppelt, doch dann hat sie offenbar eine Idee.

Höllenglut: »Dann sag ihm, ich war abends noch in der Stadt und habe ihn zufällig gesehen! Und ich hätte dir gesagt, dass er mit einer anderen Frau unterwegs war.«

Fegefeuer: »Gute Idee, das mache ich!«

Höllenglut: »Er kann ja zufällig an mir vorbeigegangen sein. Obwohl, das ist auch komisch, weil, dann fragt er sich, warum ich nichts zu ihm gesagt habe. Sag ihm einfach, dass ich ihn von der anderen Straßenseite aus beobachtet habe.«

Fegefeuer: »Und wenn er nicht aus dem Kino rauskommt, sondern direkt da in das Restaurant geht?«

Höllenglut: »Dann sag ihm halt, dass ich dran vorbeigelaufen bin und gesehen habe, dass er da saß! Und wenn er fragt, warum ich nicht reingekommen bin, kannste ja sagen, dass ich es eilig hatte. Außerdem wäre es ja auch komisch, wenn ich reingehe, obwohl ich sehe, dass er da mit einer anderen sitzt.«

Fegefeuer: »Ach, ich werde mir schon was Gutes ausdenken!«

Der unbeteiligte Zuhörer ahnt, dass dabei mit Sicherheit noch sehr viele andere schöne Überlegungen herauskommen werden.

MONTAG, 7.30 UHR

Die folgende Szene könnte man »Liebes-Pantomime« nennen. Sie spielt sich an der S-Bahn-Station Hauptbahnhof ab.

Der Zug fährt ein und verlangsamt seine Fahrt. Man sieht durch die noch geschlossene Tür ein Paar in inniger Umarmung auf dem Bahnsteig. Neben dem Mann stehen zwei große Koffer. Der Zug hält, die Türen öffnen sich.

Die beiden lösen ihre Umarmung, halten aber weiter Händchen und nähern sich der S-Bahn. Die Frau steigt ein, er bleibt auf dem Bahnsteig zurück. Da es noch ziemlich früh ist, muss sie vermutlich ins Büro, er dagegen zu seinem Zug. Sie sind etwa 30 Jahre alt. Nennen wir sie Edward und Vivian, so wie Richard Gere und Julia Roberts in *Pretty Woman* heißen.

Sie bleibt in der Lichtschranke der S-Bahn-Tür stehen, beugt sich leicht vor und küsst ihn sehr innig und lange. Dabei hält sie seine Hände so fest umgriffen, dass ihre Fingerknöchel weiß werden. Beide tragen keinen Ehering, aber um den Arm haben sie identische Freundschaftsbänder: rote, blaue, gelbe und grüne Fäden, die ineinander verschlungen sind.

Sie blicken sich eine gefühlte Ewigkeit lang aus zehn Zentimetern Entfernung direkt in die Augen.

Edward ist mit seinem Mund ganz nah an ihr Ohr gekommen, beißt leicht in das Ohrläppchen und flüstert ihr etwas zu. Wahrscheinlich so etwas wie: »Ich liebe dich, auch wenn ich jetzt weg bin. Vergiss das bitte nicht!«

Vivian wischt sich eine Träne weg.

Die Tür piept jedes Mal, wenn sie versucht, sich zu schließen. Immer wenn ein Piepen ertönt, streckt Vivian ihr Bein nach hinten aus, um es in die Lichtschranke zu halten und so dafür zu sorgen, dass die Tür sich nicht schließt.

Es piept circa alle zehn Sekunden.

Zum wiederholten Mal ertönt die Durchsage »Von den offenen Türen bitte zurücktreten. Der Zug fährt ab!«.

Die beiden Liebenden wollen die Tür aber nicht freigeben. Sie halten verzweifelt an ihrer Liebe fest.

Edward säuselt nun hörbar in Vivians Ohr: »Es sind ja nur drei Wochen. Und wir telefonieren jeden Tag. Du wirst sehen: Die Zeit vergeht wie im Flug und dann kommst du mich besuchen!«

Sie umarmt ihn ein letztes Mal, drückt ihn fest an sich, blickt wieder direkt und intensiv in seine Augen, fasst seine Hände noch fester und schiebt ihn dann energisch von sich weg. Endlich lässt sie ihn los. Beinahe augenblicklich schließt sich die Tür.

Edward bleibt auf dem Bahnsteig stehen und winkt. Dabei schaut er sehr traurig und zieht demonstrativ die Mundwinkel nach unten. Vivian, die eine goldene Kette mit einem großen roten Herzen daran um den Hals trägt – vermutlich ein Abschiedsgeschenk von Edward –, schaut ebenfalls extrem traurig. Sie haucht gegen die S-Bahn-Scheibe und malt ein Herz auf den beschlagenen Teil des Fensters. In ihren Augen schimmert eine Träne.

Als Edward das gezeichnete Herz sieht, hört er auf zu winken und legt seine beiden Daumen und Zeigefinger so zusammen, dass sie ein Herz ergeben. Das hält er vor seine Brust und bewegt es vor und zurück, um Herzklopfen darzustellen.

In diesem Moment kullert eine Träne über Vivians Wange und fällt auf den S-Bahn-Boden. Viele weitere folgen. Gerührt winkt Vivian ihrem Edward.

Der sieht, dass sie weint, und kommt nun bis direkt an die verschlossene Tür heran. Er legt seine gespreizte Hand auf das Fenster und sie legt im Inneren ihre Hand ebenfalls daran. Seine Hand überragt ihre jeweils um genau eine Fingerkuppe.

Ein Pfeifen ertönt, dann ein Zischen. Der Zug fährt langsam los.

Beide Hände sind noch immer an die Scheibe gedrückt. Vivians Lippen formen deutlich sichtbar ein »Ich liebe Dich!«.

Dann muss Edward loslassen. Die Bahn beschleunigt und er ist weg.

Zurück bleibt eine Vivian, die ein Taschentuch aus ihrer Jackentasche zieht und sich die Tränen trocknet. Auf dem Boden hat sich in der Zwischenzeit eine kleine Pfütze gebildet. Sie fährt sich durch die langen schwarzen Haare und blickt verträumt auf das leicht feuchte Taschentuch.

Da piept es drei Mal in ihrer braunen Umhängetasche. Sie zieht ihr Handy heraus, drückt einige Male darauf herum und strahlt plötzlich über das ganze Gesicht. Vermutlich war die SMS ein letzter Abschieds-Liebesgruß von Edward – und er hat den richtigen Ton getroffen. Vivian antwortet ihm, setzt sich auf einen freien Platz und beginnt, die Zeitung zu lesen.

DIENSTAG, 7.34 UHR

Morgens sind die S-Bahnen immer voll mit Schülern. Die meisten schreiben die Hausaufgaben ab oder schlafen. Wer seine Hausaufgaben brav zu Hause gemacht hat und auch genug Schlaf bekommen hat, muss sich mit anderen Dingen beschäftigen.

Aber manchmal treffen beide Welten aufeinander – wie in diesem Fall.

Zwei Mädchen fahren mit, nennen wir sie Heidi und Fräulein Rottenmeier. Beide sind circa 16 Jahre alt, haben blaue Jeans an und blonde Haare, die sie zum Pferdeschwanz gebunden haben. Heidi trägt ein blaues Top, dazu eine weiße Jeansjacke, Fräulein Rottenmeier ein schwarzes T-Shirt und außerdem eine Brille. Die Mädchen haben überdimensional große, knallblaue Sporttaschen dabei.

Beim Anblick der beiden läuft das Kopfkino auf Hochtouren: Fräulein Rottenmeier spielt bestimmt Klavier und schaut samstags immer schön *Wetten, dass..?* mit Mama und Papa auf dem Sofa im heimischen Wohnzimmer. Dazu gibt's ein Schälchen Chips. Sie wirkt wesentlich erwachsener und reifer, als sie ist. Am Abend hat sie schön ihre Hausaufgaben gemacht und ist pünktlich ins Bett gegangen.

Heidi macht gern Party und kümmert sich lieber um ihr Make-up als um die Hausaufgaben. Sie ist wesentlich hübscher als Fräulein Rottenmeier, drückt sich aber bei Weitem nicht so gewählt aus. Ihre langen Fingernägel sind rosa lackiert, ihr Top ist bauchfrei und tief dekolletiert. Leider hat sie ein Problem: Sie hat die Hausaufgaben offensichtlich zum wiederholten Mal nicht gemacht und würde sie gern von Fräulein Rottenmeier abschreiben. Deswegen geht sie auf ihre Klassenkameradin zu und beginnt ein Gespräch.

Heidi: »Morgen! Sag mal, hast du die Aufgaben vom Schröder gemacht? Ich nämlich mal wieder nicht und ich glaube, heute bekomme ich wirklich Ärger, wenn ich sie nicht habe.«

Fräulein Rottenmeier: »Klar hab ich die gemacht! Danke übrigens, dass ihr mir gestern nicht Bescheid gegeben habt, als ihr euch noch bei Karen getroffen habt. Aber immerhin hatte ich so Zeit, die Aufgaben zu machen.«

Heidi: »Hat dir echt niemand Bescheid gesagt? Das wusste ich nicht. Tut mir wirklich leid, kommt bestimmt nicht mehr vor. Kannst du mir die Aufgaben geben? Dann kann ich sie schnell abschreiben und bekomme keinen Ärger. Wär klasse!«

Fräulein Rottenmeier: »Nö! Dass ihr mich nicht eingeladen habt, hat mich echt sauer gemacht. Weißte, wegen Hausaufgaben abschreiben kommste immer an und machst auf freundlich. Und wenn es mal 'ne nette Party gibt, dann bin ich außen vor. Ich hab übrigens gestern noch mit Tobi telefoniert. Der ist ziemlich verwirrt wegen dir.«

Heidi: »Oh nein, nicht die Leier wieder! Bitte nicht die Leier wieder!«

Fräulein Rottenmeier: »Sag dem Tobi doch einfach die Wahrheit! Der denkt nämlich, dass ihr zusammen seid, zumindest fast. Warum verarschst du ihn die ganze Zeit?«

Heidi: »Ich höre immer nur Tobi, Tobi, Tobi – das nervt! Außerdem habe ich null Bock, dem das alles zu erzählen.«

Fräulein Rottenmeier: »Klar, aber er läuft dir halt total hinterher und macht sich Hoffnungen. Der schickt dir ständig SMS, schreibt dir bei Facebook auf die Pinnwand, ruft an, macht das und das und das und das und du meldest dich nie. Wenn man sieht, was er so alles postet, machst du ihm ja irgendwie immer wieder Hoffnungen. Aber mir sagst du, dass du nichts von ihm willst und dass er dich nervt! Entweder du machst ihm Hoffnungen oder du lässt es halt, aber so geht's nicht weiter!«

Bei diesen Worten ist Fräulein Rottenmeier die Brille ein Stückchen nach unten gerutscht, sodass sie ihre Gesprächspartnerin darüber hinweg anblickt. Ihr hagerer Oberkörper ist etwas nach vorn gebeugt und die Stirn in Sorgenfalten gelegt. Es fehlt nur noch der warnend erhobene Zeigefinger.

Heidi: »Was soll ich denn machen?«

Fräulein Rottenmeier: »Schreib ihm halt endlich, dass ihr nur Freunde seid! Das würde ich ihm sofort schreiben, am besten jetzt gleich per SMS – oder über Facebook. Dann weiß er endlich, woran er ist.«

Heidi: »Ja, aber ich finde das voll schwer!«

Fräulein Rottenmeier: »Klar! Aber du fändest es doch auch scheiße, wenn dich jemand so hinhalten würde.«

Heidi: »Das stimmt. Aber manchmal habe ich halt das Gefühl, dass ich das alles nicht gebacken kriege. Und ich will ihn auch nicht verletzen.«

Fräulein Rottenmeier: »Boah! Sag ihm das doch genau so, wie du es mir immer sagst! Sag ihm, was dich stört und dass du nur eine gute Freundin von ihm sein möchtest, aber halt nicht seine feste Freundin! Wenn er dann weiterhin zu dir Kontakt halten will, müsst ihr eben sehen, was draus wird. Aber wenn es bei dir sowieso nicht mehr als Freundschaft ist, dann ist das alles ja total blödsinnig. Oder hängt dein Herz doch dran?«

Heidi: »Nein, das ist definitiv nur Freundschaft. Mit Herz ist da nix!«

Fräulein Rottenmeier: »Na, siehste! Und er macht sich voll die Hoffnungen. Gestern hat er dir bei Facebook wieder ein Herz gepostet. Eigentlich voll süß!«

Heidi: »Das machst du doch bei mir auch!«

Fräulein Rottenmeier: »Ja, aber ich bin ein Mädchen – es ist was anderes, wenn es ein Junge macht!«

Heidi: »Ja, ich weiß. Das geht so auch nicht weiter! Aber irgendwie ist mir das auch peinlich. Der hat mich ständig ins Kino eingeladen und wir waren feiern und er hat alles bezahlt. Und jetzt sage ich ihm einfach so, dass ich nix von ihm will!«

Fräulein Rottenmeier: »Ihr kennt euch jetzt seit zwei Jahren und wenn du es so weiterlaufen lässt, wird es immer schlimmer! Du bist jetzt schon viel zu spät dran.«

Heidi: »Willst du nicht vielleicht was mit ihm anfangen? Mach ihm schöne Augen und frag ihn mal, ob er nicht vielleicht mit dir ausgehen will! Du suchst doch schon ziemlich lange einen Freund und wenn du ihn voll süß findest und ihn magst, wieso nicht? Außerdem hätte ich dann ein Problem weniger, weil ich ihm nicht die Wahrheit sagen müsste. Wenn du ihn plötzlich datest, hätte er vielleicht sogar mir gegenüber ein schlechtes Gewissen. Dann könnte ich noch einen kostenlosen Kinobesuch rausschlagen.«

Sie lacht. Dann schaut sie rüber zu Fräulein Rottenmeier – mit einem Blick, der deutlich macht, dass es ihr mit diesem Plan durchaus ernst ist. Sie legt die Stirn in Falten, beißt sich mit den oberen Vorderzähnen leicht auf die Unterlippe und reißt die Augen weit auf. Der Blick scheint zu fragen: »Und? Was sagst du dazu?«

Sieht man sich nun Fräulein Rottenmeier an, wird ziemlich schnell klar, dass aus dem Plan nichts wird. Sie hat eine Pose eingenommen, die unmissverständlich sagt: »Ich glaube, du spinnst!«

Die Arme sind in die Hüften gestützt, die Stirn ist in Falten gelegt. Den Kopf schüttelt sie leicht. Mit dem Ballen ihres rechten Fußes tippt sie leicht auf den Boden – wie der Gitarrist einer Rockband, der den anderen den Takt vorgibt: eins, zwei, drei, vier!

Fräulein Rottenmeier: »Sag mal, bist du jetzt total bescheuert? Ich trage doch nicht deine Liebhaber auf. Wenn sie für dich nicht gut genug sind, kommen sie zu mir, oder wie? Außerdem ist er echt nicht mein Typ, so gar nicht. Deshalb kann ich dich ja auch gut verstehen.«

Heidi: »Und in ein paar Minuten sehe ich ihn wieder in der Schule. Wie soll ich denn reagieren, wenn er ...?!«

Mit diesen Worten steigen die beiden aus.

FREITAG, 20.57 UHR

Zwei Männer und eine Frau, alle drei circa 25 Jahre alt, führen eine hitzige Diskussion. Das ist bereits aus einigen Metern Entfernung zu erkennen. Es wird gestikuliert, Augen werden gerollt, Köpfe geschüttelt, Haare gerauft. Kommt man näher an sie heran, kann man auch ihre Stimmen laut vernehmen. Es geht um Liebe und Beziehungen.

Die beiden Männer sind betont coole Typen. Sie sehen aus wie typische »all-American college boys« oder David Beckham vor ein paar Jahren. Nennen wir sie doch Becks und College Boy.

College Boy hat ungefähr schulterlange, eigentlich braune Haare, wie man am Ansatz sieht. Jetzt sind sie aber blond gefärbt und zum Pferdeschwanz zusammengebunden. Er trägt eine offene College-Jacke mit der Aufschrift »Rugger State Of New Haven« auf dem Rücken, darunter ein hellblaues Marken-Poloshirt mit hochgestelltem Kragen, eine dunkelblaue Jeans und weiße Turnschuhe.

Becks hat – bis auf die Tatsache, dass seine Haare nicht zum Zopf gebunden sind – eine identische Frisur. Er trägt eine blaue Jeansjacke, ein lilafarbenes Marken-Poloshirt sowie eine teure blaue Jeans, auf deren rechtem Oberschenkel groß die Buchstaben AJ stehen. Seine weißen Turnschuhe sind ebenfalls von einer bekannten und nicht gerade preiswerten Marke, deren Name an der Ferse in riesigen Lettern für jeden gut sichtbar ist.

Die Frau wirkt gegen ihre beiden Begleiter richtig bieder. Sie hat braune Haare, die zum Pferdeschwanz gebunden sind. Unter einer schwarzen Strickjacke trägt sie ein weißes T-Shirt, dazu blaue Jeans und braune Halbschuhe. Auch bei genauerem Hingucken sind keine Markennamen zu erkennen. Einzige Ausnahme ist ihre Tasche von Louis Vuitton.

College Boy: »Seit Wochen geht das jetzt so. Ich versuche wirklich, mich, sooft ich kann, zu melden. Aber manchmal schaffe ich das halt nicht und dann ist sie immer so nervig!«

Becks: »Weiber! Die ticken halt anders als wir.«

College Boy: »Wir kennen uns jetzt schon drei Monate und irgendwann müsste sie ja auch mal raffen, dass ich viel beschäftigt bin. Klar, sie arbeitet schon fest und ich mache meine Ausbildung und deshalb denkt sie, ich habe voll viel Zeit. Aber das ist halt nicht so. Ich bin immer voll ausgebucht!«

Frau: »Echt? Krass! Was machst du denn immer so?«

College Boy: »Na ja, halt mit Freunden treffen, Musik und so!«

Frau: »Echt, du bist Musiker? Was machst du denn für Musik? Finde ich ja voll cool!«

College Boy: »Nein! Wir *hören* Musik, trinken ein paar Bier dazu und quatschen. Das muss ein Mann halt auch mal machen und die Frau muss das verstehen. Ist doch klar, oder?«

Becks: »Na, logo! Voll klaro!«

Frau: »Klar! Das macht mein Freund auch ab und zu. Männerabend halt. Ich mag das zwar nicht besonders, aber einmal im Monat geht das schon.«

College Boy: »Einmal im Monat? Aha! Das meinst du jetzt aber nicht ernst. Was ist denn das für ein Mann? Der meldet sich vermutlich täglich bei dir, oder?«

Becks: »Voll der Loser bestimmt. Pantoffelheld!«

Frau: »Klar meldet der sich täglich! Wieso denn auch nicht?«

College Boy: »Ganz im Ernst: Ich melde mich manchmal eine ganze Woche lang nicht. Deshalb regt sich meine Alte doch so auf. Die will halt eigentlich, dass ich mich täglich melde. Aber da habe ich null Bock drauf.«

Frau: »Eine Woche lang nicht telefonieren? Aber ihr seht euch doch zwischendurch mal, oder?«

College Boy: »Alter! Ihr rafft das nicht. Du nervst genauso. Irgendwie sind alle Weiber gleich. Ich hab halt zu tun: Kumpels, Arbeit, mein Zeugs regeln. Ich brauche auch meinen Freiraum. Und ich kann ja nicht um 20 Uhr zu meinen Kumpels sagen: ›Jungs, ich kann keinen mehr mit euch trinken. Ich gehe jetzt, weil zu Hause meine Freundin wartet.‹ Da lachen die sich tot, ist doch logisch! Nur die Alte rafft das halt nicht.«

Becks: »Du bist ja auch der Mann und sagst, wo es langgeht. Ist doch auch normal. Da muss sich die Alte halt danach richten!«

Frau: »Aber warum bist du denn dann überhaupt mit ihr zusammen? Ich meine, wenn du am liebsten mit deinen Kumpels feierst und sie manchmal wochenlang nicht anrufst, dann brauchst du doch eigentlich auch keine Freundin, oder?«

College Boy: »Na ja, die hat halt ein geiles Fahrgestell. Also, die sieht voll geil aus. Und wenn wir zusammen sind, haben wir auch immer extrem viel Spaß. Also körperlich gesehen, meine ich jetzt!«

Er zwinkert seinem Kumpel vielsagend zu. Der ballt die Fäuste und bewegt sein Becken vor und zurück.

Becks: »Logo verstehe ich, was du meinst! Körperlich, knick, knack! Die hat aber auch echt geile Ti…, ääääh, es sind ja Damen anwesend, Brüste meine ich natürlich.«

Beide lachen. Die Frau schaut sich ziemlich betreten um in der Hoffnung, dass niemand der umstehenden Fahrgäste dieses Gespräch mitbekommt.

Frau: »Okay, Jungs, könnte es sein, dass ihr einfach noch nicht reif genug für eine feste Beziehung seid? Wenn ihr sowieso nur auf Sex aus seid, dann sucht euch doch One-Night-Stands! Dann habt ihr die Probleme nicht.«

College Boy: »One-Night-Stands? Davon träumt Becks doch schon seit Jahren! Der hatte noch nie ’ne richtige Freundin und eine gefühlte Ewigkeit lang schon keinen Sex mehr, aber immer 'ne große Fresse! Stimmts?«

Er lacht hämisch. Becks wird rot und schaut ihn entgeistert an. Gerade als er antworten will, piept das Handy von College Boy. Der nimmt es aus der Tasche und liest die SMS. Dann schüttelt er den Kopf.

College Boy: »Alter, die rafft es einfach nicht. Schau mal, sie schreibt: ›Ich würde dich gern mal wiedersehen. Vielleicht können wir ja am Samstag was machen. Sag doch deinen Freunden wenigstens dieses eine Mal, dass du mit mir was unternehmen willst. Ihdgdl!‹ Dabei weiß sie ganz genau, dass ich diesen Ihdgdl-Quatsch hasse! Ich hab dich ganz doll lieb, mein Hasibärlein. Igitt!«

Becks: »Boah, die klammert voll heftig!«

Frau: »Wieso? Das war doch voll nett geschrieben. Ich hätte dir da ganz andere Sachen erzählt. Los, jetzt schreib ihr, dass du sie gerne morgen triffst! Dann kannst du heute mit deinen Kumpels feiern und morgen geht ihr ins Kino und danach noch irgendwohin Party machen und dann schläfst du bei ihr. Ist doch normal, wenn man eine Freundin hat!«

College Boy: »Ganz genau! Und vorher machen wir uns noch ein schönes Essen, zünden Kerzen an und blicken uns tief in die Augen. Hach Schatz, ich fühle mich so sehr zu dir hingezogen. Meine große Liebe!«

Er ist bei diesen Worten auf die Knie gefallen, hat sich die Hände der Frau genommen und blickt zu ihr hoch. Dann bricht er in schallendes Gelächter aus. Sein Kumpel fällt lautstark mit ein.

College Boy: »Am Wochenende geht definitiv nicht. Ist doch klar! Jetzt fahren wir ja gerade zu Roger zum Vorglühen. Dann wird derbe Party gemacht. Morgen schlafe ich den Kater aus. Am Nachmittag schauen wir Fußball. Dann gehen wir zu

Dirk, Reste saufen von seinem Geburtstag am Dienstag, und danach gehen wir irgendwo wieder krank ab. Und Sonntag ist dann chillen angesagt. Da kommen Becks und Roger zu mir, Wii zocken. Wochenende ist definitiv frauenfreie Zone!«

Die beiden Männer klatschen sich ab.

Becks: »Auf jeden, Alter! Da gehen wir wieder übelst derbe ab!«

Frau: »Boah, seid ihr bekloppt! Das ist das Einzige, was hier übelst ist. Schreib ihr jetzt, dass du keinen Bock mehr auf sie hast und sie eigentlich nur ab und zu sehen willst, um Sex mit ihr zu haben! Dann kann sie sich darauf einrichten und sich überlegen, ob sie noch Bock auf dich hat. Kann ich mir aber beim besten Willen nicht vorstellen. Ich weiß sowieso nicht, warum sie es so lange mit einem Hohlkopf wie dir ausgehalten hat.«

Becks: »Der College Boy weiß halt, wie man mit den Weibern umgehen muss, und hat im Bett die richtige Technik. Die werden dann immer ganz willenlos und fressen ihm aus der Hand.«

College Boy: »Ganz genau, Alter! Und wenn du keinen Bock auf uns hast, kannst du ja den Schuh machen. Im anderen Wagen ist bestimmt noch ein Platz frei, da sitzt wahrscheinlich irgend so 'n doofer Pantoffelheld, den du vollquatschen kannst mit deinem Weibergelaber. Und weißt du was: Ich werde mich bei meiner Alten jetzt einfach bis nächste Woche nicht melden. So sieht's nämlich aus. Die soll von Anfang an spüren, wer die Hosen anhat!«

Die Frau antwortet darauf nicht mehr. Sie steigt wortlos an der nächsten Station aus. Ob sie tatsächlich nur den Wagen wechselt oder sowieso aussteigen muss, ist nicht zu erkennen.

Die Männer winken und rufen ihr hinterher: »Auf Wiedersehen!«

Becks: »Alter, hat die genervt! Boah, Wahnsinn! Die Weiber sind doch alle gleich.«

College Boy: »Sei froh, dass das jetzt so gelaufen ist – weil du doch auf die stehst. Stell dir mal vor, du hättest die übelst angegraben, dir so richtig Mühe gegeben und so und dann hätte sich herausgestellt, dass das so eine ist. So mit Dauerkuscheln und einmal im Monat Ausgang. Das wäre dann ja der voll fette Reinfall für dich gewesen.«

Becks: »Das hätte mich extrem fies abgefuckt! Die sieht zwar echt knallermäßig aus, aber so passen wir einfach nicht zusammen. Ich glaube auch, den Typen von der kannste voll in der Pfeife rauchen. Den hätten wir locker plattgemacht.«

College Boy: »Ich hoffe nur, dass die uns am Montag auf der Arbeit nicht wieder so auf die Nerven geht. So von wegen: Jetzt sag deiner Freundin dieses und jenes und so. Das kann die sich voll abschminken.«

Dann steigen die beiden aus und man hört nur noch ein lautes »Roger! Alter!«, als sie aufs Herzlichste ihren Kumpel auf dem Bahnsteig umarmen.

DONNERSTAG, 16.17 UHR

Drei Mädchen fahren mit. Sie sind circa 15 Jahre alt. Alle drei haben lange blonde Haare, die sie offen tragen.

Ein Mädchen sagt die ganze Zeit über nichts. Ich erwähne sie nur, weil sie etwas extrem Auffälliges trägt: ein Ballettkostüm. Es ist eine beinahe perfekte Kopie von Natalie Portmans Outfit in *Black Swan* – ein schwarzes Tutu, eine blickdichte schwarze Strumpfhose und ein sehr enges schwarzes Mieder. In ihre blonden Haare hat sie sich sogar eine schwarze Strähne färben lassen. Einziger Stilbruch sind die schwarzen Sandalen mit knöchelhohen Riemen, die sie statt Ballettschuhen trägt. Ihre beiden Freundinnen unterhalten sich. Sie haben sehr kurze Jeans-Hotpants an, deren vordere Taschen nach außen gekrempelt sind. Die eine trägt lila Chucks und ein langärmliges kariertes Flanell-Männerhemd – der klassische Grunge-Look der frühen 1990er-Jahre –, die andere dunkelblaue Chucks und ein T-Shirt mit der Aufschrift »Samstag, Sonntag, Scheißtag, Scheißtag, Scheißtag, Scheißtag, Freitagabend, Samstag, Sonntag …!« – ein bisschen Punk-Attitüde also, gekonnt gemixt mit It-Girl-Charme.

Grunge-Girl: »Ich habe mir vorgestern ein Buch gekauft und es schon durchgelesen.«

Punk-Girl: »Echt, schon? Hol dir doch einfach so ein richtig dickes, fettes! Dann dauert es länger!«

Grunge-Girl: »Hab ich doch! Ich habe den ganzen Tag über gelesen, im Auto. Das war voll spannend, so ein Thriller. Da stirbt die Mutter und dann kommt die Tochter zu ihrem Vater. Den kennt sie gar nicht und auf einmal hört sie Stimmen und dreht voll ab. Wie lange bist du jetzt eigentlich schon mit deinem Freund zusammen?«

Punk-Girl: »Drei Tage.«

Grunge-Girl: »Wie ist das passiert? Also, wie seid ihr zusammengekommen?«

Punk-Girl: »Wir kennen uns ja schon seit ein paar Wochen. Da waren wir zusammen im Park, nachts um eins.«

Grunge-Girl: »Auf dem Berg oder was?«

Punk-Girl: »Nein, nein, auf der neuen Skaterbahn da. Du weißt doch, neben der S-Bahn. Da geht's so hinter, da haben die alles neu gebaut. Und dann haben wir so gechillt – mit Thomas, Emre und Khalid. Ich hatte zwei Unterhemden an, einen Pulli, dicke Stiefel, einen Regenmantel und mir war trotzdem arschkalt!«

Grunge-Girl: »Wie heißt der mit Nachnamen?«

Punk-Girl: »Schneider. Mir war also arschkalt ohne Ende. Da kommt er an. Er so: ›Willst du meine Lederjacke?‹ Ich so:

›Nein, sonst frierst du doch. Du hast ja nur ein T-Shirt drunter.‹ Er so: ›Ist mir egal, wenn ich friere.‹ Und dann hat er sie mir so über die Schultern gelegt. Und das heißt ja schon was bei den Jungs. Gegen halb drei sind wir dann gegangen. Und ich dachte mir, dass er bestimmt seine Jacke wiederhaben will. Ich so: ›Hey, ich geb dir mal deine Jacke wieder!‹ Und er so: ›Nein, behalt sie an! Nicht, dass du frierst!‹ Voll süß, oder? Dann hatte ich also die Jacke und er hat mich sofort bei Facebook geaddet. Wir haben uns die ganze Zeit über geschrieben. Ich habe ihm gesagt, wie süß ich das mit der Jacke fand. Und dann wollten wir uns treffen. Er hat mich gefragt, ob wir Eis essen gehen wollen. Und da habe ich geschrieben: ›Klar! Aber ich weiß nicht, wie ich zu dir kommen soll!‹ Er wohnt etwas außerhalb, weißte. Und da hat er geschrieben: ›Is' doch klar, dass ich zu dir in die Stadt komme, damit wir was zusammen machen können.‹«

Grunge-Girl: »Süß!«

In freudiger Erwartung einer positiven Reaktion stupst sie ihre Freundin im *Black Swan*-Kostüm an. Die hat aber ganz offensichtlich keinen Bock auf eine Unterhaltung. Sie schaut demonstrativ gelangweilt aus dem Fenster und nimmt nicht einmal ihre Kopfhörer aus den Ohren.

Das einzige Geräusch, das sie von sich gibt, ist das monotone Klacken ihrer Fingernägel auf dem kleinen Abfalleimer, der unter dem Fenster angebracht ist. Da der aus Metall ist, ist das Geräusch ziemlich laut.

Punk-Girl zieht die Schultern hoch, streckt der Freundin die Zunge raus und zieht eine Grimasse. Dann erzählt sie weiter: »Also haben wir Eis gegessen. Und als das Wetter schlechter wurde und es anfing zu regnen, hat er mir wieder seine Jacke gegeben. Diesmal eine andere. Und da hat es bei mir klick gemacht!«

Grunge-Girl: »Echt, so einfach ist das bei dir? Das hatte ich noch nie!«

Punk-Girl: »Ich eigentlich auch nicht. Und echt witzig war, dass Andrea, die damals im Park dabei war und alles mitbekommen hat, mir noch in der Nacht eine SMS geschrieben hat, in der stand: ›Wenn er jetzt aufsteht und sagt, er muss gehen, und seine Jacke wiederhaben will, dann will er nichts von dir. Wenn er aber seine Jacke bei dir lässt, dann heißt das, dass er dich liebt!‹ Echt cool, oder? Er sieht voll süß aus. Und er ist voll süß!«

Grunge-Girl: »Das hatte ich noch nie! Echt cool!«

Punk-Girl: »Mir ist aber auch was voll Peinliches passiert. ›Je t'aime‹ heißt ja auf Französisch ›Ich liebe Dich‹. Und ich habe ihm ›Thomas, je t'aime‹ geschrieben, weil ich dachte, es heißt ›Danke schön!‹. Da hat er mich angerufen und war voll am Lachen. Ich habe ihn gefragt: ›Warum lachst du denn?‹ Und er hat mir gesagt, dass das ›Ich liebe dich‹ heißt. Das war ziemlich peinlich!«

Beide lachen sehr laut und sehr lange. Das Mädchen im Tutu ignoriert diesen emotionalen Ausbruch ihrer Freundinnen komplett. Sie schaut weiterhin gelangweilt aus dem Fenster und trommelt monoton auf dem kleinen Abfalleimer aus Metall herum.

Punk-Girl: »Das einzig Doofe ist mein Bruder. Der wollte nicht, dass ich was mit Thomas anfange. Der wollte mir das voll verbieten. Aber das kann er ja nicht. Und jetzt ist es so, dass der immer da ist, wenn Thomas mich besucht. Wir dürfen nie was allein machen.«

Grunge-Girl: »Was heißt denn ›nie‹? Hallo! Wie lange seid ihr noch mal zusammen?«

Punk-Girl: »Ja, stimmt schon, erst ein paar Tage. Aber mein Bruder will halt nicht, dass ich mit Thomas was allein mache! Und dann habe ich ihm gesagt, dass wir am Wochenende Party machen wollen mit Andrea und Kristin. Und er so: ›Okay, dann gehört euch das Wochenende allein, ohne mich! Ich halte mich komplett raus.‹«

Sie äfft ihren Bruder nach, der ein Bodybuilder zu sein scheint. Zumindest macht sie ein breites Kreuz und wackelt cool mit dem Oberkörper.

Grunge-Girl: »Na, dann passt es doch!«

Punk-Girl: »Trotzdem! Der ist echt so schlimm – genauso wie mein anderer Bruder. Ich hasse ihn. Er kontrolliert alles bei mir. Er verfolgt mich heimlich, petzt alles meinen Eltern, schaut, was ich in der Tasche habe.«

Die beiden schütteln den Kopf. Das Mädchen im Tutu ignoriert sie weiter und beginnt wieder, mit ihren Fingernägeln auf den Abfalleimer zu klopfen. Klack, klack, klack …

FREITAG, 19.54 UHR

Die S-Bahn ist voll mit Menschen, die auf dem Weg ins Wochenende sind und jetzt anfangen, ihre Partys zu planen. So auch die zwei Damen, die ich mal Party-Maus und Graue Maus nennen möchte. Die beiden sind circa 22 Jahre alt.

Graue Maus trägt einen schwarzen Minirock, dazu ein Trägertop und schwarze Ballerinas. Sie hat blonde, straff nach hinten gekämmte Haare, die zum Pferdeschwanz gebunden sind.

Party-Maus trägt einen Jeansrock, ein weißes T-Shirt und goldene Sportschuhe. Sie hat schwarze, gelockte Haare.

Graue Maus: »Wie kommst du denn zu der Party von Lorenz?«

Party-Maus: »Ich fahre mit meinem Auto.«

Graue Maus: »Das ist ja cool! Dann könnten wir doch alle zusammen mit deinem Auto fahren und uns das Benzingeld teilen.«

Party-Maus: »Ja, könnten wir eigentlich schon machen. Allerdings ist mein Auto kaputt. Also, nicht richtig kaputt, aber es leuchtet ein Lämpchen auf. Und das bedeutet laut Bedienungsanleitung, dass der Airbag jederzeit aufgehen kann.«

Graue Maus: »Krass! Dann setze ich mich nach hinten.«

Beide lachen.

Graue Maus: »Quatsch! Ich bin eigentlich eine gute Autofahrerin. Wenn du mir dein Auto anvertraust, kann ich auch fahren. Dann kannst du was trinken.«

Party-Maus: »Hast du ein eigenes Auto?«

Graue Maus: »Nein, aber mein Freund hat eins. Einen Audi A3! Sehr cool ist der! Und der fährt locker 170!«

Der bloße Gedanke an den offenbar ganz wunderbaren Audi ihres Freundes zaubert ihr ein Glänzen in die Augen und ein Lächeln auf die Lippen. Hach, es ist toll, diese plötzliche Verwandlung mit anzusehen.

Party-Maus: »Und fährst du oft damit?«

Graue Maus: »Na ja, mein Freund lässt mich eigentlich nie fahren. Er sagt immer, dass ich nur fahren darf, wenn er absolut unzurechnungsfähig ist. Und das meint er ernst! Ich durfte den Wagen bislang also nur von zwei Partys nach Hause fahren. Und das auch nur, weil Marko wirklich völlig betrunken war. Er hätte beinahe in sein geliebtes Auto gekotzt.«

Party-Maus lacht: »Unfassbar, aber so sind Männer halt!«

Graue Maus: »Den Wagen meiner Eltern darf ich häufig fahren. Mein Papa ist da nicht so. Aber die haben ein echt kleines Auto und da ist bei 150 Schluss. Das ist voll blöd!«

Party-Maus: »Boah, wenn ich mit meinen Eltern fahre, ist das immer voll die Katastrophe! Vor allem meine Mutter, die nervt voll. Neulich waren wir zusammen auf der Landstraße unterwegs und ich bin in eine Kurve gefahren. Sie hat fast einen Nervenzusammenbruch bekommen und gesagt, dass ich nicht so schnell fahren soll. Ich habe ihr dann erklärt, dass ich 80 fahre und dass man dort 80 fahren darf. Die werden das ja wohl getestet haben, wenn sie 80 erlauben! Doch sie meinte nur, 50 Stundenkilometer seien auch eine gute Geschwindigkeit. Wahnsinn, echt! Aber du bist doch schon ganz schön lange mit deinem Freund zusammen. Und da vertraut er dir immer noch nicht?«

Graue Maus: »Am Sonntag sind wir ein Jahr zusammen!«

Party-Maus: »Cool! Und was macht ihr?«

Graue Maus: »Keine Ahnung, er hat ein Turnier.«

Party-Maus: »Oh, das ist ja doof! Was für einen Sport macht er denn?«

Graue Maus: »Bowling! Und er hat das Turnier selbst auf diesen Tag gelegt. Das fand ich natürlich besonders toll!«

Das Wort »Bowling« spricht sie schon fast entschuldigend aus. Dem Zuhörer wird sofort klar, dass sie es lieber hätte, wenn ihr Freund boxen würde oder zumindest Formel-1-Fahrer wäre. Bei »Er hat das Turnier selbst auf diesen Tag gelegt« schwingt als deutlich vernehmbarer Unterton ein »Typisch Mann!« mit. Allerdings hat man auch den Eindruck, dass sie ihm nicht wirklich böse ist, weil sie durch seine Unaufmerksamkeit nun wenigstens etwas hat, was sie augenrollend ihren Freundinnen erzählen kann. Das würde sie natürlich nie zugeben.

Party-Maus: »Ups, wie unromantisch!«

Graue Maus: »Ich hab mich auch schon beschwert. Aber ihm war das irgendwie nicht peinlich. Er hat nur gesagt, dass das Turnier bis 14 oder 15 Uhr geht und dass wir ja auch danach noch was unternehmen könnten. Also gehen wir danach weg. Was wir genau machen, wissen wir aber noch nicht. Ich hoffe, er überrascht mich irgendwie. Mal sehen!«

MITTWOCH, 19.47 UHR

Zwei junge Frauen, circa 18 Jahre alt, sitzen mit mir in der S-Bahn. Beide tragen Arbeitskleidung: grüne Latzhosen, darunter T-Shirts.

An den Händen, im Gesicht und überall auf der Kleidung haben sie braune und grüne Flecken. Vermutlich sind sie Gärtnerinnen und gerade auf dem Heimweg.

Frau 1: »Quatsch! Wir haben immer viel Spaß miteinander und albern voll rum.«

Frau 2: »Und den stört das nicht, wenn du so oft anrufst, während er arbeitet? Weil, du hast ihn ja heute bestimmt schon 20 Mal angerufen und ihm etliche SMS geschickt.«

Frau 1 hat während der Bahnfahrt ihr Handy die ganze Zeit über in der Hand. Es ist ein altes, oft gebrauchtes, an vielen Stellen abgewetztes Modell. Obwohl es weder klingelt noch vibriert, schaut sie etwa alle 20 Sekunden auf das Display, so auch jetzt. Dann blickt sie wieder auf, ihrer Freundin ins Gesicht. Die zieht nur die Augenbrauen hoch und schüttelt den Kopf – das personifizierte schlechte Gewissen für zu viel Liebes-Telefonterror.

Telefon-Frau: »Nein, ich glaube, das stört ihn nicht. Aber jetzt lasse ich es auch. Er soll nachher anrufen, wenn er mit der Arbeit fertig ist. Das hat er versprochen. Und ich habe versprochen, ihn vorher nicht mehr zu stören. Aber dann vor dem Einschlafen rufe ich ihn noch mal an und morgen sehen wir uns dann endlich wieder. Da koche ich für uns. Es gibt Nudeln, Spaghetti mit Tomatensoße. Sehr einfallsreich, ich weiß!«

Beide lachen. Die Telefon-Frau blickt wieder auf ihr Handy und drückt mit dem Daumen auf eine Taste. Das Display leuchtet auf. Keine neue Nachricht! Sie klickt weiter auf dem Handy herum und schaut sich dann offensichtlich ein Foto ihres Freundes an. Verliebt küsst sie die Fingerkuppe ihres

Zeigefingers und drückt diese auf das Display. Dann fängt sie an zu lachen.

Telefon-Frau: »Schau mal, wie süß er ist!«

Schlechtes Gewissen: »Ich kenne ihn doch! Du weißt ja: Mein Typ ist er nicht, aber er ist nett. Und Hauptsache ist doch, dass du glücklich bist. Aber du darfst ihn nicht so einengen. Ich kann mir schon vorstellen, dass ihn deine ständigen Anrufe ziemlich nerven, auch wenn er nichts sagt. Die meisten Männer finden das doof und dass er so selten rangeht und dich in 90 Prozent aller Fälle auf die Mailbox säuseln lässt, ist doch schon ein ziemlich deutliches Zeichen dafür, dass er auch nicht begeistert davon ist.«

Telefon-Frau: »Ach, Quatsch! Er ist halt ständig in Konferenzen, deshalb geht er so selten ran. Er hat sein Handy dann nicht dabei oder auf lautlos gestellt. Er ist doch so ein busy Typ. Aber definitiv der Tollste, den es auf der Welt gibt. Wir ärgern uns immer gegenseitig, beim Autofahren zum Beispiel. Er fährt immer, ich habe ja noch keinen Führerschein, und dann will er seine Hände immer irgendwo hintun bei mir. Also zum Beispiel auf meine Oberschenkel oder auf meine Brüste. Und ich sage dann: ›Schatz, konzentrierst du dich bitte aufs Fahren?!‹ Und er sagt: ›Aber ich will grapschen!‹ Und ich dann wieder: ›Schatz, nein! Wenn du so weitermachst, dann gibt's einen Monat Sexverbot!‹ Und er sagt: ›Das hältst du doch selber gar nicht aus!‹ Und da hat er sogar meistens recht. Weil, eigentlich bin ich immer diejenige, die damit ankommt. Ich sag dann immer: ›Schatzi, wollen wir vielleicht mal wieder …? Du weißt schon!‹ Ach, ich könnte ständig, du weißt schon was, mit ihm machen, wenn er da ist.«

Sie blickt wieder auf ihr Handy und drückt mit dem Daumen auf eine Taste. Das Display leuchtet auf. Keine neue Nachricht!

Schlechtes Gewissen: »Also hast du die Hosen an bei euch?«

Telefon-Frau: »Beide. Das wechselt sich ab. Wir streiten uns immer und diskutieren lange darüber, wer was wie, wo und wann machen darf und wer oben ist und so. Wir kämpfen dann immer. Wenn er zum Beispiel oben ist, dann drehe ich ihn um und werfe ihn auf den Rücken und dann bin ich oben.«

Schlechtes Gewissen: »Ach so, Liebesspielereien. Ja, das kenne ich. Aber irgendwie wurde das bei uns nach einiger Zeit immer langweilig. Aber ihr seid ja auch noch nicht so lange zusammen. Das kommt bestimmt bei euch auch noch, dass der Spaß an den Neckereien nachlässt.«

Telefon-Frau: »Boah, bist du doof! Lass mir doch den Spaß!«

Dann blickt sie wieder auf ihr Handy und das Spiel beginnt von vorn.

Telefon-Frau: »Sehr lustig ist zum Beispiel immer, wenn ich auf ihm drauf bin. Dann kann er sich nicht wehren, weil ich schwerer bin als er. Ich wiege ja knapp 70 Kilo und er nur etwas über 60, weil er so klein ist. Außerdem bin ich durch die körperliche Arbeit und dadurch, dass ich den ganzen Tag über an der frischen Luft bin, viel fitter als er. Er ist halt der typische Bürohengst. Und wenn mein Gewicht dann so voll auf seiner Brust lastet, schafft er es nicht, mich runterzuschmeißen. So süß, mein Daniel! Wenn er doch nur immer bei mir sein könnte! Ich mache mir schon immer Gedanken, was er wohl tut, wenn er nicht bei mir ist. Er ist ja wirklich oft nicht erreichbar!«

Wieder folgt das Spiel mit dem Handy.

Schlechtes Gewissen: »Da brauchst du dir aber keine Gedanken zu machen. Er ist dir ganz bestimmt treu! Aber wie gesagt: Du darfst ihn definitiv nicht so terrorisieren mit deinen Anrufen. Lass ihm Freiräume, auch wenn es schwerfällt. Er soll sich melden. Und es ist auch nicht schlecht, wenn er mal denkt: Hm, seltsam, dass sich mein Schatzi gar nicht meldet. Die wird doch nicht …?«

Telefon-Frau: »Du hast ja recht. Wenn ich so mit dir unterwegs bin oder auf der Arbeit, dann geht's ja auch immer. Aber nachher, wenn ich allein zu Hause bin, fängt's wieder an. Dann macht's bum, bum, bum, bum in meinem Herzen und im Kopf. Und dann rufe ich ihn wieder an, weil ich wissen will, wo er ist. Und weil ich Angst habe, dass er bei einer anderen ist.«

Sie blickt wieder auf ihr Handy – alles wie gehabt.

Schlechtes Gewissen: »Bekommst du dann Kopfweh oder was?«

Telefon-Frau: »Quatsch! Dann gibt's wieder Gedankenchaos. Ich denke dann immer: Oh Gott, oh Gott, oh Gott, ich hoffe, er macht nichts! Er ist jetzt nicht bei mir! Irgendwie finde ich das scheiße! Wo er sich wohl jetzt gerade rumtreibt? Ob er eine andere kennenlernt? So ist das dann.«

Schlechtes Gewissen: »Mach's doch wie die Laura! Deren Freund wohnt auch weiter weg und sie führen eine Fernbeziehung. Sie geht selbst immer aus, auf Partys und so. Sie sagt, dass es sie voll fertiggemacht hat, so allein zu Hause rumzusitzen, sich Gedanken zu machen und nicht mehr am Leben teilzunehmen. Und seit sie ausgeht, lebt sie wieder viel mehr. Allerdings ist sie durch das Feiern auch schon mal fremdgegangen. Aber ihrem Freund hat sie das natürlich nicht erzählt.«

Telefon-Frau: »Na toll! Jetzt mache ich mir noch mehr Gedanken. Klasse, danke! Und nein – mehr feiern ist definitiv nicht die Lösung für mich. Ich will einfach meinen Daniel bei mir haben. Aber morgen kommt er ja.«

Sie blickt wieder auf ihr Handy und drückt mit dem Daumen auf eine Taste.

Das Display leuchtet auf.

Keine neue Nachricht!

FREITAG, 18.13 UHR

Zwei Mädchen und zwei Jungen fahren mit. Alle vier sind circa 17 Jahre alt. Die Mädchen sind eher alternativ gekleidet. Beide haben etwa schulterlange Dreadlocks. Die eine trägt ein schwarzes T-Shirt mit der Rolling-Stones-Zunge darauf, dazu eine blaue Jeans, die mehr aus Löchern als aus Stoff besteht. Ihre Füße sind barfuß. Die andere hat ein gelbes T-Shirt an mit einer schwarzen Hai-Silhouette darauf und dem Schriftzug »Fuck off! Let's go surfing«. Das Logo ist wie ein Verkehrsschild gestaltet: ein Viereck, das auf einer Ecke steht. Darin ist oben die Schrift und darunter der Hai. Das T-Shirt wird oft getragen. Es ist schon sehr ausgeblichen und an einigen Stellen zerrissen. Eine braune Cordhose und weiße Turnschuhe vervollständigen das Outfit.

Die Jungen sind wie amerikanische Gangster-Rapper gekleidet. Beide tragen Baseballkappen. Der dünnere von ihnen hat ein mindestens fünf Nummern zu großes T-Shirt an, dazu blaue Baggy Pants, die zeigen, dass er ausgewaschene rote Shorts darunter trägt, und braune Sneakers.

Der Dickere trägt ein knallrotes, ebenfalls viel zu großes T-Shirt, auf dem der Markenname in riesigen, unfassbar kitschigen goldenen Buchstaben steht. Auch er hat die szenetypischen Baggy Pants an, die bei ihm aufgrund seines Bauchumfangs aber nicht so sitzen, wie sie eigentlich sollten. Das heißt, sie rutschen nicht bis zur Hälfte des Pos runter, weil er zu kräftig gebaut ist. Somit kann man seine Unterhose nicht sehen, was ihm auf der Gangster-Skala definitiv Punktabzüge bringt. Ganz weit vorn ist er dagegen, was die Schuhe anbelangt: schwarze Turnschuhe, die so locker geschnürt sind, dass er ständig Gefahr läuft, sie zu verlieren. So wird garantiert jeder Schritt zu einem Abenteuer.

Dünnerer Gangster: »Hast du einen Freund?«

Fuck-off-Mädchen: »Ja, ich habe einen Freund. Seit dem dreißigsten Juli, also noch ganz frisch.«

Dünnerer Gangster: »Ich habe nicht gefragt, ob *du* einen Freund hast, sondern Daniel!«

Fuck-off-Mädchen: »Mein Bruder? Dann musst du aber fragen, ob er eine Freundin hat! Du hast gefragt, ob er einen Freund hat. Der ist doch nicht schwul!«

Dünnerer Gangster: »Ich weiß. Hab mich nur etwas versprochen. Und du hast also einen Freund?«

Fuck-off-Mädchen: »Ja, hab ich doch gerade gesagt.«

Dickerer Gangster: »Alte Zicke, kannst du vielleicht mal normal antworten? Der will doch nur was von dir wissen. Aber dein Typ ist nicht mehr der von außerhalb, oder?«

Fuck-off-Mädchen: »Nein. Du meinst Tarek. Nein, nein! Kennst du den?«

Dickerer Gangster: »Nein, glaube ich nicht. Wie sieht der aus?«

Fuck-off-Mädchen: »Der hat voll viele Tätowierungen und überall Piercings. Ist auch so dunkel wie du. Also so arabisch irgendwie. Der war auch schon im Knast – wegen Drogen und so.«

Barfuß-Mädchen: »Den muss man aber auch nicht kennen. Das ist kein guter Junge. Und dass du damals mit dem zusammen warst, kann ich bis heute nicht verstehen. Der ist dämlich, brutal, drogensüchtig und hässlich! Ich hatte jeden Tag Angst um dich, weil der Typ so fertig ist! Ich war heilfroh, als der in den Knast gewandert ist und du nicht mehr zu ihm gehen konntest.«

Die beiden Jungen schauen sich an. Sie wirken etwas nervös. Ein echter Gangster also – und wer weiß, wie der Typ drauf ist, mit dem sie jetzt zusammen ist. Die beiden entschließen sich ganz offensichtlich dazu, lieber die Finger von den Mädchen zu lassen und alle weiteren Anmachversuche einzustellen. Die Arme, die vorher auf der Rückenlehne lagen, um sie im richtigen Moment runter auf die Schultern der beiden wandern zu lassen, werden zurückgezogen. Auch die Sitzposition der Jungen verlagert sich von halb auf dem Schoß der Mädchen deutlich in Richtung Gang.

Fuck-off-Mädchen: »Nee, den muss man wirklich nicht kennen. Ich weiß auch nicht, was damals mit mir los war. Boah, jetzt rede ich schon, als wäre das ewig her, dabei war das letztes Jahr. War irgendwie eine krasse, aber auch geile Zeit. Was ich da alles erlebt habe. Das werde ich definitiv nie wieder mit einem anderen erleben. Aber weißte schon, dass der in drei Wochen wieder zurück in die Schule kommt?! Dann hat er noch ein Jahr. Er versucht halt, doch noch irgendwie einen Abschluss zu machen.«

Barfuß-Mädchen: »Dann musst du gut auf dich aufpassen. Versprichste mir das? Bitte schwör, dass du den niemals wieder zurücknimmst, egal was der dir verspricht! Nie, nie, nie, nie! Ja?«

Fuck-off-Mädchen: »Ja klar! Letzten Sonntag hat er mich übrigens plötzlich wieder angerufen und gesagt: ›Mensch, Mädchen, kennst du mich noch? Ich war gestern saufen und musste voll an dich denken.‹ Ich hab nur geantwortet: ›Weißte was, Tarek, verpiss dich!‹, und einfach aufgelegt. Der hat dann bestimmt noch 20 Mal angerufen. Aber ich bin nicht mehr rangegangen.«

Barfuß-Mädchen: »Siehste! Genau das meine ich. Der versucht es schon wieder. Weil der halt ein total kaputter Typ ist. Ich hab jetzt schon wieder Angst um dich, ehrlich! Du baust garantiert wieder Scheiße!«

Fuck-off-Mädchen: »Ach, Quatsch! Außerdem habe ich doch voll den süßen Typen. Ich hab ihm das mit dem Anruf vom Tarek auch gleich erzählt und er meinte, dass ich ihm sofort Bescheid sagen soll, wenn das noch mal passiert. Dann würde er mal zu Tarek aufs Dorf rausfahren.«

Barfuß-Mädchen: »Toll! Und dann schlagen sich die beiden. Ist dein Neuer etwa auch so ein Einzeller?«

Die beiden Möchtegern-Gangster sagen überhaupt nichts mehr. Mit offenen Mündern und weit aufgerissenen Augen verfolgen sie das Gespräch. Die Rollen sind nun völlig anders verteilt: Die Jungs, die von ihrem Kleidungsstil her einen auf coole Gangster machen, sehen sich plötzlich mit Mädchen konfrontiert, von denen mindestens eins eine echte Gangsterbraut ist. So sehr kann der erste Eindruck täuschen.

Fuck-off-Mädchen: »Ich hoffe mal nicht! Aber ich glaube schon, dass der etwas mehr in der Birne hat.«

Barfuß-Mädchen: »Na toll! Warum glaubst du das denn nur? Du müsstest es ja eigentlich wissen. Ich würde dem nichts sagen. Du weißt ja, wie das beim letzten Mal ausging.«

Fuck-off-Mädchen: »Aber der Tarek hat ja damals nicht nur mich doof angemacht, sondern meinen Freund auch. Der kam halt gerade zum ersten Mal aus dem Knast, hat gesehen, dass ich einen anderen dabeihabe, und hat voll doof über den geredet. Dass der Typ dann so völlig ausgerastet ist, kann ich sogar verstehen.«

Barfuß-Mädchen: »Ja, ganz genau! Und jetzt ist es wieder so. Hallo, raff das doch mal! Tarek kommt wieder aus dem Knast, du hast wieder einen neuen Freund und Tarek erzählt wieder Mist über den und über dich. Also: Wenn du deinem neuen Freund das jetzt erzählst, dann fährt der zu Tarek hin und macht den gleichen Scheiß. Der Tarek will das doch nur. Der will dich provozieren. Er kann es nicht ertragen, dass du glücklich bist. Lass den Scheiß einfach sein und hör weg! Du weißt, was er damals mit dem Typen gemacht hat. Es lohnt sich einfach nicht, so einen Angriff noch mal zu riskieren. Mensch, eigentlich bist du so intelligent, aber deinen Geschmack bei Kerlen will ich wirklich nicht geschenkt haben!«

Das scheint das Stichwort für die beiden Jungs zu sein, sich auch mal wieder zu Wort zu melden. Allerdings haben sie ihr Vorhaben, die Mädchen anzumachen, inzwischen offenbar ganz aufgegeben.

Stattdessen bemerkt man eine eher kumpelhafte Bewunderung für diejenige, die anscheinend von höchst kriminellen und aggressiven Männern umgeben ist.

Dünnerer Gangster: »Aber echt, was bist du denn für eine Braut? Kennst auch nur Kriminelle, oder? Macht dich das scharf, wenn deine Typen unberechenbar sind und immer zwischen Knast und Schule pendeln?«

Fuck-off-Mädchen: »Ach, euch gibt's ja auch noch!«

MITTWOCH, 19.19 UHR

Zwei Mädchen, beide 19 Jahre alt, sind im Partnerlook unterwegs. Sie tragen extrem kurze Jeans-Hotpants, dazu sehr eng anliegende weiße T-Shirts und rosa Flip-Flops mit weißen Punkten.

Ansonsten sind sie aber so unterschiedlich wie Pfeffer und Salz. Die eine hat pechschwarze lange Haare, die zu einem Pferdeschwanz zusammengebunden sind. Die andere ist blond und trägt einen Pagenkopf. Sie kommen offenbar vom Shoppen aus der Stadt und fahren nach Hause.

Pfeffer: »Deine Geburtstagsparty war echt cool. Ich bin immer noch voll müde, obwohl ich ja jetzt drei Tage Zeit zum Erholen hatte.«

Salz: »Ja! Dabei wollten meine Eltern eigentlich nicht, dass ich feiere. Die finden, dass 19 kein so wichtiges Alter ist. Außerdem hatte ich ja erst im letzten Jahr die große Party! Ich wollte aber unbedingt auch dieses Jahr 'ne fette Party feiern.«

Pfeffer: »Ich habe meinen Neunzehnten ja auch richtig gefeiert. Weißte noch?«

Salz: »Nee, da kann ich mich jetzt echt nicht mehr dran erinnern. Hast du wirklich 'ne Party gemacht? Moment mal, das ist doch erst ein halbes Jahr her. Da müsste ich mich doch eigentlich dran erinnern.«

Pfeffer: »Hallo! Das war die geile Party mit Alex zusammen – die Bad-Taste-Party im Keller. Wo ich gekotzt habe, weil ich die Ananas gegessen hatte. Und meine Eltern dachten, dass ich voll besoffen wäre, und waren total sauer.«

Sie kramt in ihrer Einkaufstüte und zieht zwei kleinere heraus. Aus der einen nimmt sie ein Pappkärtchen mit zwei Perlenohrringen, die sie sich an die Ohren steckt.

Salz: »Stimmt! Deshalb weiß ich das wahrscheinlich auch nicht mehr – weil du den halben Abend über nicht da warst.«

Ihre Freundin kramt mittlerweile in der anderen kleinen Tüte. Sie zieht mehrere bunte Tücher heraus: grün, gelb, blau und schwarz-weiß kariert. Das gelbe legt sie sich um den Hals; es passt aber überhaupt nicht zu ihrem Outfit. Vermutlich wird ihr das bewusst, denn sie nimmt es gleich wieder ab und steckt die Tücher zurück in die Tüte. Dann packt sie auch die Ohrringe zurück.

Pfeffer: »Ja! Und als Daniel und Caro gekommen sind, habe ich schon geschlafen. Ihr habt dann allein weitergefeiert, ohne mich.«

Salz: »Klar! Fand ich voll cool von deinen Eltern, dass sie uns nicht rausgeschmissen haben. Da warste auch noch mit Niklas zusammen, oder?«

Pfeffer: »Ja. An dem Abend hatte ich mich noch voll mit ihm gestritten – weil es mir so schlecht ging und er mich ständig genervt hat. Mir ging es so übel! Dann haben wir uns ja auch getrennt.«

Salz: »Seitdem ist der auch kaum noch auf unseren Partys dabei. Irgendwie hat der sich voll aus der Clique zurückgezogen. Hat der eigentlich noch was mit Andy zu tun?«

Pfeffer: »Ich glaube schon. Und weißt du was: Der Tim hat mir jetzt erzählt, dass der Andy schwul ist! Und dass er auch einen Freund hat. Aber auf deiner Party war er mit der Severine da. Und die haben voll rumgemacht!«

Salz: »Echt? Hab ich gar nicht gesehen. Ich glaube, der ist beides – der ist bi. Ich hab schon voll oft gehört, dass der was mit Männern gehabt haben soll, und auch, dass er was mit Frauen hatte.«

Pfeffer: »Ich finde das voll doof!«

Salz: »Ich finde das nicht doof. Ich finde das voll ...«

Sie steckt sich den Zeigefinger in den Mund und macht ein Geräusch, als müsste sie sich übergeben.

Salz: »Ich weiß nicht. Wenn es jemand anderes wäre. Aber gerade der Andy. Der stand mal voll auf mich und ich stand auf ihn und jetzt hat der was mit Jungs. Echt krank!«

Pfeffer: »Na ja, ein kleiner Trost könnte immerhin für dich sein, dass er ja anscheinend auch auf Mädels steht. Ich war mal bei ihm zu Hause, so vor ungefähr einem Jahr. Und da habe ich mich voll gewundert, dass er in seinem Zimmer total viele Poster von Bill Kaulitz und Tokio Hotel hängen hatte. Das haben Jungs in seinem Alter ja eigentlich nicht mehr.«

Salz: »Also, ich finde, dass Bill-Kaulitz-Poster in Zimmern von Männern sowieso immer irgendwie seltsam sind. Und der Andy hängt ja ständig mit dem Niklas rum. Meinst du, der Niklas ist vielleicht auch schwul? Oder bi? Das wär's ja echt!«

Beide Mädchen lachen.

Pfeffer: »Ich würde mich umbringen. Und den Niklas gleich mit.«

Bei Salz klingelt das Telefon.

Sie rollt mit den Augen.

Salz: »Boah, nee, der Stefan. Auf den hab ich jetzt echt keinen Bock!«

Sie nimmt ab und flötet zuckersüß in ihr iPhone.

Salz: »Hallo Stefan. Schön, dass du anrufst! Nee, ich schaffe es jetzt nicht mehr bis zu dir. Bleibst du dann zu Hause oder kommst du heute auch noch zu Krischan? Ich würde mich voll freuen, dich zu sehen. Wir fahren jetzt gerade raus. Dann gehe ich noch heim und esse was und danach bringt mein Vater mich hin. Ja, gut! Dann rufe ich dich an, wenn ich von zu Hause losfahre. Bis dann!« Sie legt auf und schmeißt das Handy energisch in ihre Handtasche.

Salz: »Boah, der nervt mich voll krass ab! Nix kann ich mehr allein machen. Überall will der mit und zeckt sich rein. Das Schlimmste ist, dass der ständig kochen will. Der macht ja gerade eine Lehre zum Koch und seitdem denkt er, er ist der König der Pfannen – selbst wenn er nur Rühreier macht. Der ist so was von völlig überzeugt davon, dass er der beste Koch auf der ganzen Welt ist.

Und ich, ich kann absolut nichts. Ich kann nicht mal vernünftig auf die Rühreier aufpassen, wenn er aufs Klo geht. Wahnsinn! Und bei jedem Essen, das er abschmeckt, sagt er immer oberschlau: ›Oho! Hier fehlt aber noch etwas Säure. Das rundet den Geschmack ab.‹ Jetzt gerade war er genervt, weil ich bei meinen Eltern esse und danach nicht zu ihm komme, sondern zu Krischan fahre. Er ist dann immer gleich voll eingeschnappt, wenn mal was nicht so läuft, wie er es gern hätte. Ich bin doch nicht sein Eigentum!«

Pfeffer: »Ja, das ist mir auch schon aufgefallen. Er ist immer der Beste und der Tollste und der Coolste. Das ist teilweise wirklich anstrengend. Ich ignoriere das mittlerweile meistens.«

Salz: »Ich finde das echt schlimm. Und das ist auch voll die Charakterschwäche, wenn man so krass überheblich ist!«

Pfeffer: »Tja, für dich ist das natürlich voll blöd, weil du mit ihm zusammen bist. Für mich ist es ja ziemlich wurscht.«

WAGEN 4

ARBEIT

»Er sagt: ›Wir machen das jetzt so und so!‹ Und ich mache es einfach anders. Oft übergehe ich den Thomas auch einfach. Der ist ja nur mein Abteilungsleiter. Dann gehe ich direkt zur Chefin und zeige der meine Ideen. Und selbst wenn die Nein sagt, antworte ich: ›Ich mache es trotzdem!‹«

»Ich glaube, die machen sich da oben alle nicht kaputt. Das sieht auf dem Papier vielleicht viel aus, aber letztendlich delegieren die das alle nur weiter nach unten. Und wir ächzen dann unter der Mehrbelastung, aber der erntet die Lorbeeren.«

MITTWOCH, 17.54 UHR

Zwei Männer, Mitte 20, Typ Computernerds, unterhalten sich über die Arbeit. Der eine trägt ein blaues Poloshirt mit dem Logo seiner Computerfirma darauf, schwarze Jeans und Turnschuhe. Er hat schiefe gelbe Zähne und riecht stark nach Zigaretten. Der andere hat ein Hawaiihemd und blaue Jeans an. Seine Haare sind fettig und ungewaschen. Beide halten ein Bier in der Hand (»So eine After-Work-Schorle ist doch 'ne tolle Sache!«) und prosten sich gefühlt alle zehn Sekunden breit grinsend zu.

Poloshirt: »... dann bin ich in die IT-Branche gerutscht – bei einer dänischen Firma, die in Deutschland eine Niederlassung hatte. Da war ich zehn Monate lang. Dann haben die in Deutschland den Laden dichtgemacht und sind nach Dänemark zurückgegangen. Die haben mir bis zum letzten Tag gesagt: ›Dein Job ist sicher!‹ Ich bin immer wieder hingegangen und habe nachgefragt, ob ich mich bewerben muss, weil es ja schon länger Gerüchte gab, dass sie hier schließen, aber immer wieder hieß es: ›Nein, dein Job ist sicher.‹ Alles geil! Dann, einen Tag vorher, haben sie mir gesagt: ›Übrigens: Morgen machen wir hier zu!‹«

Er nippt an seiner »After-Work-Schorle«, legt die Stirn in Falten und nickt mit dem Kopf, als wolle er sagen: »Voll blöd, Alter!«

Hawaiihemd: »Das ist ja echt mies!«

Poloshirt macht sich betont lässig das zweite Bier auf. Er schiebt sein Feuerzeug unter den Rand des Kronkorkens und sieht seinen Kumpel mit einem Blick an, der sagen will: »Schau ganz genau hin und lerne vom Meister!« Dann senkt er den Kopf und bereitet sich auf den perfekten Abschuss vor. Man hört ein leises Zischen, einen lauten Knall und der Kronkorken fliegt durch den halben Wagen. Triumphierend und glückselig lächelnd blickt Poloshirt wieder hoch zu seinem Kumpel.

Poloshirt: »Ja, aber am Ende war ich noch voll dreist. Ich hab ja auf Provisionsbasis bei denen gearbeitet und hab mir überlegt, wie ich noch schnell an möglichst viel Geld komme. Also habe ich alle meine Kunden angerufen und denen gesagt: ›Ich weiß ja, dass ihr gerade noch in unserer kostenlosen Testphase seid, aber ich fahre bald in den Urlaub und ihr würdet mir wirklich einen großen Gefallen tun, wenn ihr das jetzt schon kauft. Ihr wisst ja, das Geld ist knapp und ich arbeite hier auf Provisionsbasis. Das Urlaubsgeld könnte ich echt gut gebrauchen.‹ Und tatsächlich: Acht oder neun Kunden von den zwölf oder dreizehn, die ich hatte, haben in dem Monat noch gekauft. Natürlich habe ich denen nicht erzählt, dass wir den Laden in Deutschland zumachen.«

Er tippt sich mit dem Zeigefinger an die Stirn und macht ein Gesicht, das aussagen soll: »Ich bin doch nicht doof!« Dann lachen beide laut – so ein extra lautes Lachen, mit dem sie zeigen wollen, was für coole Socken sie sind – und prosten sich wieder zu.

Poloshirt: »So habe ich auf den letzten Drücker noch mal fette Deals reingeholt und bestimmt 3.000 Euro an Provision gemacht!«

Hawaiihemd: »Sehr geil! Man muss ja sehen, wo man bleibt.«

MONTAG, 18.23 UHR

Ein junger Mann, Anfang 20, Typ Jurastudent, steigt ein. Er telefoniert über ein Headset. Dem Gespräch ist zu entnehmen, dass er als Azubi in einem Bekleidungsgeschäft – vermutlich bei einem Herrenausstatter – arbeitet.

Seinem Auftreten nach könnte er aber auch ein Model sein. Er trägt ein weißes Hemd, ein Sakko mit lilafarbenem Einstecktuch, braune Herrenhalbschuhe und eine schwarze Hornbrille. Seine Haare sind zum Seitenscheitel gegelt. Er setzt sich nicht, sondern bleibt mitten im Gang, der ihm den perfekten Laufsteg bietet, stehen. Dann wirft er sich in Pose. Eine Hand steckt in der Hosentasche, mit der anderen fährt er sich immer wieder durch die Haare. Seine Beine sind über Kreuz gestellt.

Er spricht sehr laut. Allen ist sofort klar: Dieser Mensch glaubt, für die ganz große Bühne geboren zu sein; er ist der Star. Er liebt sich und den großen Auftritt über alles!

Star: »Heute habe ich gehört, dass *ich* und der Thomas ein Traumpaar sind.«

Die Person, mit der er telefoniert, antwortet. Auch sie spricht sehr laut und an der tiefen Stimme lässt sich deutlich erkennen, dass es sich um einen Mann handelt.

Star: »Ja, Moment mal, wir passen zwar gut zusammen, aber auch nur, weil ich weiß, wie ich den Stier bei den Hörnern packen muss. Ich frage: ›Herr Thomas, was stehen diese Woche für Aufgaben an?‹ Dann sagt er dies und das. Ich antworte: ›Kein Thema, machen wir!‹ Das Geile ist ja: Wie ich's mache und wann, ist ihm völlig egal. Ich sag dem Thomas also: ›Schauen Sie mal, ich find's so und so gut‹, und dann sagt er immer: ›Alles klar, machen Sie mal!‹«

Sein Gesprächspartner entgegnet etwas.

Star: »Ich mache halt alles selbstständig. Und eigentlich gefällt es ihm immer. Weil, dem Schwachmaten fällt doch selbst nur Scheiße ein!«

Wieder antwortet der andere. Während der Star ihm lauscht, schlendert er im Wagen auf und ab: vier Schritte in die eine Richtung und dann zurück zur Ausgangsposition, drei Schritte in die andere Richtung und wieder zurück. Seine Bewegungen sind extrem affektiert. Er läuft sehr gerade. Sein Rückgrat ist fast schon zu aufrecht. Man kennt diese Haltung aus dem Fernsehen, wenn Models mit einem Buch auf dem Kopf, zurückgezogenen Schultern und extremem Hohlkreuz den perfekten Auftritt üben.

Star: »Wenn ich verkaufen kann, verkaufe ich immer wahnsinnig gut. Ich leite ja mehr oder weniger die ganze Abteilung eigenständig, denn er ist sowieso nie da!«

Sein Gesprächspartner hakt nach.

Star: »Er sagt: ›Wir machen das jetzt so und so!‹ Und ich mache es einfach anders. Oft übergehe ich den Thomas auch einfach. Der ist ja nur mein Abteilungsleiter. Dann gehe ich direkt zur Chefin und zeige der meine Ideen. Und selbst wenn die Nein sagt, antworte ich: ›Ich mache es trotzdem!‹ Und dann mache ich es und zeige es ihr und frage sie: ›Und? Wie sieht's jetzt aus?‹ Da sagt sie immer: ›Ja, eigentlich besser. Super, perfekt!‹ So viel Selbstbewusstsein muss man in unserer Branche einfach mitbringen, wenn man es zu etwas bringen will!«

Der andere scheint nicht ganz seiner Meinung zu sein.

Star: »Quatsch! Wenn ich nächstes Jahr ausgelernt habe, übernehmen die mich garantiert. Da mache ich mir keine Sorgen.«

Er lauscht seinem Bekannten, fährt sich ein letztes Mal theatralisch durch die Haare und schreitet anmutig von dannen. Vermutlich ist er mittlerweile, ein gutes drei viertel Jahr nach dieser Begegnung, der Chef des Unternehmens.

DIENSTAG, 6.45 UHR

Die S-Bahn fährt gemütlich vor sich hin. Alles ist friedlich. Die Fahrgäste lesen Zeitung, hören Musik – zwei Mädchen lauschen der lieblichen Stimme von Britney Spears – oder schlafen noch ein bisschen wie der kräftige Mann am Fenster, der genussvoll schnarcht. Alles ist wie immer, der tägliche Weg zur Arbeit, Routine. Plötzlich hört man ein lautes Quietschen. Es ruckelt sehr stark. Die Mädchen nehmen die Kopfhörer aus den Ohren. Der Schnarcher schreckt hoch. Die Leser klappen erschrocken ihre Zeitungen zu.

Es quietscht und ruckelt weiter. Dazu geht das Licht an und aus, was etwas gespenstisch wirkt. Die Sekunden kommen einem wie Stunden vor. Im Inneren des Wagens riecht es verschmort, seltsamerweise nach verbranntem Plastik. Das kommt von den Metallrädern der S-Bahn, die beim Bremsen auf den Gleisen reiben.

Dann steht der Zug endlich. Es gibt noch zwei, drei kleinere Nachruckler, danach herrscht Stille – absolute Ruhe. Man fragt sich, ob man jetzt knapp einer Katastrophe entkommen ist, die leicht tödlich hätte enden können, oder ob sich alles viel dramatischer angefühlt hat, als es tatsächlich war.

Plötzlich erklingt eine Stimme: »So ein verfluchter Mist! Unfassbar! Das gibt es doch nicht!«

Eine circa 45-jährige Frau steht völlig entrüstet von ihrem Sitzplatz auf. In der einen Hand hält sie ein Buch, in der anderen einen großen Kaffeebecher. Der Deckel ist ab und der Pappbecher ziemlich zerdrückt. Das Buch ist völlig durchnässt; eine braun-weiße Flüssigkeit tropft auf den S-Bahn-Boden. Die Frau hatte also vermutlich einen Caffè Latte. Das viel größere Drama aber ist, dass auch ihre weiße Bluse und ihr graues Tweed-Kostüm unschöne braune Flecken haben.

Kaffee-Tante: »Igitt! Das ist ja der größte Mist, den ich in der S-Bahn je erlebt habe. Und ich habe schon viel bei diesem Sauhaufen erlebt! Aber *das* setzt allem die Krone auf!«

Die anderen Fahrgäste blicken sie an, als sei sie irgendwie nicht von dieser Welt. Immerhin hatte man vor nicht mal einer Minute noch das Gefühl, dem Tod gerade noch von der Schippe gesprungen zu sein, und jetzt regt sich dieses Tweed-Alien über eine bekleckerte Bluse auf. Verwunderte und genervte Blicke, Kopfschütteln und gezieltes Ignorieren sind die Folge.

Kaffee-Tante: »Jetzt ist die Bluse komplett versaut und die Jacke auch und ich kann noch mal nach Hause fahren, um mich umzuziehen. Dadurch ist der ganze Tag im Eimer. Diese blöde Bahn!«

Die Dame redet sich immer weiter in Rage. Dabei beben ihre dunkelrot geschminkten Lippen, ihre langen schwarzen falschen Wimpern flattern nervös und ihre blonden, schulterlangen Locken hüpfen bei jeder energischen Kopfbewegung.

Es folgt eine Durchsage des Zugfahrers: »Sehr geehrte Damen und Herren! Ich bitte den etwas abrupten Haltevorgang zu entschuldigen. Aufgrund einer Weichenstörung kam es zu einer Fehlleitung unseres Zuges. Die Fahrt wird in wenigen Minuten fortgesetzt.«

Die Wangen der Dame changieren in diversen Rottönen.

Kaffee-Tante: »Das lasse ich mir nicht gefallen. Das ist eine wirkliche Sauerei. Ich werde Dienstausfall berechnen. Das wird teuer für die Bahn.«

Das durchweichte Buch hat sie mittlerweile in ihre Handtasche gesteckt. Nun ist sie hektisch damit beschäftigt, die Kaffeeflecken von Kostüm und Bluse mit einem Taschentuch abzutupfen.

Plötzlich geht wieder ein Ruck durch den Zug. Die Fahrt wird fortgesetzt. Alle Fahrgäste atmen erleichtert auf, schreiben SMS oder rufen schnell den Chef an, um ihm mitzuteilen, dass die Fahrtunterbrechung doch nicht so lange dauerte wie vermutet.

Der Blutdruck der Tweed-Dame hat sich aber auch durch die Weiterfahrt kein bisschen gesenkt. Neben ihren grauen High Heels liegt inzwischen ein ziemlich großer Berg zusammengeknüllter Taschentücher.

Aber die Flecken auf ihrer Kleidung konnte sie nicht wirklich entfernen. Zu einem wichtigen Geschäftsessen mit noch wichtigeren Menschen kann sie nach dem feigen und hinterhältigen Kaffeeattentat so definitiv nicht gehen. Vermutlich wird ihr das in genau diesem Moment auch endgültig klar. Sie steckt die Taschentücher ein und fasst einen folgenschweren Entschluss. Als der Zug in den nächsten Bahnhof einfährt, drückt sie auf den Knopf der Sprechanlage und beginnt, den Fahrer anzupöbeln.

Kaffee-Tante: »Wegen Ihnen und Ihrem dämlichen Verein ist meine Garderobe völlig verschmutzt. Nur weil hier scheinbar ein Blinder im Cockpit sitzt, kann ich jetzt noch mal nach Hause fahren und mich umziehen. Und wer zahlt mir die Reinigungskosten? Ich habe hier Designerstücke im Wert von mehreren Tausend Euro, die intensivst gereinigt werden müssen und bestimmt nie wieder so aussehen wie vorher!«

Es gibt keine Reaktion auf der anderen Seite. Der Fahrer rührt sich nicht, er fährt vermutlich lieber konzentriert in den Bahnhof ein und bringt seinen Zug weniger spektakulär zum Stehen als kurz zuvor. Das Ignoriertwerden macht aber die Frau nur noch wütender.

Kaffee-Tante: »Hallo! Ich will Ihren Namen und Ihre Dienstnummer wissen! Ich werde mich bei Ihrem Vorgesetzten über Sie beschweren. Erst fahren wie ein Henker und dann einfach nicht reagieren, wenn ein Kunde eine einfache Frage hat. Das wird Konsequenzen für Sie haben, das verspreche ich Ihnen. Also: Ihren Namen bitte, und zwar sofort!«

Sie erhält immer noch keine Antwort. Der Zug steht jetzt. Die Türen öffnen sich und viele Menschen steigen ein und aus. Die Frau steht weiterhin mit einem Finger auf dem Druckknopf der Sprechanlage und weiß ganz offensichtlich nicht, was sie jetzt tun soll. Einerseits will sie weiterpöbeln – so lange, bis sie eine Antwort bekommen hat. Andererseits will sie aussteigen, nach Hause fahren, sich umziehen und wenigstens halbwegs pünktlich im Büro erscheinen.

Piep, piep, piep!

Die Türen schließen sich wieder! Die Frau steht noch immer wie angewurzelt da.

Um sie herum geht das normale Leben längst weiter. Britney Spears singt wieder, Zeitungen werden gelesen und der Mann am Fenster schnarcht. Da drückt die Frau ein letztes Mal auf den Knopf der Gegensprechanlage. Sie schreit dem Fahrer »Sie Arschloch!« entgegen, öffnet anschließend die Tür und entschwindet so schnell, wie es auf ihren High Heels möglich ist, in der Menge. Zurück bleibt nur der Taschentuchberg auf dem Boden.

Die Menschen, die die Beinahe-Katastrophe und das Kaffeedrama nicht mitbekommen haben, schauen ihr verwundert nach.

MONTAG, 15.23 UHR

Plötzlich herrscht Fledermaus-Alarm in der S-Bahn. Zwei junge Frauen, circa 24 Jahre alt, sind zugestiegen. Die eine trägt eine weiße Bluse mit Rüschenärmeln, schwarze Jeans und schwarze Lederpumps mit Schnalle. Die andere hat eine schwarze Stoffhose, ebenfalls eine weiße Bluse und schwarze Halbschuhe an. Sie trägt eine Perlenkette und Perlenohrringe. Ihre Haare sind straff zurückgekämmt.

Auf den Blusen der Frauen ist das Logo eines großen Versicherungsunternehmens zu sehen. Sie scheinen dort eine Ausbildung zu machen.

Die beiden könnten aufgrund ihres Schwarz-Weiß-Looks gut Mitglieder der Addams Family sein. Die Frau mit den Pumps erinnert durch ihre offenen schwarzen Haare und ihr damenhafteres Auftreten leicht an Morticia Addams. Die andere könnte mit ihren straff zurückgekämmten schwarzen Haaren und den weniger vamphaften Schuhen Wednesday Addams sein.

Morticia: »Früher war ich da voll sensibel. Wenn mich jemand angemeckert hat, habe ich immer sofort angefangen zu heulen. Dann habe ich vor zwei Jahren in den Ferien als Aushilfe in einer Bäckerei gearbeitet und die Chefin da war die totale Furie. Die hat mich nur angeschrien und fertiggemacht. Ich bin jeden Abend heulend nach Hause gegangen. Und die anderen Mädchen haben mir gesagt: ›Du musst dich da durchbeißen. Wenn du jetzt kämpfst und nicht klein beigibst, bringt dir das 'ne Menge.‹ Das habe ich dann auch getan. Irgendwann hat es klick gemacht und ich hatte null Probleme mehr mit der dämlichen Kuh. Seitdem ertrage ich das alles etwas besser. Aber wenn es wie heute läuft, könnte ich wieder losheulen. Gerade das mit der Post war doch voll überflüssig, oder?«

Wednesday: »Ja, das habe ich auch nicht verstanden. Vor allem tragen wir die Post ja immer zur gleichen Zeit aus. Wieso kommt die blöde Kuh dann plötzlich auf die Idee, uns anzumeckern, weil die Post angeblich viel zu spät auf ihrem Tisch lag? Das begreife ich nicht.«

Morticia: »Der ist heute irgendwie voll die Laus über die Leber gelaufen.«

Wednesday: »Vielleicht hat Tatjana die Post letzte Woche früher ausgeteilt. Und sie hat sich das notiert. Die schreibt sich bestimmt jeden Tag auf, wann bei ihr die Briefe auf dem Schreibtisch landen. Die hat ja sonst nichts zu tun!«

Morticia: »Wie hat schon meine Oma gesagt: ›Herzchen, Azubijahre sind keine Herrenjahre!‹«

Wednesday: »Das ist definitiv so!«

Morticia: »Und in diesen Zeiten stimmt das erst recht! Ich möchte auch garantiert keine Lehre mehr machen. Ich bin voll froh, wenn das letzte Lehrjahr jetzt rum ist und ich endlich ein anderes Umfeld habe. Da gibt's dann zwar bestimmt auch Zicken und Tussis im Büro, aber ich hab etwas mehr zu sagen und kann die Azubis rumscheuchen. Das macht mir dann garantiert doppelt Spaß.«

Wednesday: »Klar! Und dann sagen wir denen: ›Mädchen, Azubijahre sind keine Herrenjahre.‹ Da halten die uns für völlig bescheuert!«

Beide lachen.

SAMSTAG, 23.35 UHR

Zwei Männer, circa 24 Jahre alt, fahren mit. Der eine trägt ein schwarzes T-Shirt, auf dem in verschnörkelten Buchstaben der Name einer Heavy-Metal-Band, »Blind Guardian«, steht. Unter der Schrift sieht man ein Bild von einer Gestalt im schwarzen Cape, die eine Sense in der Hand hält. Außerdem hat der Mann eine blaue Jeans und weiße Turnschuhe mit drei grünen Streifen an. Sein schulterlanges Haar ist zu einem Zopf zusammengebunden.

Der andere Mann hat eine Halbglatze. Die verbliebenen Haare sind braun und sehr kurz geschoren. Er trägt einen grünen Kapuzenpullover, auf dessen Vorderseite »Pokern ist kein Glücksspiel« steht und auf dem Rücken: »Ich verliere mit Absicht!« Außerdem hat er schwarze Halbschuhe und eine schwarze Jeans an, deren schwarzer Gürtel als Schnalle einen extrem großen silbernen Stierkopf hat, dessen Augen rote Strasssteine sind.

Beide Männer riechen stark nach Zigaretten. Stierkopf hat eine Dose Red Bull in der Hand, auf der er ununterbrochen mit seinem Zeigefinger herumtippt.

Auf Sensenmanns Sitz hat sich das Kissen gelöst. Nun rutscht er alle fünf Sekunden samt Kissen nach vorn. Dann muss er immer etwas aufstehen und das Kissen mit dem Po wieder an seinen Platz schieben. Wenn es in der richtigen Position angekommen ist, hört man ein ziemlich seltsames Geräusch – eine Mischung aus Quietschen und Klacken. Dann setzt Sensenmann sich wieder hin und fast zeitgleich geht das Spiel wieder von vorn los.

Sensenmann: »Wie ist es denn gerade bei dir auf der Arbeit?«

Während er das fragt, schiebt er das nach vorn gerutschte Kissen wieder nach hinten. Quietsch, klack!

Stierkopf: »Voll schlimm! Wir machen ein Projekt fertig, geben es ab und bekommen es wieder mit der Ansage, es noch mal ganz anders zu machen. Extrem beschissen für mich, weil ich ununterbrochen für die Mülltonne arbeite. Die ganze Kreativität, die ich da reinstecke, ist für nix und wieder nix. Das nervt mich momentan extrem. Allerdings ist es natürlich gut für meine Firma. Weil, wir verballern Stunden wie verrückt. Dann ändern wir es. Dabei verballern wir wieder Stunden, um es so zu machen, wie sie es dann wollen. Wie gesagt: gut für uns, weil, die bezahlen das ja. Aber mich nervt das voll an, wenn meine Arbeit so uneffektiv ist, so sinnlos. Man müsste eigentlich zu denen hingehen und sagen: ›Liebe Leute, wenn ihr das haben wollt, dann überlegt euch gut, *was* ihr wollt! Überlegt euch, wie ihr es umgesetzt haben wollt! Und wenn all das feststeht, dann lasst es 'ne Woche liegen, denkt alle drüber nach! Dann besprecht ihr es noch mal 'ne Stunde und wenn ihr es immer noch so wollt, schickt es an uns! Das würde für mich vieles einfacher und effektiver machen.‹«

Während dieser Antwort ist das Kissen circa sechs Mal nach vorn gerutscht und wurde wieder nach hinten geschoben. Quietsch, klack! Quietsch, klack! Quietsch, klack!

Dazu hat Stierkopf ungefähr 20 Mal auf seine Dose getippt und dadurch ein blechernes Geräusch erzeugt. Die beiden sind eine durchaus unterhaltsame Band.

Sensenmann: »Klingt sinnvoll.«

Stierkopf: »Tja, vielleicht klappt das ja in einer anderen Welt. Ich muss hier raus. Mach's gut!«

Er tippt wie zum Abschiedsgruß abermals auf seine Dose.

Sensenmann steht auf – Quietsch, klack! – und umarmt seinen Kumpel.

Dann geben sich beide High five.

Sensenmann: »Mach's besser!«

Er setzt sich wieder hin. Quietsch, klack!

Irgendwie fehlt jetzt das blecherne Tippen in der Melodie.

MONTAG, 7.03 UHR

Ich beobachte drei Mädchen, alle zwischen 20 und 24 Jahre alt. Sie tragen Business-Look – Blazer, Hose, weiße Bluse – und obwohl es noch so früh ist, sind die drei sehr aufgebrezelt, also weit über das normale Schönmachen für die Arbeit hinaus. Es stellt sich heraus, dass sie als Statisten für eine Fernsehproduktion am Münchner Flughafen arbeiten. Welcher Film dort gerade gedreht wird, ist dem Gespräch leider nicht zu entnehmen, aber vielleicht handelt es sich bei den Grazien ja um die drei Engel Sabrina, Jill und Kelly und ihr Charly erwartet sie schon.

Sabrina und Jill sind bereits in der S-Bahn, als Kelly anruft, um sich nach dem Wagen zu erkundigen, in dem ihre vermeintlichen Freundinnen sitzen. Als Sabrinas Handy klingelt und sie ganz offensichtlich die Nummer erkennt, verdreht sie völlig genervt die Augen.

Sabrina: »Boah, die blöde Kuh schon wieder! Die will jetzt wieder zu uns kommen und uns nerven.«

Auch Jill verdreht die Augen. Dann hebt Sabrina ab und flötet total lieb in ihr Handy. Zwei Minuten später kommt Kelly an.

Sabrina: »Heute ist bei mir die Hälfte der Drehzeit rum. Ich bin so froh! Langsam nervt es nur noch. Wann ist es bei dir vorbei?«

Kelly: »In zwei Wochen. Ich find's aber voll cool. Macht doch echt Spaß und außerdem ist es schön, mal so im Mittelpunkt zu stehen.«

Sie freut sich ganz offensichtlich sehr darüber, den Statistenjob beim Film ergattert zu haben. Bei ihren Ausführungen strahlt sie bis über beide Ohren. Ihre Wangen färben sich rötlich beim Gedanken an den bevorstehenden Drehtag und ihre Augen glänzen.

Sabrina und Jill verhalten sich so, dass man schnell merkt, dass sie dieses Gehabe extrem kindisch finden. Vielleicht haben sie schon mehr Drehtage auf dem Buckel, sind abgebrühter oder wollen einfach nur cooler wirken – zumindest versuchen sie, ihrer Bekannten die Freude an dem Job zu verderben.

Jill: »Das wird doch sowieso wieder so sein wie beim letzten Mal: Wir drehen uns den Wolf und am Ende schneiden sie zwei Drittel der Szenen mit uns raus!«

Kelly: »Klar! Aufwand und Ertrag stehen bei mir auch in keinem vernünftigen Verhältnis. Ich arbeite 77 Stunden in der Woche – fast doppelt so viel wie ein normaler Angestellter. Das darfste dir für das bisschen Geld eigentlich sowieso nicht bieten lassen. Aber so isses halt; wenn man sich gern im Fernsehen sieht, lässt man sich auch gern ausnutzen!«

Sie lacht sehr laut. Ihre »Freundinnen« schauen sich fragend an und schütteln den Kopf.

Sabrina: »Ich bin echt froh, dass ich nicht pauschal, sondern nach Aufwand bezahlt werde. Sonst würde ich das nicht mit mir machen lassen.«

Kelly schaut sie fragend an: »Echt? Das ist ja krass. Ich werde pauschal bezahlt und bekomme auch keine Sondervergütung bei Überstunden. Ich wusste nicht, dass es bei unseren Verträgen solche Unterschiede gibt.«

Jill grinst gehässig: »Tja, wer es mit sich machen lässt!«

Kelly: »Na ja, sei's drum. Da muss ich das nächste Mal wohl besser verhandeln. Dafür finde ich das Team voll nett. Ich komme ja echt gut mit unserem Aufnahmeleiter Patrick klar. Und Ingo mag ich auch voll gern.«

Sabrina: »Boah! Ingo finde ich voll stressig. Der kommt immer an und ist total aufgeregt und nervös. Irgendwie weiß der selbst nicht, was er will. Und dann spricht er immer englisch: ›Hi, ich bin Ingo. What's up?‹ So kam er gestern zu mir. Solche Typen hasse ich!«

Jill: »Am Sonntag hatte er eine weiße Sonnenbrille auf. Unfassbar! Ich dachte erst, es wäre eine 3-D-Brille, aber wir waren ja nicht im Kino, sondern beim Drehen. So was geht gar nicht! Das war voll unpassend. Bei Frauen ist das okay – auch schwierig, aber okay. Aber weiße Brillen bei Männern? Niemals!«

Sabrina und Jill geben sich wirklich Mühe, alles, was ihre Kollegin sagt und tut, schlechtzumachen. Sie verdrehen die Augen, werfen sich Blicke zu, die ihre negative Meinung unterstreichen, und tippen sich mit dem Zeigefinger an die Stirn. Man kann ihnen nicht mal vorwerfen, dass sie das alles heimlich und hinter dem Rücken der armen Kelly tun. Ganz offensichtlich zeigen sie, wie wenig sie von ihr halten.

Kelly aber übersieht das alles. In ihrer kindlichen Naivität lächelt und plappert sie einfach weiter.

Kelly: »Ich habe Patrick übrigens auch schon gefacebookt!«

Sabrina schaut abschätzig: »Haste den wirklich geaddet?«

Jill: »Bist du auch so eine, die fremde Menschen auf Facebook stalkt? Das finde ich ja voll assig!«

Kelly entgeht auch diesmal die Häme. Sie tippt auf ihrem iPhone herum.

Kelly: »Schaut mal hier, sein Profil. Sehr cool! Wisst ihr, wie viele Freunde der hat? 1.300! Voll krass!«

Sabrina: »Klar, die sind bestimmt alle voll die Freunde!«

Jill äfft die bekannte Fernsehwerbung nach: »Hier, mein Haus, mein Boot, meine 1.300 engsten Freunde!«

Alle drei lachen.

Kelly: »Bei Musik gibt er an: Beethoven, Bach, Bruno Mars. Das ist ja eine seltsame Auswahl! Achtung, bei Filmen schreibt er unter anderem: *P.S. Ich liebe Dich*!«

Sabrina: »Den habe ich noch nicht gesehen.«

Kelly: »Ich schon. Der ist okay, aber voll die Liebesschmonzette – irgendwie seltsam, dass ein Mann den so super findet. Dann: *The Fast And The Furious*.«

Jill: »Den habe ich gesehen. Der ist voll scheiße!«

Kelly: »Ja, der ist echt scheiße! Dann steht da noch: Bruce-Lee-Filme und *American History X*. Krasse Mischung! Weiter mit Büchern: Die Bibel!«

Sabrina: »Die Bibel? Der Typ ist ja voll der Poser. Ich wette, dass der noch nie richtig in der Bibel gelesen hat. Okay, wer hat das schon in unserem Alter. Aber dann gebe ich das auch nicht so pseudomäßig in meinem Profil an.«

Kelly: »Pass mal auf, wie es weitergeht. *P.S. Ich liebe Dich* mag der auch als Buch. Und *The Secret*. Ach, du Scheiße, jetzt erschieße ich mich echt. *The Secret*!«

Jill: »Was ist das denn für ein Buch?«

Kelly: »Es ist besser, wenn ihr das nicht wisst. Das ist eines meiner Lieblingsbücher. Mist! Jetzt rede ich nicht mehr mit dem. Das passt auch überhaupt nicht zu ihm!«

Sabrina: »Du redest nicht mehr mit ihm, weil er eines deiner Lieblingsbücher mag? Müsste es nicht eigentlich andersrum sein? Weil, so habt ihr doch zumindest schon mal ähnliche Interessen.«

Kelly: »Ich will nicht, dass der ein Buch mag, das ich auch mag!«

Sie lacht sehr laut.

Sabrina: »Also, Moment mal! Vorhin hast du uns gesagt, dass du ihn nett findest. Jetzt stellst du noch dazu fest, dass er dein Lieblingsbuch offenbar auch super findet. Sprich: Ihr passt jetzt eigentlich viel besser zusammen als vorher. Du bist echt eine komische Tante.«

Sie und Jill schütteln den Kopf und blicken Kelly völlig verständnislos an – so nach dem Motto »Okay, wir wussten schon vorher, dass du sie nicht alle hast, aber jetzt haben wir die endgültige Bestätigung«.

Jill: »Ich glaube, es gibt viele Lebenssituationen, in denen es lustig ist mit ihm. Aber Arbeiten gehört definitiv nicht dazu. Ich finde, man kommt sich immer so verwirrt vor, wenn man länger mit ihm gesprochen hat – so als hätte man keine Ahnung von nix!«

Sabrina: »Nur gut, dass der einen ganz anderen Job hat als wir. Ich könnte auch niemals so arbeiten wie er, so unkoordiniert und völlig planlos. Ich würde mir einfach nur total bescheuert vorkommen, wenn ich die Dinge so organisieren würde wie er.«

Kelly: »Ja, so sehe ich das auch. Schaut mal, sein Profilbild! Igitt!«

Jill: »Das ist jetzt aber wirklich nicht nett von dir!«

Kelly: »Schau dir das doch mal an! Der sieht voll fertig aus. Voll betrunken!«

Sabrina: »Stimmt. Das wirkt nun wirklich null seriös. Eher voll durch!«

Jill: »Vielleicht kann er ja wenigstens gut feiern.«

Alle drei lachen gehässig und wirken durch ihr gemeinsames Schimpfen auf Aufnahmeleiter Patrick nun irgendwie doch wie

Freundinnen. Die drei Engel für Charly sind plötzlich und unverhofft wieder vereint.

DIENSTAG, 8.12 UHR

Ein Mann und eine Frau, beide Anfang 30, sind auf dem Weg zur Arbeit. Der Mann trägt einen grauen Anzug, ein weißes Hemd, eine braune Krawatte und schwarze Schuhe. Die Frau ist dagegen sehr extravagant und bunt gekleidet: gelbes Hemd, grüne Jacke, rote Hose, grüne Socken, braune Halbschuhe und weißer Schal. Sie hat gerade wieder angefangen zu arbeiten, nachdem sie im Mutterschutz war. Vielleicht haben ihr die Kinder die Anziehsachen rausgelegt. Vielleicht hat aber auch ein Kind bei ihr im Zimmer geschlafen und sie wollte kein Licht anmachen, um es nicht zu wecken. Deshalb musste sie sich die Sachen einfach wahllos aus dem Schrank nehmen. Ich weiß es nicht. Sicher ist nur, dass die beiden sehr unterschiedlich gekleidet sind – man kann sich kaum vorstellen, dass sie in derselben Firma arbeiten.

Frau Bunt: »Ich muss jetzt schon wieder 30 Stunden pro Woche arbeiten. Sonst hätte ich nicht zurückkommen können, sagt der Chef. Ich wollte am liebsten nur halbtags oder höchstens drei volle Tage die Woche, aber das war einfach nicht drin. Is' halt so. Leider können wir es uns nicht leisten, dass ich noch länger zu Hause bleibe. Aber irgendwie habe ich momentan ständig das Gefühl, ich verpasse die schönsten Jahre meines Babys!«

Herr Grau: »Ich stelle mir das echt extrem schwierig vor, so als Frau. Man muss sich immer entscheiden: Familie oder Karriere. Irgendwie geht trotz aller Bemühungen, das gesellschaftlich zusammenzubringen, nicht beides unter einen Hut. Oder man muss halt so richtig Karriere machen, damit man sich ein echt gutes Kindermädchen leisten kann. Sonst ist man nur ständig damit beschäftigt, sich von einer halb zufriedenstellenden Lösung zur nächsten zu hangeln.«

Frau Bunt: »Das stimmt – und man will auch gar nicht wieder in Vollzeit arbeiten. Ideal ist halbtags, wenn sie in den Kindergarten kommen und auch zu Schulbeginn. Dann haben die Kinder in den ersten Jahren immer einen Elternteil zu Hause – ich glaube, das ist wichtig für die Entwicklung. Danach kann man mal wieder dran denken, auf Vollzeit aufzustocken. Aber die Jobs gibt's halt nicht.«

Herr Grau: »Das ist richtig. Und es ist ja sowieso ständig was: Ferien oder der Kindergarten ist zu oder die Kinder sind krank ... Das ist immer ein Spagat.«

Frau Bunt: »Und es ist nicht immer alles direkt in der Nähe. Man hat häufig lange Anfahrtswege. Das kostet dich extrem viel Zeit. Und wenn dein Chef das über einen längeren Zeitraum mitmacht, ohne zu murren, dann haste schon extrem viel Glück.«

Herr Grau: »Ich hab da mal einen Artikel über die Gesellschaft der Zukunft gelesen. Darin wurde prognostiziert, dass es irgendwann riesige Kinderzentren geben wird. In denen sind ein Kindergarten, ein Arzt für diverse Kinderkrankheiten, Supermärkte mit allem, was man so braucht, und Computerarbeitsplätze, an denen man sich in das System seiner jeweiligen Firma einloggen kann, um während der Wartezeiten zu arbeiten. Man kann sein Kind auch am Eingang abgeben und den Angestellten sagen, was es hat, wo es hinmuss, und sogar, ob Einkäufe zu erledigen sind. Wenn man das Kind dann wieder holen kommt, ist alles erledigt. Echt eine krasse Zukunftsvision!«

Frau Bunt: »Das ist ja schrecklich! Das ist dann die totale Entfremdung der Kinder von der Familie. Ich weiß echt nicht, aber irgendwie finde ich es schlimm, dass ständig propagiert wird, dass man sich immer kürzer um die Kinder kümmern soll.

Wenn man Hausfrau und Mutter ist, wird man doch mittlerweile schon schräg angeschaut. Ich habe wirklich viele doofe Kommentare von anderen Müttern gehört, nur weil ich drei ganze Jahre lang zu Hause geblieben bin. Zwei Freundinnen von mir sind nach sechs Monaten schon wieder halbtags arbeiten gegangen. Da baut man doch keine Beziehung zu seinem Baby auf. Das wird dann sozusagen von anderen Frauen erzogen und die erzählen dir dann, wann es den ersten Schritt gemacht hat und wann es den ersten Zahn bekommt. Das ist alles nichts für mich!«

Herr Grau: »Ich bin mal gespannt, wie das bei uns sein wird. Ich habe meiner Frau gesagt, dass sie das machen kann, wie sie möchte. Wenn ihr nach sechs Monaten die Decke auf den Kopf fällt und sie wieder arbeiten gehen möchte, ist das okay für mich. Wenn sie die drei Jahre komplett zu Hause bleiben will und das bei uns finanziell hinhaut, ist das auch okay. Gerade weil so eine Geburt das Leben einer Frau komplett auf den Kopf stellt, überlasse ich ihr die Entscheidung.«

Mit diesen Worten steigen beide aus.

MONTAG, 7.57 UHR

Zwei Frauen, circa 40 Jahre alt, fahren zur Arbeit. Beide sind sehr unscheinbar gekleidet. Die eine trägt eine beige Windjacke, braune Jeans und braune Halbschuhe, die andere ebenfalls braune Halbschuhe, dazu blaue Jeans und eine rote Windjacke. Die Frauen haben jeweils einen Rucksack auf dem Schoß.

Beige Windjacke: »Wie lange ist der Helmut denn jetzt schon krank?«

Rote Windjacke: »Bestimmt sechs Wochen. Ich glaube sogar, zwei Monate. Ja klar! Der ist seit Ende Juni nicht mehr da. Wahnsinn!«

Beige Windjacke: »Ja, stimmt. Seitdem ist mein Chef ja auch für euch zuständig. Das ist aber auch hart für den. Der muss jetzt drei Teams leiten. Auch viel Arbeit, oder?«

Rote Windjacke: »Also, ganz ehrlich: Ich glaube, die machen sich da oben alle nicht kaputt. Das sieht auf dem Papier vielleicht viel aus, aber letztendlich delegieren die das alle nur weiter nach unten. Und wir ächzen dann unter der Mehrbelastung, aber der erntet die Lorbeeren. Weil alle denken, er buckelt sich rund um die Uhr den Rücken krumm.«

Beige Windjacke: »Ja, das kann schon sein. So tun, als wären sie überlastet, können alle Chefs gut.«

Rote Windjacke: »Und der Helmut ist damals mit so vielen Plänen zu uns gekommen. Der wollte alles umkrempeln und neu machen. Und jetzt? Unsere Umstrukturierung ist eine echte Katastrophe. Und wieso? Viele Veränderungen wollen die da oben an der Spitze einfach nicht.«

Beige Windjacke: »Ganz genau! Das ist das Schlimmste für die. Also am besten Klappe halten, arbeiten, nicht nachdenken!«

Rote Windjacke: »Ja, das muss man fast schon machen – als Selbstschutz. Mein früherer Chef hat immer zu mir gesagt, man soll nicht denken. Und das ist ja auch so. Am besten kommst du weiter, wenn du einfach das machst, was man dir sagt. Und wenn es noch so unsinnig ist.«

Beige Windjacke: »Wir strukturieren ja jetzt erst um. Wir sind die Letzten und haben wirklich nur die dämlichsten Sachen abbekommen. Das, was die anderen nicht wollten, haben wir gekriegt. Da funktioniert wirklich nichts, eine Reklamation kommt nach der anderen.«

Rote Windjacke: »Mich hat es noch härter getroffen. Ich sage ja immer, dass ich seit der Umstrukturierung der Depp bin. Ich bin zwar noch Ansprechpartnerin für die Kunden, leite aber nur weiter und bearbeite nichts mehr selbst. Ich nehme die Serviceaufträge entgegen, trage die Reklamationen ein und leite sie dann an die Zentrale weiter. Die nehmen das entgegen, tragen alle Informationen von mir in ein Bearbeitungsformular ein und das wird dann abgearbeitet.«

Beige Windjacke: »Wie unsinnig ist das denn? Das ist ja zweimal die gleiche Aufgabe. Wenn du das gleich machen würdest, könnten die sich einen Arbeitsschritt sparen und keinen würde es stören. Ganz im Gegenteil – es würde schneller gehen.«

Rote Windjacke: »Und was bei der Übertragung alles schiefgehen kann – da will ich wirklich nicht dran denken. Wie gesagt: Ich bin der Depp. Ich mache einfach völlig überflüssige Arbeit. Es ist wirklich traurig.«

Beige Windjacke: »Am Montag kommt auch der Gerhard wieder. Das wird lustig. Der wird einen von vorn anlächeln und sagen, dass man gut gearbeitet hat, und hinterrücks rammt er einem dann das Messer in den Rücken! Gib einem kleinen Mann etwas Macht und er wird sie ausnutzen.«

Rote Windjacke: »Das muss ja wirklich eine linke Bazille sein. Der sagt auch bei den Teamsitzungen immer, dass alles gut läuft und alle mit unserer Arbeit zufrieden sind, alles super also, und wenn er beim Chef ist, wird über uns gelästert, was das Zeug hält. Das hab ich schon oft gehört!«

Beige Windjacke: »Wie gesagt: am besten Klappe halten, arbeiten, nicht nachdenken, ducken und hoffen, dass der Sturm an einem vorbeizieht!«

DIENSTAG, 19.23 UHR

Ein Mann und eine Frau, beide Mitte 20, sind offenbar auf dem Heimweg.

Sie: Typ Karrierefrau. Er: Typ Schluffi. Sie: top zurechtgemacht – kurzer Businessrock, weiße Bluse, Jackett, schwarze

High Heels. Er: Bundeswehrparka, grauer Strickpullover, blaue Jeans, weiße Turnschuhe. Sie: geschminkt – roter Lippenstift, schwarzes Augen-Make-up – und die Haare zu einer Lockenfrisur gestylt. Er: Dreitagebart und eine Frisur wie frisch aus dem Bett. Sie: silberne Brosche mit Strasssteinen am Revers. Er: Günter-Netzer-Button am Kragen. Kurz gesagt: ein Paar, wie es unterschiedlicher nicht sein könnte.

Karrierefrau: »Der ist so blöd und denkt da einfach nicht drüber nach. Wenn er Personalunterlagen einfach so offen in seinem Büro rumliegen lässt, dann fasse ich mir immer an den Kopf. Zum Beispiel: Bei Magda ist die Probezeit vorbei und der Antrag auf Verlängerung liegt einfach so auf seinem Schreibtisch rum, für jeden zur Einsicht. Und das seit zwei Wochen. Aber er war letzte Woche im Büro. Da denke ich mir: Boah, Sebastian! Dreh es doch wenigstens um! Mein Überstundenzettel lag auch ewig offen da, für jeden zugänglich. Irgendwann bin ich hingegangen und habe ihn unter einen Stapel gelegt. Jetzt garantiere ich dir: Der vergisst das!«

Schluffi: »Boah!«

Er ist offensichtlich völlig gelangweilt vom Redeschwall seiner Kollegin. Seine Hände stecken in den Taschen seines Parkas und er gähnt regelmäßig, ohne sich dabei den Mund zuzuhalten.

Karrierefrau: »Der kriegt so Personalsachen einfach nicht auf die Reihe. Mit der Waltraud hat er jetzt zum Beispiel ein Gespräch geführt. Die hatte nämlich einen Antrag auf Frührente gestellt, aber weil es bei uns so brummt, würde sie noch ein Jahr verlängern. Dieses Gespräch hat er doch tatsächlich bei offener Tür geführt. Ich habe dann Musik angemacht und laut gestellt, damit die anderen nichts mitbekommen. Ich sitze ja direkt vor seinem Büro. Da dachte ich auch: Oh Mann!«

Sie macht eine Pause und erwartet, dass er auf ihre Erklärungen reagiert. Dabei blickt sie ihn mit großen Augen an, die sagen wollen: »Die Geschichte ist doch echt der Hammer, oder?!« Aber es kommt keine Reaktion. Bei ganz genauem Hinsehen entdeckt man eventuell ein klitzekleines Augenrollen, aber mehr nicht. Doch das ist ihr egal – sie spricht einfach weiter.

Karrierefrau: »Mit mir hat er jetzt ein Personalgespräch geführt. Donnerstag rief er an, kurz vor 17 Uhr. Seine ersten Worte waren: ›Caro, kannst du reden?‹ Ich habe mich umgeschaut. Die beiden, die direkt neben mir sitzen, waren schon gegangen. Die anderen sitzen einigermaßen weit weg. Also habe ich Ja gesagt. Da hat er mich gefragt, ob ich zufrieden bin mit meinem Job, ob es mir gefällt. Er sei gerade dabei, die Gehälter bis 2015 zu planen. Da habe ich mir gedacht: Okay, er möchte, dass ich ehrlich bin. Und wenn der Chef überhaupt mal Zeit hat, dann musst du das nutzen. Deshalb ist es aus mir rausgeplatzt: ›Für ein besseres Gehalt wäre ich sofort weg. Ist ja auch nicht weiter schwierig in unserer Branche. Ich bewerbe mich aber momentan nicht aktiv. Weil, mir gefällt meine Arbeit.‹ Da hat er geschluckt und mich gefragt, was ich mir denn so vorstelle. Also habe ich gesagt, dass ich einfach mehr Verantwortung will bei entsprechendem Gehalt, dass ich von der Position XY träume. Da wäre ich dann verantwortlich für ein Umsatzvolumen von 3,5 Millionen Euro. Das ist mein absoluter Traum, da will ich hin. Daraufhin hat er gesagt, dass er mich auf lange Sicht auch in einer solchen Position sieht! Wahnsinn!«

Schluffi: »Krass!«

Mittlerweile hat er die Beine langgemacht und liegt mehr, als dass er sitzt. Der ungebremste Redefluss und die ausgefeilten Karrierepläne seiner Kollegin sind eindeutig zu viel für ihn. Nur gut, dass ihr sowieso egal ist, ob er reagiert. Für sie ist scheinbar nur wichtig, dass ihr jemand gegenübersitzt, dem sie das alles erzählen kann. Natürlich wäre es schon schön, wenn er ab und zu mal in ganzen Sätzen antworten würde, aber so passt es auch.

Karrierefrau: »Er hat dann noch gesagt, dass er gern nächste Woche mit mir essen gehen würde, um mir ein Angebot zu machen. Das war letzte Woche. Vermutlich hat er es sich nicht notiert und sofort wieder vergessen. Ich sag ja: Mitarbeiterführung mangelhaft. Ich hab mir jetzt einen Termin in Outlook eingetragen. In vier Wochen erinnere ich ihn noch mal dran. Bis dahin gebe ich ihm Zeit, sich selbst an die Vereinbarung zu erinnern. Ich hoffe, dass es bei dem Essen bleibt und er nicht plötzlich in großer Runde vor allen anderen damit anfängt. Das traue ich ihm echt zu. Er ist halt ein super Vertriebsleiter und ein guter Geschäftsführer, aber ein grottenschlechter Chef, weil er einfach dieses Feingefühl nicht hat. Na ja, zumindest wird er langsam besser. Er lobt mittlerweile schon von sich aus. Gestern habe ich sogar eine E-Mail bekommen, in der er mich lobt. Und ich darf immer mehr machen. Gerade erst durfte ich einen seiner Kunden besuchen, obwohl das weit außerhalb meiner Befugnisse liegt. Aber ich nehme natürlich mit, was ich kriegen kann, und er gibt mir immer mehr. Das ist echt cool. Wie läuft es eigentlich bei dir?«

Schluffi: »Sehr gut.«

Karrierefrau: »Bist du immer noch im Service?«

Ihr Kollege antwortet nicht. Es vergeht ziemlich viel Zeit. Sie öffnet schon den Mund, um die Frage zu wiederholen. Vielleicht hat er sie ja gar nicht gehört? Aber dann sagt er doch etwas.

Schluffi: »Wie?«

Karrierefrau: »Na, du bist doch im Service. Du nimmst doch die Fälle an und arbeitest sie dann ab.«

Wieder dauert es eine Weile, bis er antwortet.

Schluffi: »Jein. Ja, auch …«

Seine Kollegin unterbricht ihn.

Karrierefrau: »Fährst du auch schon allein raus? Weil, rausgefahren bist du ja damals nicht, als ich dich kennengelernt habe.«

Schluffi: »Nein, das mache ich nicht.«

Karrierefrau: »Echt nicht? Kein Außendienst? Das ist doch so cool! Da bekommt man einen Firmenwagen.«

Schluffi: »Nein. Das mag ich nicht.«

Er gähnt wieder.

Karrierefrau: »Dann machst du also keinen Vertrieb?«

Schluffi: »Doch, schon. Wir akquirieren Kunden.«

Karrierefrau: »Das ist doch voll der Traum: ständig unterwegs, Kunden besuchen, das Unternehmen repräsentieren, Kontakte vor Ort knüpfen ...«

Schluffi: »Für mich ist das voll der Albtraum. Ich habe echt keinen Bock auf diesen ständigen Kostendruck. Jeden Morgen, wenn ich meinen Laptop aufmache, habe ich gleich etliche E-Mails, die ich sofort bearbeiten muss. Das finde ich voll schlimm!«

Karrierefrau: »Ja, so ist es bei mir auch. Das mag ich aber: immer was zu tun, organisieren, machen, ständig gefordert sein. Das ist doch das Tolle an dem Job. Ich komme voll gern morgens ins Büro und habe gleich hundert Mails. Die arbeite ich dann ab.«

Schluffi: »Tja, meins ist das nicht!«

Karrierefrau: »Und was machst du jetzt eigentlich genau?«

Schluffi: »Ich kümmere mich ums Projektmanagement.«

Plötzlich klingelt sein Telefon. Es ertönt *You'll Never Walk Alone*, die Hymne des FC Liverpool. Bei der Musik wird er auf einmal wach und beginnt – oh Wunder! –, sich richtig zu unterhalten. Dazu nimmt er sogar die Hände aus den Jackentaschen. Auch das Gähnen hört auf und er lächelt ziemlich regelmäßig. Der Anrufer scheint ein interessanteres Thema getroffen zu haben als seine Arbeitskollegin. Die beginnt, auf ihrem Handy eine SMS zu tippen. So sitzen sich die beiden noch eine Weile gegenüber, bis er zwei Stationen später aussteigen muss. Eine kurze Verabschiedung, dann ist er zur Tür raus.

WAGEN 5

CLASH DER LEBENSWELTEN

»Es gibt bei uns noch einen Metzger, der selber schlachtet. Den sieht man regelmäßig mit seiner Ware durch den Ort fahren. Auf dem Anhänger sind dann die Tiere und man kann beim Vorbeifahren sozusagen begutachten, was man wenige Stunden später auf dem Teller haben kann. Das ist fantastisch.«

»Da fährt dann also so ein Anhänger vorbei mit einem Lämmchen oder einem Kälbchen drauf. Babys sozusagen. Und du hast keinerlei Skrupel, dich über den baldigen Tod dieser Lebewesen zu freuen?«

DONNERSTAG, 6.53 UHR

Eine Bulgarin und eine Frau aus dem Kosovo sind auf dem Weg zur Arbeit. Die Bulgarin trägt ein extrem figurbetontes rotes Kleid mit tiefem Ausschnitt, das knapp über dem Knie endet, dazu rote Lackpumps und eine transparente Strumpfhose mit Blümchenmuster.

Die Frau aus dem Kosovo hat eher schlabberige Klamotten an. Sie sehen aus, als hätte sie kürzlich viel abgenommen, wolle ihre alte Garderobe aber trotzdem auftragen. Die besteht aus einer viel zu großen grünen Bluse und einer grauen Stoffhose. Dazu trägt sie braune Halbschuhe.

Die Bulgarin hat eine relativ kleine Handtasche dabei, in der aber erstaunlich viel verstaut ist, vor allem Schminkutensilien. Zuerst zieht sie einen kleinen Spiegel heraus und platziert ihn kunstvoll auf dem Mülleimer aus Metall, der zwischen den Sitzreihen angebracht ist. Die Klappe des Spiegels ist locker und schlägt deshalb immer wieder auf und zu. Beide Frauen lachen.

Bulgarin: »Ich war gerade zwei Wochen im Urlaub und müsste eigentlich schön aussehen. Aber mein Mann ist heute Morgen um 5 Uhr aufgestanden und ich bin natürlich auch aufgewacht. Dann konnte ich nicht mehr einschlafen. Jetzt fühle ich mich extrem müde und sehe auch so aus. Da wird mein Chef mit mir schimpfen!«

Sie schaut in den Spiegel und kneift sich in die Wangen. Dann zieht sie die Gesichtshaut nach hinten, damit die Fältchen rund um ihre Augen verschwinden.

Kosovarin: »Wir waren auch gerade im Urlaub, drei Wochen im Kosovo bei meinen Eltern – mit dem Enkelkind. Die Kleine ist jetzt 18 Monate alt. Das war toll!«

Die Bulgarin hat mittlerweile zum Kajal gegriffen und schminkt sich die Augen. Sie streicht sanft auf ihrem Augenlid herum und verreibt den Strich vorsichtig mit ihrem Finger.

Dann malt sie abermals nach und verreibt wieder. Der perfekte Lidstrich muss eben erst gefunden werden.

Bulgarin: »Wir waren auch zu Hause, in Bulgarien. Erst da, wo mein Mann herkommt. Da wohnen seine Eltern noch. Die haben wir besucht. Dann weiter 400 Kilometer quer durchs Land, zu meinen Eltern. Die wohnen an der Schwarzmeerküste, also genau entgegengesetzt. Das ist immer sehr stressig.«

Sie greift zum Lippenstift, schaut in den Spiegel und trägt ihn auf. Er ist sehr rot und knallig. Sie presst die Lippen zusammen und bewegt sie hin und her, um die Farbe gleichmäßig zu verteilen. Etwas Lippenstift landet dabei auf ihren Zähnen. Also nimmt sie ein Taschentuch und reibt ihn weg. Dabei verwischt sie aber auch das Rot auf ihren Lippen. Also entfernt sie den Lippenstift wieder komplett und beginnt von Neuem.

Kosovarin: »Wir wollten eigentlich allein mit dem Enkelkind verreisen. Aber dann hat meine Schwiegertochter sich aufgeregt. Sie wollte die Kleine nicht allein bei uns lassen. Da habe ich ihr gesagt: ›Hör zu! Ich bin die Mutter von deinem Mann. Ich weiß, wie man Kinder großzieht. Da brauchst du keine Angst zu haben.‹ Sie hat gesagt: ›Nein, Mama, ich habe Angst. Es bleibt dabei, ihr fahrt nicht allein mit der Kleinen weg!‹ Also sind die beiden mitgekommen. Ich habe da wirklich kein Problem gesehen. Immerhin ist sie schon anderthalb Jahre alt. Aber gut!«

Bulgarin: »Ja, wenn sie erst sechs Monate alt wäre. Dann wäre sie ja noch ein Säugling und müsste gestillt werden. Aber so! Das wäre kein Problem gewesen.«

Kosovarin: »Und die stillt nicht mal mehr. Wenn sie noch stillen würde, wäre es ja klar, dass die Mama dabei sein muss. Aber so? Die Milch warm machen und in ein Fläschchen füllen, kann ich auch allein.«

Bulgarin: »Das ist anscheinend normal heutzutage, dass die Babys höchstens noch ein Jahr lang gestillt werden. Ich habe meine Tochter zwei Jahre lang gestillt. Das war damals völlig normal.«

Sie holt einen dicken, ziemlich großen Pinsel aus ihrer Tasche und pudert sich die Wangen – in einem Rot, das irgendwie stark an die 1980er-Jahre erinnert. Um sie herum bildet sich eine richtige Puderwolke, die im Licht der Sonne deutlich zu sehen ist. Alle in der Nähe sitzenden und stehenden Mitfahrer blicken die Frau seltsam an. Sie scheinen Angst zu haben, etwas von dem Rougepuder abzubekommen. Die Bulgarin bekommt aber offenbar nichts von alldem mit und unterhält sich angeregt weiter.

Kosovarin: »Meine Schwiegertochter hat sowieso nur drei oder vier Tage lang gestillt. Das hat bei ihr irgendwie nicht geklappt. Vermutlich hatte sie einfach nicht genug Milch. Das Baby hat beinahe ununterbrochen geschrien. Seit die Kleine Ersatzmilch bekommt, hat das Schreien aber aufgehört.«

Bulgarin: »Du, ich war ja gerade im August in Spanien, in der Nähe von Barcelona. Da war es so schlimm voll, überall Touristen. Aber das Wetter war großartig – jeden Tag über 30 Grad. Meine Eltern waren einen Monat lang in Deutschland – und sie hatten die ersten zwei Wochen richtig Pech. Da war es teilweise so kalt, dass sie lange Sachen anziehen mussten. Und meine Eltern wohnen ja in Bulgarien. Die sind also sonnenverwöhnt. Und genau in den zwei Wochen, in denen ich in Spanien war, gab es richtig tolles Wetter. Glück gehabt!«

Sie freut sich ganz offensichtlich sehr darüber. Während ihrer Ausführungen hat sie den Blick starr auf den Spiegel gerichtet. Sie widmet sich wieder ihrem Augenlid. Anscheinend war sie mit der ersten Version ihrer Kajalarbeit nicht ganz einverstanden. Mit dem Zeigefinger zieht sie ihr unteres Augenlid so weit nach unten, dass sich ihr Gesicht zu einer seltsamen Fratze verzerrt. Dann fummelt sie energisch mit dem Kajalstift an ihrem Auge herum, sodass man um ihr Augenlicht fürchtet – vor allem, weil die S-Bahn stark ruckelt. Aber alles geht gut! Schließlich zieht sie ein Wattestäbchen aus der Tasche, steckt es in den Mund und fährt sich dann damit über den eben aufgetragenen Kajalstrich. Dadurch verschmiert sie ihn ziemlich unschön.

Sie blickt die Kosovarin an und beide Frauen beginnen zu lachen.

Bulgarin: »Das ist mir noch nie passiert! Ich schminke mich ja nun wirklich häufig in der S-Bahn, aber so verrutscht bin ich noch nie.«

Kosovarin: »Make-up ist für mich ein Buch mit sieben Siegeln. Ich glaube, ich habe in meinem Leben noch keinen Kajalstift bei mir aufgetragen und werde es auch nicht mehr tun. Das ist mir alles zu anstrengend.«

Bulgarin: »Ich liebe es sehr, mich rauszuputzen. Ich bringe dir gern bei, wie das mit dem Schminken geht. Die Utensilien habe ich ja alle hier. Wenn du magst, beginnen wir gleich mit der ersten Lektion: Kajal. Mein Tipp ist, erst mal mit Make-up das Gesicht zu grundieren und danach ganz leicht Transparentpuder aufzutragen. Augen nicht vergessen! Anschließend beginnst du mit dem Kajal oben am Wimpernkranz – je nach Augenform. Wenn du damit fertig bist, würde ich ein zartes Pinselchen nehmen und gleich mit Lidschatten leicht drüber gehen. So wirkt der Kajal nicht zu stark und unnatürlich. Das Gleiche kannst du nun unten am Auge machen. Wenn du unten und oben fertig bist, würde ich noch mit dem Wimpertuschenbürstchen den unteren Lidstrich nachziehen. Aber erschrick nicht, wenn es zu stark aussieht! Nimm einfach deinen Lidschatten und kaschiere den Strich mit dem feinen Pinselchen. Ich garantiere dir, dass der Lidstrich den ganzen Tag über hält und nicht verschmiert. Sogar beim Weinen bleibt er fest. Nun zum Tuschen der Wimpern: Fang immer mit den oberen an. Als Erstes wische ich das Bürstchen leicht an einem

Taschentuch ab, denn zu viel Tusche verklebt die Wimpern. Ich empfehle dir, erst die Spitzen zu tuschen, noch einmal zu wiederholen, dann alle Wimpern oben zu tuschen und alles trocknen zu lassen. Nun das Gleiche mit dem anderen Auge. Danach die unteren Wimpern tuschen, und zwar nicht von oben nach unten, sondern seitwärts. Auch das trocknen lassen. Zum Abschluss würde ich die oberen Wimpern noch einmal nachtuschen, was einen tollen Augenaufschlag ergibt. Und noch ein Tipp: Das Pinselchen solltest du vor dem Eintunken in den Lidschatten oder Puder in deinem Mund etwas befeuchten. Das kann man auch mit Wasser machen. Dadurch haftet der Puder den ganzen Tag lang.«

Kosovarin: »Klingt mir eindeutig zu kompliziert! Mein Mann liebt mich seit fast 40 Jahren so, wie ich bin. Da sollte ich jetzt mit so einem Blödsinn nicht anfangen. Außerdem würde er komisch gucken. Vermutlich würde er dann denken, dass ich einen anderen hätte. Nein, nein, das lass ich mal schön bleiben!«

Bulgarin: »Ich wollte früher unbedingt in einem Kosmetikstudio arbeiten. Ich habe zu Hause mit der Schminke meiner Mutter geübt und meine ganze Familie geschminkt. Wenn die keine Lust mehr hatten, hab ich mit meinen Puppen weitergemacht. Wolltest du eigentlich mal in den Kosovo zurückgehen?«

Kosovarin: »Ich würde schon gern. Aber mein Sohn und seine Frau leben ja hier und die wollen auf keinen Fall zurück. Und ich will nicht weg von meiner Enkeltochter. Die ist momentan das Wichtigste in meinem Leben. Mein Mann sagt auch immer, dass wir noch nicht genug Geld zusammengespart hätten, um den Rest unseres Lebens wieder in der alten Heimat zu verbringen. Im Kosovo gehen die Menschen mit 55 in Rente, viele auch schon früher. Die haben keine Ansprüche, brauchen nix. Wir, die wir jetzt seit vielen Jahrzehnten hier in Deutschland leben, haben dagegen ziemlich hohe Ansprüche. Das merke ich immer wieder, wenn ich dort bin und sehe, wie meine alten Freunde leben. Mein Mann hat mit zwölf Jahren angefangen zu arbeiten, damals im Kosovo. Er hat mit seinen Eltern in Belgrad gelebt. Die Familie war extrem arm. Jetzt hat er fast 50 Jahre harte Arbeit auf dem Buckel und will sich endlich mal was leisten können. Da hat er ja auch recht!«

Bulgarin: »In Bulgarien gehen die Frauen etwa mit 50 in Rente und die Männer fünf bis zehn Jahre später. Meine Eltern sind jetzt beide 55 Jahre alt und arbeiten noch. Sie hätten zwar schon Anspruch auf Rente, aber das bisschen, das ihnen zusteht, reicht hinten und vorne nicht. Ich werde in Bulgarien bestimmt gar keine Rente mehr bekommen, obwohl ich jahrelang da gearbeitet habe. Alles geht den Bach runter!«

Kosovarin: »So jung sind deine Eltern? Ich habe heute übrigens Geburtstag. Jetzt bin ich 52 Jahre alt.«

Bulgarin: »Ach, heute Geburtstag? Herzlichen Glückwunsch! Mein Geschenk hast du ja schon bekommen – den Kajal-Einführungskurs.«

Beide Frauen lachen.

Bulgarin: »Ich dachte, du wärst noch jünger. Hast dich gut gehalten!«

Sie blickt wieder in den Spiegel. Ganz offensichtlich ist sie mit dem Lippenstift nicht einverstanden. Also kramt sie in ihrer Tasche und holt drei Lippenstifte hervor. Sie hält alle drei prüfend in der Hand. Nacheinander nimmt sie die Kappen ab und dreht die Stifte so weit hoch, dass man die Farbe erkennen kann. Alle drei sind rot. Sie entscheidet sich für den längsten und trägt ihn auf. Dann presst sie die Lippen aufeinander und bewegt sie vor und zurück. Anschließend begutachtet sie ihr Werk intensiv in dem kleinen Spiegel. Anscheinend zufrieden mit ihrem Werk, steckt sie den Spiegel, die drei Lippenstifte, den Kajal, das Rouge, die Taschentücher, die Wattestäbchen, die Wimperntusche und alles andere, womit sie ihr Gesicht verschönert hat, in die Tasche zurück und wendet sich wieder ihrer Bekannten zu.

Bulgarin: »Und feierst du heute noch?«

Kosovarin: »Nein, ich arbeite ja immer bis 17 Uhr. Dann fahre ich circa eine Stunde lang nach Hause. Heute Abend kommen meine Kinder noch und ich habe etwas Abendbrot vorbereitet. Aber alles ganz klein, nichts Besonderes. Morgen früh um 6.30 Uhr klingelt ja wieder der Wecker.«

DONNERSTAG, 19.47 UHR

Nennen wir den Herrn, der mir da in der Bahn begegnet, mal Günther, Günther Grünkern. Schon als er den Wagen betritt, sorgt er für erstaunte Blicke. Seine Füße stecken in Birkenstocklatschen. Er trägt keine Socken, obwohl es Dezember ist. Die Farben seiner Batikstoffhose reichen von schmutzigem Weiß über helles Rosa bis hin zu dunklem Lila. Darüber trägt er ein weißes Muskelshirt und eine ebenfalls weiße Jacke aus Hanffasern, was an dem kleinen Cannabisblatt-Logo zu erkennen ist. Er hat einen langen grauen Bart, lange graue Haare, eine ziemlich ausgemergelte Figur und erinnert ein wenig an Rainer Langhans. Sein Alter ist schwer zu schätzen, vermutlich ist er zwischen 40 und 50.

In der Hand hält Günther Grünkern eine Jutetasche mit dem Aufdruck »George, Gina & Deine Mudder«. In dieser kramt er ziemlich lange herum. Es knistert und knackt. Immer mehr Mitfahrende blicken neugierig auf Günther. Was mag er wohl in dieser Tasche haben? Es knackt und knistert noch eine Weile und dann …

Trara! Er zieht eine Handvoll Rucolablätter aus der Tasche. Die sind zwar schon ziemlich welk, aber bestimmt biologisch beziehungsweise ökologisch einwandfrei. Ein kurzer Blick, ein herzhafter Biss – mmh, so ein leckerer Snack zwischendurch ist schon etwas Feines. Günther lächelt glücklich und etwas entrückt.

Als der Rucola alle ist, wird erneut in der Tasche gekramt. Es knistert, knackt und raschelt wieder und alle Augen richten sich auf Günther. Was wird er wohl diesmal aus der Tasche zaubern? Es ist – Trara! – eine Möhre. Das Grünzeug ist noch dran und auch ein paar Erdkrümel. Macht nichts! Mund auf, fest zubeißen und kräftig kauen.

Plötzlich klingelt ein Handy. Erst ganz leise, doch mit der Zeit wird es lauter und lauter. Es ist die Titelmelodie der Fernsehserie *Sex And The City*, die da mittlerweile lautstark aus dem Jutebeutel ertönt. Kein Zweifel: Das Handy mit diesem Klingelton gehört zu Günther Grünkern.

Er kramt in seiner Tasche herum und findet es ziemlich schnell – das neueste iPhone. Das ist schon ein komischer Anblick: über der Schulter eine Jutetasche, in der einen Hand eine angebissene Möhre und in der anderen dieses Handy. Das Gespräch, dem wir nun lauschen dürfen, ist aber noch skurriler als alles, was uns Günther Grünkern bis dahin beschert hat.

Günther: »Hallo?«

Sein Gesprächspartner begrüßt ihn offenbar.

Günther: »Oh! Hello Dominic! How are you?«

Dominic antwortet.

Dann wird schnell klar: Günther Grünkern ist anscheinend so etwas wie ein IT-Genie. Zumindest entspinnt sich ein Gespräch zwischen ihm und Dominic, dem niemand im ganzen Wagen folgen kann. Die Augen der anderen Mitfahrer werden größer und größer, ebenso die Fragezeichen über ihren Köpfen. Ich kann das Gespräch natürlich nicht genau wiedergeben, aber es klang ungefähr so:

Günther: »MS-7204 mBTX mainboard installing DDR2 modules: The DDR2 DIMM has only one notch on the center of the module. The module will only fit in the right orientation. Insert the DIMM memory module vertically into the DIMM slot. Then push it in until the golden finger on the memory module is deeply inserted in the socket. The plastic clip at each side of the DIMM slot will automatically close. The volt notch MSI reminds you.«

Dominic hat offenbar weitere Fragen.

Günther: »You can barely see the golden finger if the module is properly inserted in the socket. DIMM1 (Ch A) reminds you. The dual-channel DDR works *only* in five combinations – they should be listed in your user manual. Please select the identical memory modules to install on the dual channel, and *do not* install three memory modules on three DIMMs, or it may cause some failure. Always insert the memory modules into the *green* slots first, and I strongly recommend you not to insert the memory modules into the *orange* slots while the *green* slots are left empty.«

Dominic scheint das Ganze immer noch nicht begriffen zu haben. Unser IT-Spezialist antwortet ihm wieder auf Englisch, aber ich übersetze es hier einfach mal.

Günther: »Dominic, warte mal eine Sekunde! Ich stelle dich auf laut, dann kann ich nebenbei auf meinem iPad nach einer Lösung für das Problem suchen.«

Er setzt sich auf einen Platz am Gang und legt das Telefon auf den freien Platz neben sich. Die angeknabberte Möhre legt er direkt daneben. Dann kramt er mal wieder in seiner Jutetasche. Kurze Zeit später holt er ein iPad2 heraus, schaltet es ein und legt es auf seinen rechten Oberschenkel. Dann nimmt er das Handy, legt es auf seinen linken Oberschenkel und stellt Dominic tatsächlich auf laut.

Günther: »Hallo Dominic! Ich bin wieder da. Also, leg los!«

Dominic: »This mainboard *doesn't* support the memory module installed with more than 18 pieces of integrated circuit. Due to the South Bridge resource deployment, the system density will only be detected up to 3+ GB, not full 4 GB, when each DIMM is installed with an 1 GB memory module.«

Wieder antwortet Günther auf Englisch.

Das Gespräch geht dann noch circa 15 Minuten lang in diesem Stil weiter. Besonders schön zu beobachten ist, dass Günther nun auch noch auf seinem iPad wie ein Wilder herumtippt, um nach Problemlösungen zu suchen. Und obwohl Dominic inzwischen auf laut gestellt ist, beschwert sich niemand im Wagen, weil alle wie gebannt zuschauen und hinhören und die Szene einfach zu skurril ist. Die angebissene Möhre liegt, bis ich aussteige, neben Günther auf dem Sitz – ein stummer Zeuge seiner Wandlung vom Super-Öko zum IT-Genie.

FREITAG, 19.20 UHR

Die S-Bahn ist brechend voll. Man hat keine Chance, ein Buch, geschweige denn eine Zeitung zu lesen. Am besten bleibt man einfach mit eingezogenem Bauch und eng an den Körper gepressten Armen still stehen. Die Luft ist, untertrieben gesagt, zum Schneiden. Körpergerüche aller Art vermischen sich. Selbstverständlich lassen sich die Fenster nicht öffnen und während der kurzen Intervalle, in denen die Türen geöffnet sind, schafft es die frische Luft nicht, bis ins Wageninnere durchzudringen.

Plötzlich erklingt eine sehr hohe Stimme: »Entschuuuldiguuung! Kann ich bitte mal durch? Hallooo! Ich müsste da mal durch!«

Dann schiebt eine Frau ihren Kinderwagen in die total überfüllte S-Bahn. Auf dem Arm hat sie einen circa vierjährigen

Jungen. Im Kinderwagen liegt ein etwa neun Monate altes Baby. Dem rosa Strampelanzug nach zu urteilen ist es ein Mädchen. Es schreit wie am Spieß, weil der Junge vom Arm der Mutter aus kleine Papierkügelchen nach ihm wirft. Wo plötzlich der Platz herkommt, ist nicht nachvollziehbar, aber Tatsache ist, dass der Kinderwagen jetzt in der Mitte des Abteils steht.

Mama: »Kannst du vielleicht mal aufhören, deine Schwester zu ärgern, Jonas? Ich habe es dir schon fünf Mal gesagt. Wenn du nicht endlich auf mich hörst, kommst du am Samstag nicht mit ins Sea Life Centre. Dann hast du Hausarrest!«

Der Junge schaut sich betroffen, aber auch Mitleid suchend im Wagen um. Seine Mutter bückt sich und stellt ihn auf den Boden neben den Kinderwagen. Dann greift sie in den Wagen und nimmt das noch immer laut schreiende Kind heraus. Die umstehenden Fahrgäste beginnen, mit den Augen zu rollen, den Kopf zu schütteln, sich extra laut zu räuspern und leise zu tuscheln. Ein Pärchen, das dem Outfit nach gerade von der Arbeit kommt, beide circa 22 Jahre alt, lästert besonders laut.

Karrierefrau: »Total typisch, diese überforderten Mütter! Zwei Kinder und dann müssen sie sich am Freitagabend im dicksten Berufsverkehr mit vollem Gepäck in die S-Bahn quetschen. Irgendwie asozial!«

Karrieremann: »Finde ich auch. Die kann ja nun wirklich den ganzen Tag über Bahn fahren. Aber nein! Im dicksten Feierabendverkehr muss sie sich mit ihrem Riesen-Kinderwagen auf den Weg machen. Nervig, echt nervig. Und dann schreit das Balg auch noch ununterbrochen. Die hat definitiv keine Ahnung von Erziehung. Wenn die dem Kleinen nicht ganz schnell den Mund stopft, gibt's hier ein Donnerwetter!«

Die Mutter müsste diesen Dialog eigentlich mitbekommen haben, reagiert aber überhaupt nicht auf die Bösartigkeiten. Sie hat genug damit zu tun, ihr Baby auf dem Arm zu jonglieren und es rhythmisch hoch und runter zu bewegen. Aber die klassische Beruhigungsmethode schlägt diesmal fehl. Das Baby schreit und schreit. Langsam bekommt auch die Mama Schweißperlen auf der Stirn.

Während sie sich um die Kleine kümmert, räumt ihr Sohn das Gepäckfach des Kinderwagens aus. Auf dem Boden der S-Bahn liegen jetzt ein rosa Kuscheltier, eine Einkaufstüte, eine blaue Tupperbox, Feuchttücher und drei Windeln. Dann hat er endlich das gefunden, was er gesucht hat: eine Packung Schokokekse.

Durch das »Ratsch«-Geräusch des Aufreißens wird seine Mutter auf ihn aufmerksam und versucht, ihn davon abzubringen, die Packung zu öffnen und die Kekse komplett auf dem Boden zu verteilen – leider ohne Erfolg. Die Kekse fliegen wie kleine braune Untertassen auf Beinhöhe durch den Wagen. Viele werden sofort zertreten. Einer landet in der Handtasche einer Frau, die davon aber nichts mitbekommt, weil sie in ein Gespräch vertieft ist. Der Junge kann drei Kekse, die direkt neben ihm liegen geblieben sind, retten. Stolz hält er sie in den Händen und beißt dann glücklich lächelnd hinein.

Seine Schwester schreit mittlerweile nicht mehr, weil Mama sie auf dem rechten Arm schaukelt und ihr *Alle meine Entchen* vorsingt, und zwar alle Strophen. Es gibt nämlich entgegen der landläufigen Meinung vier Strophen: in der ersten schwimmen Entchen auf dem See, in der zweiten gurren Täubchen auf dem Dach, in der dritten scharren Hühner im Stroh und in der vierten watscheln Gänschen durch den Grund. Ein Durchlauf dauert, wenn man alle Wiederholungen strikt einhält, circa zwei Minuten und Mama gibt ihr Bestes, ihre Tochter durch eine Endlosschleife ruhig zu stellen. Zusätzlich schüttelt sie die Kinderrassel in ihrer linken Hand rhythmisch hin und her. Es ist die Salsaversion von *Alle meine Entchen.* Aber sie hat Erfolg. Die Sirene ist gestoppt.

Zumindest bis der böse Bruder wieder gnadenlos zuschlägt. Seine Hände sind zwar mittlerweile völlig verschmiert von der geschmolzenen Schokolade, aber trotzdem schafft er es, eine Kugel aus dem Papier der Kekspackung zu formen und diese seiner Schwester zielsicher an den Kopf zu werfen. Das Geschrei geht augenblicklich wieder los. Die Mutter schaut entsetzt zu ihrem Sohn runter.

Mama: »Jonas, bitte lass die Kleine endlich in Ruhe! Jetzt war sie gerade so schön ruhig. Wenn du nicht aufhörst, sie zu ärgern, lasse ich dich beim nächsten Mal bei Oma. Dann kommst du nicht mehr mit uns mit. Das schwöre ich dir!«

Jonas: »Nein, Mama, ich will nicht zu Oma! Nein!«

Er beginnt, ziemlich theatralisch zu weinen, klammert sich an den braunen Mantel seiner Mutter und hinterlässt dort große Schokoladenflecken. Die Mama trägt unter ihrem Mantel einen grünen Pullover mit V-Ausschnitt und darunter wiederum eine weiße Bluse. Ihre blaue Jeans ist an den Knien stark abgewetzt – ein untrügliches Erkennungszeichen jeder Mutter, die sich auf Knien fortbewegt, um mit ihren Kindern auf Augenhöhe zu sein. Weiße Turnschuhe runden den bequemen, aber trotzdem schicken Look ab. Ihr Sohn trägt eine braune Cordhose mit Herzen auf den Knien, blaue Halbschuhe, eine grüne Daunenjacke, die er sich aber sofort nach Betreten der Bahn selbst ausgezogen hat, und einen hellblau-weiß geringelten Pullover. Seine Haare sind zu einer Justin-Bieber-Frisur gekämmt. Seine Schwester hat außer dem rosa Strampler weiße Lauflernschuhe mit roten Herzen darauf und eine weiße Babymütze an.

Jonas schreit nun: »Nein, nein! Ich will nicht zu Oma! Ich will mit Mama in die Stadt!«

Seine Schwester weint auch weiterhin lautstark. Die Mutter schaukelt sie noch hektischer auf dem Arm und rasselt dazu. Gleichzeitig versucht sie, beruhigend auf Jonas einzuwirken.

Mama: »Schatz, das habe ich doch nur so gesagt. Natürlich kannst du mit Mama in die Stadt. Das weißt du doch. Jetzt beruhig dich bitte, okay?«

Aber es ist nicht okay. Jonas schreit weiter.

Das Pärchen mischt sich wieder ein. Diesmal schreien sie mit, um der Mama zu demonstrieren, dass ihre Kinder einfach viel zu laut und störend sind.

Karrierefrau: »Kinder sind wirklich was Tolles! Hach! Und wenn sie dann auch noch so gut erzogen sind – einfach schön!«

Der Mann hält sich beim Antworten die Hände vor den Mund und formt mit ihnen einen Trichter.

Karrieremann: »Ja, ich liebe Kinder auch. Und ich bin sehr, sehr unglücklich darüber, dass ich keine habe. Kann bitte mal jemand dieses Theater beenden? Das ist ja nicht zum Aushalten! Hallo!«

Nun wendet er sich direkt an die Mama.

Karrieremann: »Bitte tun Sie etwas und beenden Sie dieses Theater! Ich verliere sonst meine Fassung. Ich habe zehn Stunden im Büro hinter mir und merke, wie ich Kopfschmerzen bekomme und ein Pfeifen im Ohr habe. Schluss damit, jetzt!«

Die Mutter schaut ihn hilflos und fragend an: »Das sind eigenständige Menschen. Da kann man nicht einfach auf einen Knopf drücken und das Kind ausschalten. Tut mir wirklich leid! Mir macht das auch keinen Spaß!«

Karrieremann: »Aber ich verstehe nicht, warum Sie ausgerechnet jetzt mit zwei Kindern unterwegs sind. Die kennen beide ganz offensichtlich keine Disziplin und dann mitten im dicksten Berufsverkehr in der S-Bahn zu stehen, das ist einfach unklug. Das sollte Ihnen doch klar sein!«

Mama: »Ach, gibt es jetzt Ausgangssperren für Mütter? Wann darf ich denn Ihrer Meinung nach das Haus verlassen? Kümmern Sie sich bitte darum, dass die Zeiten, zu denen Mütter sich in der Öffentlichkeit bewegen dürfen, überall angeschlagen werden!«

Karrierefrau: »Also bitte! Auch wieder typisch, verträgt keinerlei Kritik!«

Karrieremann: »Absolut! Und gleich wieder aggressiv werden. Klar, dass sich das auf die Kinder überträgt!«

Jonas hat mittlerweile die Packung mit den Feuchttüchern geöffnet und angefangen, den Boden zu wischen. Ungefähr 30 Tücher liegen schon rings um ihn herum verteilt. Mama ist froh, dass er beschäftigt ist, und lässt ihn machen. Seine Schwester hat sich beruhigt. Sie nuckelt selig auf Mamas Arm und auch der Rasseleinsatz ist nicht mehr nötig. Die Lage scheint unter Kontrolle zu sein – wenn es nicht in Mama brodeln würde. Plötzlich platzt es laut aus ihr heraus.

Mama: »Ich finde es wirklich schlimm, wenn Menschen, die offenbar keine Kinder haben und auch keine Ahnung vom Umgang mit ihnen, sich so asozial äußern. Null Prozent Ahnung, aber 100 Prozent Meinung – das passt einfach nicht zusammen. Sorry!«

Das angesprochene Pärchen ist über den Ausbruch ziemlich erstaunt. Die beiden blicken sich an und wissen zunächst nicht, wie sie darauf reagieren sollen.

Karrieremann: »Also bitte! Dass Sie völlig überfordert sind, merkt doch ein Blinder. Das brauchen Sie jetzt auch nicht mit so einer verbalen Offensive zu überspielen versuchen.«

Karrierefrau: »Ich kenne viele Mütter und deren Kinder verhalten sich definitiv nicht so. Und wenn hier der Begriff ›asozial‹ auf jemanden zutrifft, dann ja wohl auf Sie. Das ist ja wirklich unverschämt!«

Weil die drei diese Unterhaltung mit stetig ansteigender Lautstärke führen, hat Jonas mitbekommen, dass da oben bei den Großen etwas Interessantes vor sich geht. Er hört auf zu putzen und stellt sich hin. Nun reicht er seiner Mama bis knapp unter die Hüfte. Er blickt erst sie an, dann das gegenüberstehende Pärchen. Alle drei gestikulieren wild. Schließlich zieht er der Frau an der Jacke und sieht sie vorwurfsvoll an.

Jonas: »Lass meine Mama in Ruhe!«

Die Frau schaut entsetzt nach unten. Ihr beiger Trenchcoat hat jetzt Schokoladenflecken auf Höhe der Taschen. Die Grundfarbe, das Dunkelbraun der Schokolade und die rot abgesetzten Nähte des Mantels ergeben einen interessanten Farbmix.

Karrierefrau: »Oh nein! Das hat mir gerade noch gefehlt! Sie wurden mir direkt aus der Hölle geschickt, oder? Das gibt es doch gar nicht!«

Karrieremann: »Das müssen Sie bezahlen! Diese Bahnfahrt wird richtig teuer für Sie. Das lassen wir uns nicht gefallen.«

Jonas ist über den lautstarken Ausbruch der beiden erschrocken und schaut Hilfe suchend zu seiner Mutter hoch. Die lacht. Sie legt das Baby in den Kinderwagen, beugt sich zu ihrem Sohn runter und wischt ihm mit einem der herumliegenden Feuchttücher die Hände ab.

Mama: »Jonas, Schatz, danke, dass du Mama so tapfer verteidigst. Das ist ganz süß von dir. Aber jetzt hast du der Frau den Mantel dreckig gemacht und sie ist noch wütender auf uns.«

Dann blickt sie hoch, der Frau direkt ins Gesicht.

Mama: »Kein Problem, ich zahle Ihnen die Reinigung. Ich schreibe Ihnen meine Adresse auf und Sie schicken mir die Rechnung. Regen Sie sich doch nicht so auf, das ist doch nun wirklich kein Weltuntergang. Schauen Sie mal, meinen Mantel hat er doch vorhin auch mit Schokolade beschmiert. Jetzt haben wir sogar was gemeinsam.«

Karrierefrau: »Sie wollen Ihren Billigmantel doch nicht wirklich mit meinem vergleichen! Sie haben ja ganz offensichtlich absolut keine Ahnung von Mode. Was ich hier trage, ist ein

Burberry-Trenchcoat. Der kostet rund 2.500 Euro! Den gebe ich nicht einfach in eine Wäscherei. Den will ich komplett ersetzt haben!«

Karrieremann: »Sie als Mutter können es sich vielleicht leisten, einen fleckige Jacke zu tragen, wir aber nicht. Das ist bestes Gabardine-Gewebe. Da kann man nicht einfach die chemische Keule drauf loslassen. Sie werden den Mantel komplett ersetzen.«

Plötzlich fängt das Mädchen wieder an zu weinen – schrill, eindringlich, Tinnitus-fördernd. Die drei Erwachsenen blicken erschrocken auf die Kleine, die im Kinderwagen liegt. Ihr Arm hängt seitlich heraus, und das hat ihr Bruder genutzt: Er hat ihr kräftig in den Mittelfinger gebissen. Die Bissspuren sind deutlich sichtbar und er hält den Finger noch in der Hand.

Mama: »Oh nein! Jonas! Jetzt ist endgültig Schluss. Wie kommst du nur immer auf solche Ideen? Den Besuch im Sea Life Centre kannst du dir abschminken. Ich glaube es einfach nicht. Als hätte ich hier nicht schon genug Mist an der Backe.«

Jonas: »Nein! Nein! Nein! Nein! Ich *will* da aber hin! Ich will, will, will!«

Jedes seiner Worte bedeutet für seine Schwester ein energisches Ziehen am Mittelfinger, den er noch immer in der Hand hält. Dann lässt er sie los, wirft sich auf den Boden und trommelt mit seinen Fäusten darauf herum. Währenddessen schreit das Baby wieder lautstark. Es hört auch nicht auf, als Mama es wieder auf den Arm nimmt und in den erprobten Schaukelmodus verfällt.

Mama: »Pst, meine Kleine, pssst! Alles ist gut. Der Jonas wollte dir nicht wehtun. Und schau mal, alle blicken schon wieder so böse zu uns rüber!«

Karrierefrau: »Jetzt geht das schon wieder los. Wahnsinn! Ich steige einfach an der nächsten Station aus. Das hältst du ja im

Kopf nicht aus, dieses ewige Kindergeschrei. Eigentlich wollte ich noch mit zum Sport gehen, aber mein Kopf dröhnt so sehr, dass ich das jetzt nicht mehr schaffe.«

Karrieremann: »Das ist wirklich die schlimmste S-Bahn-Fahrt aller Zeiten. Schau dir den Jungen an, wie der jetzt da im Dreck auf dem Boden liegt und heult! Und die Kleine flennt und flennt und flennt. Und die Mutter ist zickig und verträgt keine Kritik. Das ist echt eine krasse Familie. Ich tippe jetzt einfach mal auf alleinerziehende Mutter. Jeder halbwegs vernünftige Mann hält es mit der garantiert nicht aus. Ich brauche auch frische Luft, dringend! Ich komme mit raus.«

Die beiden drängeln sich am Kinderwagen vorbei, bahnen sich einen Weg durch den noch immer zum Bersten gefüllten Wagen und verlassen die S-Bahn.

Mama: »Pst, meine Kleine! Die bösen Menschen sind ja weg. Alles wird gut. Pst!«

Jonas: »Mama, darf ich wirklich nicht ins Sea Life Centre? Bitte, bitte lass mich mitkommen! Ich wollte doch nicht böse sein.«

Mama: »Klar kannst du mitkommen. Aber du sollst auch nicht immer so einen Unsinn machen. Lass doch die Kleine einfach in Ruhe!«

Der Junge ist zufrieden, setzt sich wieder auf den Boden und knabbert einen der übrig gebliebenen Kekse. Das Baby ist ebenfalls ruhig. Die Mutter legt die Kleine wieder in den Kinderwagen. Die Rassel steckt sie in eine Seitentasche.

Endlich herrscht Ruhe. Das Einzige, was jetzt noch stört, sind die Hitze, die Enge und der fehlende Sauerstoff.

SONNTAG, 19.03 UHR

Zwei Männer fahren in der S-Bahn, die vom Flughafen kommt. Der eine hat einen sehr großen Koffer dabei, der den gesamten

Mittelgang versperrt. Er wird deshalb immer wieder gebeten, den Koffer doch in das Gepäckfach über den Sitzen zu heben. Er behauptet aber jedes Mal, dass der dafür zu schwer sei.

Nach diversen Anläufen, die jeweils von Schimpftiraden und genervten Blicken begleitet werden, nehmen ein paar Männer die Sache selbst in die Hand und versuchen, das Monster-Gepäckstück auf den dafür vorgesehenen Platz zu hieven – leider erfolglos. Selbst die muskulösesten Männer scheitern unter großem Ächzen und Stöhnen. Die Kommentare zum Koffer gehen alle in eine Richtung: »Boah, hast du deine tote Oma da drin? Oder Goldbarren?«

Der Mann, dem der Koffer gehört, grinst bei jedem gescheiterten Versuch und freut sich immer sehr, wenn wieder ein Tarzan kommt, der seine Kräfte beweisen will. Er trägt das typische Outfit eines deutschen Urlaubers: eine knielange Jeanshose mit Seitentaschen, einen braunen Gürtel, an dem eine leere Handytasche befestigt ist, ein kurzärmliges senffarbenes Hemd und Turnschuhe mit Sneakersocken, die selbstverständlich weiß sind.

Der andere Mann hat ihn allem Anschein nach gerade vom Flughafen abgeholt. Er trägt ein schwarzes T-Shirt, eine schwarze Jeans, einen Strohhut und Lederhalbschuhe.

Kofferbesitzer: »Acht Wochen – und kaum ist man zurück in Deutschland, hat man das Gefühl, nie weg gewesen zu sein. Echt krass: Alles ist wie immer, sogar die Verspätung der S-Bahn. Ich bin damals mit 15 Minuten Verspätung am Flughafen angekommen und jetzt musste ich schon wieder zehn Minuten länger warten als geplant.«

Strohhutträger: »Acht Wochen? Wahnsinn! So lange war ich noch nie am Stück aus Deutschland weg. Ich halte ja sowieso nicht so viel von Fernreisen. Ich bin lieber hier und bereise die Heimat.«

Kofferbesitzer: »Aber die Landschaft da ist wirklich unfassbar. So was bekommt man in Deutschland einfach nicht geboten. Das Land ist unglaublich groß – wenn man da durchfährt, ist es so, als würde man von der obersten Spitze Norwegens bis nach Sizilien fahren. Jeder Staat ist anders, die Landschaften sind komplett unterschiedlich. Und die Menschen sind sich auch nicht, so wie wir Deutschen, irgendwie alle ähnlich, sondern wie aus verschiedenen Ländern. Wir sind ja von ganz oben nach ganz unten gefahren – mit dem Bus, diesen legendären Greyhound-Bussen.«

An der nächsten Haltestelle steigen wieder Fahrgäste ein, die den großen Koffer störend finden. Sie versuchen, drüberzusteigen, stellen sich dabei aber absichtlich ungeschickt an und kommentieren die Versuche mit lang gezogenen Äußerungen wie »Boah!« oder »Geht's noch?«.

Wieder ist einer dabei, der muskelbepackt und angriffslustig ist. Als er hört, dass der Koffer schlicht zu schwer sei, um ihn in das Gepäckfach zu legen, grinst er und fragt, ob er es mal versuchen dürfe. Auch er bekommt lächelnd die Antwort »Klar, kein Problem!«. Siegessicher beugt er sich über den Koffer und versucht, ihn mit einem kräftigen Ruck anzuheben. Das Gepäckstück bewegt sich keinen Zentimeter. Es scheint am Erdboden festgenagelt zu sein. Mit rotem Kopf und schwer keuchend versucht der Muskelmann es noch ein paar Mal. Dann gibt er auf. Er setzt sich ein paar Meter weiter neben seine Begleiter, die ihn »Loser« und »Buh« rufend empfangen. Der Monsterkoffer bleibt an Ort und Stelle stehen und sein Besitzer unterhält sich hämisch grinsend weiter.

Strohhutträger: »Acht Wochen im Bus – klingt ja nicht gerade nach Entspannung!«

Kofferbesitzer: »Natürlich waren wir nicht acht Wochen lang im Bus – aber du hast schon recht: Der Komfort war weit unter den Standards hier in Deutschland. Diese silbernen Klapperkisten sind zwar legendär, aber echt nicht mehr auf dem neusten Stand. Die Klimaanlage hat fast nie funktioniert. Die Sitze waren dreckig und haben gewackelt. Die blauen Teppiche in den Bussen waren total abgelatscht und schmutzig. Die Gepäckfächer über den meisten Sitzen waren kaputt. Wenn man Gepäck über sich hatte, schwebte man immer in Lebensgefahr. Überall hat es geklappert und der Motor hat meistens seltsame Geräusche gemacht. Aber trotzdem: Wenn man vor so einem Bus steht, das ist schon ein cooles Gefühl. Die sind halt total Kult.«

Strohhutträger: »Ich weiß nicht. Irgendwie bin ich da nicht der richtige Ansprechpartner. Mich reizt so was nicht. Ich lese gerade ein sehr, sehr gutes Buch von Jörg Fauser: *Der Strand der Städte. Blues für Blondinen*. Da steht ein Absatz drin, der total auf mich zutrifft. Hab ich gerade auf dem Weg zum Flughafen gelesen und dabei an dich gedacht. Weil du ja immer und überall auf der Welt unterwegs bist. Warte mal, ich hab das Buch ja dabei!«

Er kramt in seiner Tasche, einer abgewetzten Lederhandtasche, wie sie Lehrer gern mit sich herumtragen. Bevor er das Buch findet, zieht er ein *Kicker*-Sonderheft, eine Ausgabe der Musikzeitschrift *Rolling Stone* und einen Jahreskalender heraus und legt alles auf den freien Platz neben sich. Dann kommt endlich das ziemlich zerknickte Taschenbuch zum Vorschein.

Strohhutträger: »Na bitte, geht doch nichts verloren in dem guten alten Stück! Also, pass auf, ich hab mir extra ein Eselsohr an der Stelle gemacht! Fauser reist durch Deutschland, um sein Heimatland besser kennenzulernen. Er schreibt: ›… eine solche Reise hat den Vorzug, unmittelbar vor Ihrer Haustür zu beginnen; das Bier in diesem Land ist immer noch so gut wie nirgends auf der Welt; und Sie können von Ihrem Ausflug unter Umständen Eindrücke mitbringen, die für Ihr Leben womöglich wichtiger sind als die Ruinen von Angkor Wat oder der Regenmachertanz der Eingeborenen von Tongatapu!‹* Genau so sehe ich das auch! Warum in die Ferne schweifen, wenn das Gute liegt so nah?«

An der nächsten Haltestelle steigen vier Jugendliche ein. Sie fühlen sich vom Koffer im Gang in ihrer Bewegungsfreiheit behindert. Ihr Wortführer beanstandet das.

Jugendlicher: »Ey, Alter! Kannst du dein Riesending mal woanders parken?«

Über die etwas schlüpfrige Anspielung mit dem Riesending lachen sich die vier halb tot. Sie sind bestenfalls 17 Jahre alt. Auch sie bekommen die Standardantwort: Koffer zu schwer, deshalb nix hoch. Der Weg bleibt versperrt.

Der Wortführer der Gang will das nicht so hinnehmen und versucht sich an dem bislang unbezwingbaren Gepäckstück. Er ist eher der Typ Fahnenstange, also lang und schlaksig. Aber vielleicht steckt in ihm ja ein Hulk mit Superkräften. Er nimmt den Koffer am Griff und zerrt mit aller Kraft daran. Der Ledergriff biegt sich nach oben, aber der Koffer bleibt am Boden stehen. Die drei anderen Jugendlichen quittieren das mit einem lautstarken Lachen. Aber auch, als sie es mit vereinten Kräften versuchen, bleibt das Ergebnis dasselbe: Der Koffer bewegt sich nicht. Die vier trollen sich, der Besitzer schmunzelt wieder und unterhält sich ungerührt weiter.

Kofferbesitzer: »Du bist halt ein Banause! Wer seinen Horizont nicht erweitert und sich mit fremden Kulturen beschäftigt, der wird früher oder später ein kleinkarierter Fatzke. Was ich jetzt an Eindrücken aus Amerika mitgebracht habe, das kann man hier bei uns einfach nicht erleben. Allein schon, dass wir uns acht Wochen lang auf Englisch durchschlagen mussten, war

* *Jörg Fauser: Der Strand der Städte. Blues für Blondinen. Zürich: Diogenes, 2009*

eine tolle Erfahrung. Mein Englisch war total eingerostet und wenn ich noch ein paar Jahre gewartet hätte, wäre es bestimmt völlig dahin gewesen. Die Natur, die Menschen, die Stimmung – das ist unbezahlbar. Wenn ich immer nur die deutschen Piefkes um mich herum hätte, würde ich definitiv eingehen.«

Strohhutträger: »Auch dazu habe ich einen Spruch von Jörg Fauser in dem Buch gefunden: ›Vom Arsch der Welt lassen sich genauso Rückschlüsse auf ihre Beschaffenheit ziehen wie vom Venushügel!‹ Und wenn das so ist, lasse ich dich gern zu den schönen Venushügeln reisen und deine Erfahrungen machen. Ich, der ich hier am Arsch der Welt bleibe, komme am Ende zum selben Schluss wie du.«

Da beschweren sich wieder zwei Frauen über den mitten im Gang stehenden Koffer.

Frau: »Unfassbar, wie kann man nur seinen Koffer so blöd in den Weg stellen?«

Auch sie erhalten die mittlerweile bekannte Information. Die beiden sind sehr zierlich und versuchen sich nicht einmal in der Kunst des Kofferhochhebens. Schimpfend ziehen sie ab – und kommen nach etwa zwei Minuten mit einem Mann, Typ Deutsche Eiche, wieder. Er hat einen kahl rasierten Kopf und ist ungefähr so breit wie hoch. Die Frauen grinsen und stellen ihn vor.

Frau: »Wenn ihr Memmen den Koffer nicht in das Gepäcknetz bekommt, seht mal her, wen wir weiter hinten getroffen haben! Das ist Mark und der hilft euch jetzt, den Koffer hochzubekommen.«

Der Kofferbesitzer reagiert wie immer: »Bitte, gern, nur zu!«

Auch der Mann, der sich an dem Monstrum als Erster versucht hatte, dreht sich um und sieht interessiert zu. Mark probiert es als Erstes mit Heben am Griff und merkt, dass das Ding wirklich verflucht schwer ist. Dann umklammert er den

Koffer – seine Arme reichen nicht ganz herum – und reißt ihn hoch. Tatsächlich hat er ihn nun schon mal vom Boden bekommen, steht aber jetzt im Gang und hat keine Ahnung, wie er ihn ins Gepäckfach legen soll.

Da steht der Besitzer auf und beugt sich zu ihm runter.

Kofferbesitzer: »Ich muss sowieso bald aussteigen. Stell den Koffer doch einfach an die Tür, dann ist er endlich aus dem Gang weg!«

Mark geht sichtlich dankbar die vier Schritte bis zur Tür und setzt den Koffer dort krachend ab. Der Mann, der den ersten Hebeversuch unternommen hatte, steht auf und applaudiert. Die beiden Frauen bedanken sich mit Küsschen auf die Wangen bei Mark. Triumphierend ziehen sie mit ihrem Helden ab. Die beiden Männer stehen inzwischen an der Tür und unterhalten sich weiter.

Kofferbesitzer: »Ich glaube, ich wünsche mir dieses Wunderbuch von dir zum Geburtstag. Dann habe ich für alle Fälle ein schlaues Zitat auf Lager!«

Strohhutträger: »Übrigens, ob du es glaubst oder nicht: Jörg Fauser wurde von einem Lkw überfahren. Angeblich war er nach einer durchzechten Nacht völlig besoffen auf dem Weg in ein Bordell, ist versehentlich falsch abgebogen und auf der Autobahn gelandet – zu Fuß! Das ist ein echter Rock-'n'-Roll-Tod.«

Endlich sind die beiden an ihrer Zielstation angelangt und steigen aus. Den Riesenkoffer kippen sie einfach etwas nach vorn und ziehen ihn hinter sich her.

SAMSTAG, 14.13 UHR

Drei Jungen betreten die S-Bahn. Alle drei sind in kompletter FC-Bayern-München-Fan-Montur: Trikot, mehrere Schals, Jeansweste mit geschätzt 10.000 Fan-Aufnähern darauf. Dazu tragen sie blaue Jeans und weiße Turnschuhe. Sie sind etwa 17 Jahre alt. Da sie so gleich aussehen, nennen wir sie einfach mal Tick, Trick und Track.

In der Hand hält jeder von ihnen eine geöffnete Flasche Bier. Weitere Flaschen stecken in den Innentaschen ihrer Jeanswesten. Sie haben Fahnen dabei und sind offenbar auf dem Weg zu einem Spiel. Jetzt singen sie sich lauthals warm.

Alle drei: »Allez, allez, oh hoooo. Allez, allez, oh hoooo. Ich geb mein Herz für dich, für Bayern lebe ich. Ich lass dich nie im Stich. Auf geht's, Bayern, kämpfen und siegen! Auf geht's, Bayern, kämpfen und siegen!«

Beim Singen strecken sie die Arme nach oben und stehen so in Siegerpose den anderen Fahrgästen gegenüber. Die rollen mit den Augen und drehen sich weg, weil sie müde und erschöpft von der Arbeit kommen und nur ihre Ruhe haben möchten. Ein toller Kontrast!

Im selben Wagen sitzt auch eine wirklich hübsche Frau: schulterlange schwarze Haare, große braune Rehaugen. Sie ist eine dieser Frauen, die schlank sind, aber irgendwie trotzdem kurvig. Besonderer Blickfang sind aber ihre langen Beine, die sie übereinandergeschlagen hat. Sie trägt ein braunes Businesskostüm. Der Rock geht ihr bis zum Knie. Das Sakko ist aufgeknöpft und gibt den Blick auf eine weiße Bluse frei. Ihre Füße stecken in brauen Pumps im Stil der 1950er-Jahre. Sie trägt keine Strumpfhose, was ihre tollen Beine noch besser zur Geltung bringt. Kurz gesagt: Sie ist sehr sexy, sehr elegant und sucht ihren Traummann ganz sicher nicht in der S-Bahn. Nennen wir sie Daisy.

Nun geschieht das Unvermeidliche: Tick, Trick und Track sehen sie. Ihnen fallen fast die Augen aus dem Kopf und sie werden zu Poeten.

Tick: »Alter! Was für ein Schuss!«

Trick: »Boah! Die ist mal echt geil!«

Track: »Fiese Granate! Schaut mal, bei der sind noch zwei Plätze frei! Papa kommt kuscheln!«

Er setzt sich neben sie. Tick schubst Trick zur Seite und setzt sich auf den Platz ihr gegenüber. Trick bleibt direkt neben ihr stehen. Daisy erkennt das Ausmaß des nahenden Unheils sofort, blickt nach unten auf ihr Handy und beginnt, eine SMS zu schreiben.

Trick: »Schönes Handy hast du da!«

Daisy reagiert nicht.

Track: »Alter, eine so derbe Dame darfst du doch nicht so fies von der Seite anlabern. Da muss man nett und höflich sein! Liebe Madame, war Ihr Tag heute zufriedenstellend?«

Daisy ignoriert die drei weiter und tippt ihre SMS.

Tick: »Lass mal den Meister ran! Lady, könnten Sie mir den Gefallen tun, ein paar Worte mit mir zu wechseln?«

Daisy blickt nicht mal auf.

Tick: »Boah, ist die arrogant! Voll ätzend! Die ist sich wohl zu fein, mit uns zu reden.«

Trick: »Sag ich doch immer. Die richtig geilen Bräute tragen die Nase hoch oben in den Wolken. Dabei könnte es ja sein, dass wir drei richtig gute Partien sind. Vielleicht bin ich ja superreich, Selfmade-Millionär oder was Ähnliches. Das wäre dumm, weil, dann wäre der Zeitpunkt, sich mit mir anzufreunden, jetzt vorbei!«

Track nimmt einen großen Schluck aus seiner Bierflasche. Trick will es ihm gleichtun, stellt aber fest, dass seine Flasche leer ist. Er zieht eine neue aus der Jeansweste und öffnet sie mit seinem Feuerzeug. Man hört einen lauten Plopp, der Deckel fliegt in hohem Bogen durch den Wagen und Trick schaut so triumphierend, als hätte er gerade als erster Mensch den Mond betreten. Er scheint wirklich davon auszugehen, dass auch Daisy diese Aktion extrem cool und männlich findet und sich spontan in ihn verliebt hat. Aber Daisy tippt weiter.

Sie zeigt keine Regung – kein bewundernder Blick zu ihm hinauf, kein zart gesäuseltes »Mein Held! So einen guten Kronkorkenplopper habe ich noch nie gesehen. Ich bin für immer dein!«.

Trick ist sauer: »Die ist echt arrogant. Voll mies! Wahrscheinlich findet die Zicke es auch noch toll, uns hier wie die Deppen stehen zu sehen und uns fleißig zu ignorieren.«

Die drei fangen plötzlich erneut lautstark an zu singen: »FC Bayern, forever number one. You can call us the champions of the world. FC Bayern, forever number one. We're much better than the rest!«

Tick: »Die doofe Tante verdirbt mir die gute Laune nicht! Wäre ja gelacht: Da kommt so 'ne Zicke an und wir drei blasen plötzlich Trübsal! Dabei hätte ich eher Bock, dass die was bläst!«

Alle drei lachen laut los.

Daisy tippt immer noch. Es ist vermutlich die längste SMS der Welt. Dann plötzlich, und ohne auf »Senden« zu drücken, steckt sie ihr Handy in die Tasche ihres Sakkos und blickt die drei herausfordernd an.

Daisy: »Sorry, Jungs! Eigentlich bin ich keine Zicke. Es ist vermutlich schwer vorstellbar für euch, aber ich stehe einfach nicht darauf, von drei nach Bier stinkenden Typen in Fußballtrikots, die peinliche Lieder singen, dumm von der Seite angemacht zu werden.«

Trick: »Alter, wie scheiße ist die denn drauf? Jetzt pisst die uns auch noch voll an!«

Tick: »Alte, du hast nicht mal ein vernünftiges Wort mit uns gewechselt!«

Daisy: »Mit euch Deppen brauche ich auch kein Wort zu wechseln. Es gibt einfach Menschen, die passen nicht zusammen, und ihr und ich – bei uns ist das einfach so. Also labert mich jetzt bitte nicht mehr voll und lasst mich einfach in Ruhe!«

Tick, Trick und Track schauen sich an und weil ihnen sonst nichts einfällt, fangen sie wieder lautstark an zu singen: »FC Bayern, FC Bayern, meine Liebe, mein Verein – der FC Bayern wird es immer sein. FC, FCB, olé! FC, FCB, olé!«

Daisy steht genervt auf und geht schnell weg. Die drei Jungs schauen sich triumphierend an, klatschen sich ab und nehmen einen großen Schluck aus ihren Bierflaschen.

MITTWOCH, 7.10 UHR

Ein Mann und eine Frau, offenbar Kollegen, sind auf dem Weg zur Arbeit. Sie hat einen Button an der roten Jack-Wolfskin-Jacke, auf dem steht: »Atomkraft? Nein danke!« Unter der Jacke trägt sie einen grün-gelb gestreiften Pullover, der aussieht, als sei er selbst gestrickt. Eine rote Stoffhose und braune Halbschuhe runden das alternative Outfit ab. Auf ihrem Schoß liegt ein Buch von Jutta Ditfurth: *Krieg, Atom, Armut. Was sie reden, was sie tun: Die Grünen.*

Der Mann trägt eine sehr seltsam aussehende Mischung aus bayerischer Tracht und Business-Outfit: ein grün-weiß kariertes Hemd mit kleinen Enzian-Stickereien und Knöpfen in Hirschhornoptik, dazu ein rotes Tuch, das er locker um den Hals gebunden hat. Seine Hose ist aus glattem schwarzen Leder. Sie geht ihm nur bis knapp über die Knie und ist ebenfalls besetzt mit Hirschhornknöpfen. Selbstverständlich hat sie auch die typische seitliche Messereinschubtasche, aber keinen Latz und auch keine Hosenträger. Stattdessen trägt der Mann einen einfachen schwarzen Ledergürtel und an den Füßen schwarze Lackschuhe – frei nach dem Motto »Wenn schon Stilbruch, dann richtig!«. Es fehlt nur noch der schwarze Lederhut mit Gamsbart.

Die beiden sind wieder einmal ein typischer Fall von Arbeitskollegen, die völlig unterschiedlich sind und durch die gemeinsame S-Bahn-Fahrt zum Small Talk gezwungen werden. Sie unterhalten sich über Essen, deshalb nenne ich sie Fleisch und Gemüse.

Fleisch: »… mit Petersilie – und ganz lecker dazu sind geröstete Croûtons. Das schmeckt toll, kann ich nur empfehlen!«

Gemüse: »Ich hab jetzt neulich ganz tolle Petersilienknödel, also Semmelknödel, gegessen – selbst gemacht.«

Fleisch: »Gestern habe ich in der *Süddeutschen Zeitung* von einem tollen Restaurant gelesen. Da gibt es für 40 Euro jeden Sonntag ein Seafood-Menü inklusive Austern und Schwertfischsteak. Das klang sehr lecker!«

Gemüse: »Das ist wohl eher was für dich. Ich bin ja Vegetarierin. Außerdem finde ich 40 Euro für essen gehen völlig überteuert.«

Fleisch: »Wieso? 40 Euro für ein leckeres Seafood-Menü, das ist sogar günstig.«

Gemüse: »Ja, das mag für dich gerechtfertigt sein. Aber ich will das nicht ausgeben. Mir ist Essen einfach nicht so viel wert.«

Fleisch: »Hast du denn schon mal Austern und richtig gutes Seafood gegessen?«

Gemüse: »Nein! Ich bin ja Vegetarierin, weißt du doch! Übrigens finde ich den Begriff ›Seafood‹ voll affig. Das ist so ein Yuppie-Deutsch. Sagt denn heute niemand mehr ›Ich war Fisch essen‹? Oder ›Ich habe Meeresfrüchte gegessen‹?«

Fleisch: »Nein, das macht wirklich niemand mehr. ›Seafood‹ klingt doch auch viel schöner, finde ich. Aber egal, wie du es nennst: Du musst es unbedingt mal probieren! Mit meiner Frau war ich im Sommer auf Sylt bei diesem Fisch-Fritzen. Na, wie heißt der? Gosch. Genau! Da haben wir geschlemmt, weil es so lecker war. Eigentlich wollten wir nur eine Kleinigkeit, aber wir konnten einfach nicht aufhören. Gutes Essen ist einfach etwas unglaublich Tolles. Wir hatten einen Meeresfrüchte-Vorspeisenteller: Krabben, Muscheln, Schnecken und Austern, alles ganz frisch zubereitet. Das bekommt man dann auf Eis serviert. Lecker!«

Gemüse: »Als Kind war ich mal mit meinen Eltern auf Sylt. Da wollten wir auch Fisch essen und ich sollte mir aus so einem Aquarium mein Mittagessen aussuchen. Die Fische sind so nett an mir vorbeigeschwommen, blubb, blubb, und haben mich voll lieb angeschaut. Ich habe dann meiner ganzen Familie so ein schlechtes Gewissen gemacht, dass am Ende keiner Fisch genommen hat. Ich glaube, wir hatten dann alle nur Beilagen. Ich hab Pommes gegessen. Als wir die Bestellung aufgegeben haben, hat uns der Kellner ziemlich seltsam angeschaut.«

Fleisch: »Diese Probleme hatte ich nie, ganz im Gegenteil. Ich mag es immer total gern, wenn ich mir auf dem Markt oder im Feinkostgeschäft mein Essen noch lebend aussuchen kann. Dann weiß ich, dass die Tiere frisch sind – Krebse zum Beispiel oder Schnecken.«

Gemüse verzieht das Gesicht: »Igitt! Nee, das ist nicht meins.«

Fleisch macht unbeirrt weiter, obwohl er eigentlich merken müsste, dass die Unterhaltung der Frau unangenehm ist. Aber er ist völlig unempfänglich für ihre Antipathien. Als unbeteiligter Zuhörer möchte man am liebsten laut »Stop!« rufen und die Unterhaltung beenden, weil man merkt, wie sehr sich die Frau quält.

Fleisch: »Schnecken mag ich ja voll gern. Nur der Fuß kostet mich immer Überwindung. Der ist nämlich ziemlich hart und deshalb sollte man ihn vorher abschneiden, sonst knackt es so, wenn man draufbeißt.«

Gemüse verzieht abermals das Gesicht, diesmal heftiger: »Igitt!«

Mittlerweile ist wirklich unübersehbar, dass ihr die Unterhaltung ziemlich peinlich ist – vor allem, weil der Mann so laut spricht, dass er den gesamten Wagen mit seinen Essensgeschichten unterhält. Sie schaut sich verschämt, fast schon entschuldigend, um, ein gequältes Lächeln auf den Lippen. Fleisch bemerkt von alldem nichts und lacht laut über seine Geschichte vom knackenden Schneckenfuß.

Fleisch: »Wir zwei gehen mal essen!«

Gemüse: »Nee, das muss ich eindeutig nicht haben!«

Fleisch: »Doch, doch! Du wirst sehen, Essen ist gar nicht so schlimm, wie du glaubst. Mein Credo lautet: Man muss alles mal ausprobieren! Einfach mal über den eigenen Schatten springen!«

Gemüse: »Aber Tiere essen muss ich definitiv nicht ausprobieren. Keine Chance! Und viel Geld für überteuertes Essen verpulvern muss ich auch nicht ausprobieren. Also: nein danke! Als ich vorhin die süßen Kälber auf der Weide gesehen habe, tat es mir schon wieder leid, dass ich früher mal Fleisch gegessen habe.«

Der Mann leckt sich demonstrativ die Lippen und schmatzt dabei genüsslich, so als würde ihm allein schon bei dem Wort »Kälbchen« das Wasser im Mund zusammenlaufen.

Fleisch: »Kalb ist unfassbar lecker, wenn es richtig zubereitet ist. Der Hammer! Es gibt bei uns noch einen Metzger, der selber schlachtet. Den sieht man regelmäßig mit seiner Ware durch den Ort fahren. Auf dem Anhänger sind dann die Tiere und man kann beim Vorbeifahren sozusagen begutachten, was man wenige Stunden später auf dem Teller haben kann. Das ist fantastisch, alles frisch und lecker! Auch das Lamm von dem ist toll – ganz zart und super im Geschmack.«

Gemüse: »Da fährt dann also so ein Anhänger vorbei mit einem Lämmchen oder einem Kälbchen drauf, Babys sozusagen. Und du hast keinerlei Skrupel, dich über den baldigen Tod dieser Lebewesen zu freuen?«

Ihr Gesprächspartner blickt sie völlig verblüfft an. Er versteht die Frage offenbar gar nicht.

Fleisch: »Nein! Warum sollte ich Skrupel haben?«

Gemüse: »Weil … Ich mag Lämmer und Kälbchen doch so gern!«

Fleisch: »Ich auch. Die schmecken lecker! Klar, die kann man auch streicheln, aber ich esse sie halt lieber. Ich bekomme da keine Papa-Gefühle, wenn ein Kälbchen an mir vorbeiläuft, sondern eher Hunger. So ist das halt. Und so ungewöhnlich ist das nun auch wieder nicht. Du siehst mich ja an, als säße dir Hannibal Lecter gegenüber. Ich esse nur Fleisch, ich tue nichts Illegales.«

Gemüse: »Klar! Mich hat nur so schockiert, dass es dir wirklich nichts ausmacht, deinem Essen vorher in die Augen zu schauen. Ganz im Gegenteil: Du findest das auch noch irgendwie gut. Lass uns von was anderem sprechen – und niemals zusammen essen gehen, ja?«

Fleisch: »Okay!«

Die beiden fahren dann noch circa 15 Minuten lang mit, aber sie reden eigentlich nicht mehr miteinander – nur kurz über die Vorteile des S-Bahn-Fahrens und noch kürzer über die Aufgaben, die auf sie warten. Die meiste Zeit schweigen sie aber.

UNIVERSAL TRANSISTOR RADIO
VODKA
Original JA Mash Up
EIS TEE

WAGEN 6

PARTY

»Wir gehen am Samstag feiern. Aber dann übelst! Am Samstag arbeite ich. Danach komme ich zu dir, wir schauen noch einen Film, chillen ein bisschen und dann saufen wir übelst vor, bringen uns auf Flughöhe und gehen erst nach Mitternacht weg. Dann hast du nämlich voll Power und kannst richtig bis 13 oder 14 Uhr Party machen.«

»Mir ist das schon voll oft passiert, dass ich betrunken war und dann mit anderen Kerlen so geflirtet und rumgeknutscht und gefummelt habe. Ich weiß nicht – irgendwie werde ich dann halt immer so offen, wenn ich voll bin, und dann habe ich irgendwie das Bedürfnis, das zu machen. Ich finde das dann voll geil.«

MITTWOCH, 19.47 UHR

Zwei Mädchen, circa 18 Jahre alt, unterhalten sich.

Die eine trägt ein pinkfarbenes Kleid mit schwarzen Punkten darauf, eine zerrissene Nylonstrumpfhose und braune Cowboystiefel. Sie ist ungeschminkt und hat dunkle Ringe unter den Augen. Ihre Frisur ist, sagen wir mal, eher Natur-Look: Ihre dunkelblonden Haare hat sie mit einem einfachen orangefarbenen Haushaltsgummi zum Pferdeschwanz zusammengebunden. Allerdings sieht er inzwischen etwas unordentlich aus. Viele Strähnen sind herausgerutscht und fallen ihr ins Gesicht.

Ihre Freundin trägt ein pinkfarbenes T-Shirt, blaue Jeans, die an den Knien zerrissen sind, und blaue Stoffschuhe, außerdem lange silberne Ohrringe. Ihre Sonnenbrille nimmt sie trotz der bereits herrschenden Dunkelheit nicht von der Nase. Die Schminke, die ihre Freundin nicht gebraucht hat, hat sie offenbar mit verwendet: Ihre Lippen sind sehr pink, ihre Augen sehr schwarz und ihre Wangen sehr rot. Auf dem Kopf hat sie Hello-Kitty-Kopfhörer, aus denen laute House-Musik dröhnt.

Hello Kitty: »Vielleicht hätte ich mir die Gebrauchsanweisung von meinem iPhone mal durchlesen sollen. Dass man das Ding resetten muss, wenn es abgestürzt ist, kann ja kein Mensch wissen. Und alles nur, weil ich mir neue Musik draufgeladen habe. Voll bekloppt! Du, ich würde gern für ein paar Stationen eine Musikpause einlegen. Ich habe nämlich noch ein bisschen Akku und würde gern etwas Krach hören, also richtig aufdrehen. Du hast doch auch Kopfhörer dabei, oder?«

Natur-Girl: »Klar, kein Problem!«

Hello Kitty: »Cool, dann los! Jetzt gibt's die volle Dröhnung!«

Sie hantiert an ihren Kopfhörern herum und macht die Musik noch lauter.

Natur-Girl setzt ebenfalls Kopfhörer auf und hört Musik. Hello Kitty wippt anfänglich nur mit den Füßen im Takt. Dann beginnt auch ihr Oberkörper, sich rhythmisch zu bewegen. Schließlich hebt sie die Arme über den Kopf und macht Bewegungen, die man sonst nur vom orientalischen Schlangentanz kennt. Das Ganze dauert etwa drei Minuten.

Hello Kitty: »Ist heute Dienstag? Dann könnten wir geil in die Call-Fabrik gehen – zum Abfreaken!«

Natur-Girl: »Klar, warum machen wir das nicht? Ach Mist, wir müssen ja morgen arbeiten!«

Hello Kitty: »Na und? Was ist denn morgen? Eigentlich nichts Wichtiges. Komm schon! Ich war schon so lange nicht mehr tanzen, das letzte Mal am Sonntag. Und das am Samstag kannste ja nicht mal als Weggehen zählen, weil ich nicht tanzen war. Ich war gerade im Aufwärmfieber, als auch schon wieder alles vorbei war.«

Natur-Girl: »Stimmt! Im Neuraum waren wir höchstens zehn Minuten. Ich hatte dann aber auch echt keinen Bock mehr. Außerdem war ich total voll.«

Hello Kitty: »Ich doch auch. Na und? Dann wird's doch erst richtig geil. Nix mehr merken, nur noch Party! Das ist doch das große Ziel, auf das man am Wochenende immer hinarbeitet. Du hattest echt Glück: Hätte ich schon auf der Box gestanden, hättest du mich da niemals rausbekommen. Aber wenn ich erst im Aufwärmfieber bin, bin ich noch halbwegs zurechnungsfähig. Übrigens ist deine Frisur völlig beschissen verrutscht. Die kannste ruhig mal etwas richten.«

Natur-Girl versucht, ihre Haare wieder in Form zu bringen, zunächst durch einfaches Über-den-Kopf-Streichen. Sie merkt aber schnell, dass diese Methode nichts bringt. Dann will sie den Gummi aus ihren Haaren entfernen, verzieht aber gleich das Gesicht zu einer Grimasse. Der Haushaltsgummi lässt sich ganz offensichtlich nicht so einfach herausziehen wie ein Stoffband oder ein Haargummi. Als sie es endlich geschafft hat, beginnt sie, die ausgerissenen Haare fein säuberlich von dem Gummiband zu entfernen. Sie lässt sie einfach auf den Boden fallen und irgendwann bilden sie ein kleines Knäuel. Schließlich leiht sie sich von ihrer Freundin eine Bürste, kämmt die Haare energisch durch und bindet sich einen neuen Pferdeschwanz.

Natur-Girl: »Besser so? Warum stört es dich eigentlich, wenn ich wirre Haare habe? Ach, egal! Aber wir können die verpasste Partyzeit vom Samstag gern heute nachholen. Wenn du magst, fahren wir jetzt zu mir, ziehen uns um und fahren dann weiter. Kein Problem!«

Hello Kitty: »Ach nee. Weißte was, ich sehe es schon kommen: Das artet dann wieder völlig aus. Komm, heute bleiben wir mal etwas ruhig. Wir gehen am Samstag feiern. Aber dann übelst! Am Samstag arbeite ich. Danach komme ich zu dir, wir schauen noch einen Film, chillen ein bisschen und dann saufen wir übelst vor, bringen uns auf Flughöhe und gehen erst nach Mitternacht weg. Dann hast du nämlich voll Power und kannst richtig bis 13 oder 14 Uhr Party machen.«

Natur-Girl: »Du weißt aber schon, dass ich am Sonntag ab 6 Uhr in der Bäckerei arbeiten muss?«

Hello Kitty: »Okay, dann gehen wir etwas früher weg!«

Natur-Girl: »Das wäre cool. Weil, schlafen werde ich dann sowieso nicht. Also, ich werde schon durchmachen, aber ich muss halt früh arbeiten.«

Hello Kitty: »Was für ein Dreck! Egal, dann machen wir uns schön chillig fertig und gehen früher weg. Aber kennste das: Mir tut es voll gut, wenn ich mittags aus der Disco komme und auf die anderen Menschen treffe, die alle ganz normale Sachen erledigen müssen. Wenn ich nach Hause fahre, während alle anderen, die mit mir in der S-Bahn sind, zur Arbeit fahren, und ich bin ratzevoll – das ist so schön! Also, ich finde das toll!«

Natur-Girl: »Vielleicht rede ich noch mal mit meiner Mum, damit sie mich krankschreibt. Dann können wir wieder so lange abfeiern.«

Hello Kitty: »Das wäre super!«

Sie grinst, setzt ihre pinkfarbenen Kopfhörer auf, singt lauthals: »But tonight, I'm loving you!«, und beginnt wieder ihren Schlangentanz.

MONTAG, 6.30 UHR

Die folgende Begebenheit fängt bereits auf dem Bahnsteig an. Zwei Jungen, circa 17 Jahre alt, sitzen im Wartehäuschen. Der eine schläft, der andere hat sein iPhone auf den Beinen liegen und hört Musik – ohne Kopfhörer, über den Lautsprecher.

Der Rapper Kay One erzählt allen, die es wissen wollen, aber auch allen anderen im Umkreis von fünf Metern: »Zeiten ändern sich, Baby. Damals Zeitung austragen. Heute willst du mich sehen? Stop! Einfach Zeitung aufschlagen. Ich weiß, es bringt dich um, wenn du deine Glotze anmachst und mich siehst: erfolgreich, knackig, jung. Meine goldenen Zeiten, Punkt.«

Es riecht stark nach Alkohol. Neben den Jungs stehen eine halb volle Flasche Wodka und ein Tetrapak Eistee mit Pfirsichgeschmack.

Junge 1: »Ey, Alter! Aufwachen! Alter! Die S-Bahn kommt!«

Er hat sich zu seinem Kumpel gedreht, ihn mit beiden Händen am Arm gepackt und rüttelt stark an ihm. Der andere zeigt erstaunlich lange keinerlei Regung; er schläft tief und fest weiter. Dann plötzlich schreckt er hoch, reißt die Augen weit auf und stellt sich abrupt hin.

Junge 1: »Yeah, Mann! Ich dachte schon, ich bekomme dich gar nicht mehr wach! Eine Bahn haben wir schon verpasst, weil du so im Koma warst. So, auf jetzt! Da kommt die Bahn.«

Beide stehen nebeneinander auf dem Bahnsteig und schwanken stark. Der eine macht einen alkoholbedingten Ausfallschritt nach links, der andere torkelt ihm Halt suchend hinterher. Es ist November und so früh am Morgen schon ziemlich kühl. Die beiden haben aber keine Jacken an. Vermutlich sind sie irgendwann im Laufe der vergangenen Nacht auf der Strecke geblieben. Ihre eigentlich weißen Turnschuhe sind stark mit Erde beschmutzt. Bis zum Knie hoch sind auch ihre Hosen völlig verdreckt. Erst weiter oben kann man erkennen, dass der Junge mit dem iPhone eine schwarze und der andere eine blaue Hose anhat. Es sind Baggy Pants, die ihnen in ihrem momentanen Zustand arge Probleme bereiten. Einer von beiden ist immer damit beschäftigt, die Hose daran zu hindern, komplett runterzurutschen. Der Junge mit dem iPhone trägt eine weiße Calvin-Klein-Unterhose, Modell Marky Mark, und ein blaues T-Shirt mit der Aufschrift »Universal Transistor Radio«, der andere grüne Shorts und ein schwarz-grün-gelbes T-Shirt, auf dem »Original JA Mash Up« steht.

Der Zug fährt ein, die Türen öffnen sich. Es ist sehr voll. An Sitzen ist nicht zu denken und beim Stehen fühlt man sich wie in einer Sardinendose.

Universal: »Boah, ist das voll! Wo wollen die alle hin? Ist ja voll eklig, hier so Körperflüssigkeiten mit fremden Stinkern auszutauschen!«

Kay One dudelt immer noch, aber inzwischen ein anderes Lied: »Ich geh raus, es wird hell. Alles dreht sich, Karussell. Doch ich will Eimer saufen, also brauch ich Geld, Geld, Geld – yeah! Party, Palmen, nackte Weiber! Ich bastel einfach eine Krone aus dem Becks-Karton.«

Universal: »Andererseits ist es ja gar nicht schlecht, dass es so voll ist. So kann ich wenigstens nicht umfallen, Alter! Mist, wir haben die Flasche draußen stehen lassen!«

Blitzschnell, wie man es aufgrund seines Zustands definitiv nicht von ihm erwartet hätte, drückt er auf den Knopf zum Türöffnen und springt aus der Bahn.

Universal: »Stell dich in die Lichtschranke! Ich hole die Flasche.«

Er läuft so zügig wie möglich in Richtung Wartehäuschen. Im Inneren des Wagens macht sich unterdessen Unmut breit. Die zusätzliche Verzögerung nervt die anderen Fahrgäste. Hinzu kommt, dass die Jungs stark nach Alkohol riechen und verdreckt sind. Die Anzugträger fürchten um die Reinheit ihrer Arbeitskleidung.

Original: »Ja, ja, geht ja gleich weiter. Nur die Ruhe!«

Anzugträger: »Ihr seid doch sowieso schon völlig besoffen. Was wollt ihr denn mit noch mehr Alkohol?!«

Original: »Na, feiern! Haste wohl schon lange nicht mehr gemacht, du Spießer!«

Anzugträger: »Gegen feiern ist ja nichts einzuwenden. Aber die ganze S-Bahn aufhalten ist echt nicht sozial!«

Universal kommt zurück und präsentiert stolz die Wodkaflasche.

Universal: »Tataa! Frühstück! Der Vormittag ist gerettet.«

Original: »Wurde aber auch Zeit! Die Typen hier nerven schon voll – von wegen zu spät zur Arbeit kommen und so.«

Kay One dudelt weiter: »Ich rap besoffen, also, halt das Mikro. Den Einzigen, den ich hier respektier? Bushido. Ich fick das ganze Land jetzt. Und hab mit dieser zugekoksten Nutte hier am Standesamt Sex.«

Universal: »Wieso wollen die eigentlich alle zur Arbeit? Ist irgendwie voll komisch, oder?«

Original: »Finde ich auch! Wir kommen von der geilen, fetten Party und die müssen ins Büro.«

Anzugträger: »Ihr zwei habt auch keine Sorgen außer Alkohol und Partys, oder? Dass man arbeiten muss, Geld verdienen, um seinen Eltern oder der Gesellschaft nicht auf der Tasche zu liegen, ist euch natürlich nicht klar.«

Universal: »Siehste, jetzt kommen wieder die fiesen Vorurteile: Die Jugend ist faul, hat null Bock und ruht sich aus auf dem, was ihre Eltern geschaffen haben. Ich arbeite aber auch. Ausbildung, Alter! Jeden Tag 8 bis 17 Uhr schön schaffe, schaffe, Häusle baue!«

Original: »Ich auch! Und den Wodka hier hat nicht mein Vater bezahlt. Den habe ich von meinem eigenen Geld gekauft. Dass wir uns jetzt hier rechtfertigen müssen, finde ich voll asozial!«

Anzugträger: »Na, ist doch super! Gratulation! Und warum müsst ihr heute nicht arbeiten? Urlaub?«

Original: »Alter, es ist Sonntag! Wir haben Wochenende und feiern schön! Müssen wir uns jetzt sogar dafür rechtfertigen, dass wir am wohlverdienten Wochenende mal feiern?«

Universal: »Jetzt reicht's aber echt!«

Anzugträger: »Sorry, ich will euch natürlich nichts vorschreiben. Aber vielleicht interessiert es euch, dass Montag ist. Deshalb ist die Bahn auch so voll mit Menschen, die zur Arbeit müssen. Und ihr seid zumindest jetzt nicht in der körperlichen Verfassung, pünktlich um 8 Uhr am Arbeitsplatz zu erscheinen – schätze ich einfach mal.«

Die Jungs schauen sich verdutzt an. Eine Zeit lang wissen sie nicht, was sie sagen sollen.

Nur Kay One singt weiter, als sei nichts passiert: »Mann, ich habe gerade direkt den Fernseher aus dem Hotelfenster rausgeschmissen, der Hurensohn ist genau auf einem Polizeiauto gelandet, Mann. So 'ne Scheiße!«

Universal: »Heute ist Montag? Quatsch! Heute ist Sonntag. Komm mal klar, Alter!«

Original: »Ganz genau! Montag – da lachen ja die Hühner. Es ist Sonntag. Geht ja gar nicht anders. Wir vertun uns doch nicht einfach um einen ganzen Tag.«

Anzugträger: »Ihr steht hier in einer gerammelt vollen S-Bahn mit Menschen, die offensichtlich auf dem Weg zur Arbeit sind. Ich bin mir zumindest hundertprozentig sicher, dass heute Montag ist. Wenn nämlich Sonntag wäre, würde ich gemütlich mit meiner Frau im Bett liegen und demnächst würde unsere dreijährige Tochter uns wecken.«

Universal schaut auf sein iPhone: »Scheiße, es ist tatsächlich Montag! Hier steht es. Verflucht! Das gibt's doch nicht. Alter, uns fehlt ein ganzer Tag. Das kann doch nicht wahr sein!«

Original: »Unmöglich! Wir sind doch gestern, also am Samstag, auf die Party von Ray gegangen. Okay, zugegeben, die war heftig, aber definitiv nicht so schlimm, dass ein ganzer Tag verloren geht. Was machen wir denn jetzt? Ich kann es mir nicht leisten, schon wieder zu spät zu kommen. Dann dreht der Chef am Rad. Ich kann aber auch unmöglich so zur Arbeit gehen.«

Er blickt an sich runter und versucht, sich im dichten Gedränge der S-Bahn den getrockneten Matsch von der Hose zu klopfen, was die umstehenden Fahrgäste mit Schimpftiraden quittieren. Das ignoriert er einfach. Als er dann auch noch seine verdreckten Schuhe auszieht und zwecks Reinigung gegeneinanderklopft, bekommt er den Ellenbogen eines neben ihm stehenden, 1,90 Meter großen Hünen in die Rippen.

Original: »Hilfe, Alter! Was ist denn bei dir kaputt? Arschloch! Ach, Scheiße, das wird definitiv nicht sauber. Und außerdem bin ich noch viel zu besoffen. Ich kann unmöglich so zur Arbeit gehen. Verdammt!«

Er lässt sich einfach auf den Boden fallen, was in der vollen S-Bahn gar nicht so einfach ist. Dann greift er sich die Wodkaflasche und nimmt einen großen Schluck. Sein Kumpel setzt sich neben ihn und trinkt ebenfalls. Die beiden sitzen jetzt ziemlich genau auf dem ungünstigsten Platz, den man sich für ein Sit-in aussuchen kann – in der Mitte des Wagens. Links von ihnen ist eine Tür und rechts auch. Um sie herum stehen natürlich auch weiterhin dicht an dicht Menschen. Immerhin macht Universal endlich das Kay-One-Gedudel aus.

Universal: »Lass uns mal rekonstruieren, wie es dazu kommen konnte! Das ist so ziemlich das Abgefahrenste, was mir je passiert ist.«

Original: »Also gut! Fakt ist: Du bist am Freitag nach der Arbeit mit zu mir gekommen. Das kann ja nicht Samstag gewesen sein, weil wir gearbeitet haben. Dann haben wir ein bisschen vorgeglüht und sind zu Eva gegangen. Unterwegs haben wir noch bei Boruks Imbiss Döner gegessen und ein Bierchen getrunken.«

Universal: »Ganz klar, ich hab's: Boruk hat uns Schlafmittel in den Döner getan! Alter, willst du jetzt wirklich jede Sekunde aufzählen? Wir waren bei Eva. Du hast mit der ein bisschen rumgemacht, ich mit Ivonne. Wir haben ein paar Wodka Red Bull getrunken und sind dann ab ins Exit.«

Original: »Und einen Jollie haben wir auch geraucht. Das gute Zeugs von ...«

Universal: »Ja, genau! Am besten schreist du jetzt noch die Adresse und Telefonnummer raus, damit sich jeder was kommen lassen kann.«

Er schüttelt den Kopf und nimmt erneut einen großen Schluck aus der Flasche.

Original: »Mensch, ich versuche doch nur, unseren Fehler zu finden. Aber irgendwie kommt es mir auch nicht so vor, als hätte ich einen Blackout gehabt. Das ist ja das Seltsame. Nach dem Exit sind wir dann zu Eva gegangen und haben alle da übernachtet: Ivonne, Eva, du und ich. Und am Samstag haben wir bei ihr gefrühstückt. Dann haben wir den Rest von dem Dope geraucht und waren in der Stadt unterwegs. Alles völlig harmlos!«

Universal: »Absolut! Ich sag's ja, die hier um uns rum müssen schief gewickelt sein. Nach der Stadt sind wir zu mir. Da war meine Mutter doch noch so sauer, weil ich ihr nicht Bescheid gesagt hatte, dass ich bei Eva schlafe. Dann haben wir an der Playstation gezockt und ein paar Bier getrunken. Ich hab dich doch so vernichtend geschlagen, Loser! Danach gab's Lasagne. Die ist *so* lecker bei meiner Mutter! Und dann sind wir zu Ray. Ach, Quatsch! Vorher haben wir in der Sports Bar noch Fußball geschaut und auf den Sieg vom BVB ein paar Kurze gekippt.«

Original: »Stimmt! Das war doch so geil, weil da dieser völlig Besoffene auf der Theke lag und nur noch vor sich hin gebrabbelt und gesabbert hat. Und als ich ihn im Scherz gefragt hab, ob ich ihn zu einem Gläschen einladen darf, hat er den Kopf gehoben und Ja gesagt. Schöner Mist! Dafür war er danach doppelt und dreifach weggetreten. Aber egal! Dann sind wir zu Ray. Endgeile Party! Keine Ahnung, was wir da noch alles getrunken haben. Wir haben auf jeden Fall die Es eingeworfen, die wir am Freitag im Exit gekauft hatten. Eva war da – mit Yvonne – und die beiden waren sauer, weil wir uns nicht gemeldet hatten. Deshalb haben sie uns den ganzen Abend über nicht angeschaut.«

Universal: »Ich glaube, ich habe mit Sabine rumgemacht – im Wäschekeller von Rays Mutter. Alter, Hilfe! Wir müssen ganz schön abgestürzt sein. Aber ich kann mich nicht dran erinnern. Wie mies ist das denn? Mir kommt es original so vor, als hätten wir uns den Wodka und den Eistee geschnappt, um nach der Party die erste Bahn nach Hause zu kriegen. Warte mal, wir haben ja noch einen Anhaltspunkt: Warum sind unsere Klamotten und Schuhe so verdreckt? Die Party war doch im Haus und es ist November, also eigentlich viel zu kalt, um draußen rumzustehen. Rauchen durfte man auch drinnen.«

Die beiden sitzen noch immer in der Mitte zwischen den Türen. An jeder Haltestelle quetschen sich etliche Menschen an ihnen vorbei, die aus- oder einsteigen wollen. Die Flasche Wodka ist mittlerweile fast leer und Original hat seine Turnschuhe, die er circa 15 Minuten zuvor ausgezogen hat, um sie sauber zu klopfen, noch immer nicht wieder angezogen. Sie stehen neben ihm.

Original: »Ganz genau! Gute Idee! Warum sind wir so dreckig? Wir sehen ja beide aus, als wären wir durch ein knietiefes Moor gegangen. Mmh ... Ganz ehrlich, ich habe keine Ahnung! Und ich weiß auch nicht, wo unsere Jacken abgeblieben sind. Ich hoffe, die liegen noch bei Ray. Wenn ich mich recht erinnere, hatte ich nämlich meine New-York-Giants-Jacke an – die ich mir in Amerika bestellt hatte und die 250 Euro gekostet hat. Bei meinem Glück habe ich die wahrscheinlich im Moor verloren. Aber warte mal! Gib mir mal dein iPhone! Wir haben doch bestimmt wieder wie bescheuert Fotos gemacht und jeden Blödsinn bei Facebook gepostet. Gib mal rüber!«

Er schaut sich seinen Facebook-Account an und wird anscheinend fündig.

Original: »Alles klar, Alter! Also, Fakt ist schon mal, dass du wirklich mit Sabine geknutscht hast. Und ich hab euch erwischt, fotografiert und das Bild dann bei Facebook gepostet. Schau mal hier! Eva hat das auch schon kommentiert. Tut mir voll leid, Alter!«

Universal: »Boah, Alter, du bist so scheiße! Jetzt weiß ich auch, warum die mich den ganzen Abend über mit dem Arsch nicht angeschaut hat. Und hier, Ray schreibt auch was: ›Danke für den geilen Abend mit meinen Homies! Werdet wieder nüchtern, in einer Woche geht's weiter!‹ Auweia! Was wir da wohl vereinbart haben? Aber die Einträge sind alle noch von Samstagnacht. Von gestern fehlt auch bei Facebook jede Spur. Ich schau mal die Fotos an, die wir sonst noch so gemacht haben.«

Er geht seine Fotos und Videos durch, findet aber anscheinend nichts Aufregendes.

Universal: »Hier! Du hast dir wohl auch was Weibliches für den Abend besorgt. Sieht zumindest auf dem Video alles sehr innig aus. Hey, lausch mal! Fett! Die spielen Paul Kalkbrenner und alle gehen extrem drauf ab. Ich hab das Gefühl, wir haben eine echt geile Party aus unserem Gedächtnis geballert.«

Original: »Zeig mal her! Ja, wie geil! Ich liebe den Song! Und die Alte, das ist 'ne uralte Bekannte von mir. Da ist bestimmt nix gelaufen. Die ist null mein Typ. Aber schau mal, da im Hintergrund ist 'ne Uhr und es ist 4.48 Uhr. Jetzt wissen wir schon mal, dass wir da noch auf der Party waren. Und so völlig daneben sehe ich zumindest nicht aus.«

Universal: »Weißte was, so kommen wir nicht weiter! Ich rufe jetzt mal Ray an und frage ihn, ob er was weiß.«

Er wählt die Nummer. Es klingelt anscheinend. Dann geht offensichtlich die Mailbox ran.

Universal: »Ey, Ray, Alter! Mir ist die fetteste Verpeilung meines Lebens passiert. Ich habe absolut null Komma null Checkung, was nach deiner Party passiert ist. Mir fehlt ein ganzer Tag. Ruf mich doch mal zurück, vielleicht kannst du mir helfen! Tschö!«

Er legt auf und schaut auf sein Handy.

Universal: »Mist, es ist schon zwanzig nach sieben! Wo sind wir denn jetzt? Oh, verflucht! Jetzt haben wir bei dem ganzen Gequatsche auch noch unsere Haltestelle verpasst! Es ist aber auch zum Verrücktwerden. Also, die nächste wird ausgestiegen.

Ich mache jetzt den Wodka leer, Mut antrinken, dann rufe ich den Chef an. Der erwartet uns ja um 8 Uhr auf der Baustelle! Ich hab echt Schiss, dass der kurzen Prozess macht und uns rauswirft! Vielleicht haben wir es diesmal übertrieben.«

Sein Kumpel steht auf. Der Alkohol zeigt seine Wirkung. Original schwankt ziemlich stark, was jetzt, wo der Wagen sich etwas geleert hat, noch mehr auffällt.

Original: »Sag dem Chef gleich, dass ich auch krank bin! Ich schaffe es nicht, ihn selbst anzurufen. Mir geht's gerade voll scheiße. Ich glaube, wir haben bei Ray irgendwas eingeworfen, was eine echt verheerende Wirkung hatte.«

Universal: »Das ist ja voll unauffällig. Ich sage Bescheid, dass ich krank bin – und dass du krank bist, weiß ich zufällig auch. Und das alles an einem Montagmorgen. Na großartig! Jetzt erst mal nix wie raus hier!«

Die beiden verlassen die S-Bahn. Die Türen schließen sich und der Zug fährt weiter. Zurück bleiben eine leere Flasche Wodka, ein Tetrapak Eistee mit Pfirsichgeschmack und ein paar völlig verdreckte Turnschuhe, die Original stehen lassen hat.

MONTAG, 19.20 UHR

Zwei Mädchen, circa 17 Jahre alt, sind offenbar auf dem Weg zum Oktoberfest, das in München umgangssprachlich auch »Wiesn« genannt wird. Die eine trägt ein schwarzes Dirndl mit Totenköpfen und Strasssteinen darauf. Selbst wenn man berücksichtigt, dass ein Dirndl vor allem den Zweck erfüllen soll, das Dekolleté seiner Trägerin möglichst aussagekräftig ins rechte Licht zu rücken, ist dieses Teil noch immer als sehr freizügig einzustufen. Es zeigt eindeutig zu viel. Die Schürze ist rot, ebenso die High Heels, die das Mädchen anhat. Ihre strohblonden Haare hat sie zu zwei Heidi-Zöpfen geflochten. Sie würde von den meisten Bayern wohl als »Flidschal« bezeichnet werden.

Ihre Freundin trägt ein klassisches Dirndl. Es ist grün mit bunten gestickten Blumen darauf. Die Ärmel sind weiß und das Dekolleté normal bis züchtig. Die Schürze ist ebenfalls grün. Dazu trägt das Mädchen hochhackige braune Schuhe. Ihre schwarzen Haare sind in einer aufwendigen Flechtfrisur um den Kopf gewunden. Die Bayern würden sie als »züchtigs Madl« bezeichnen.

Flidschal: »Alter, ich würde von der Wiesn niemals allein nach Hause gehen, egal wie dicht ich bin. Aber manchmal ist das auch voll krass. Meine Schwester hat letztes Jahr K.-o.-Tropfen in ihr Bier bekommen. Die hat echt nix mehr gecheckt, die war wie tot. Sie hat später gesagt, dass es ihr am Abend voll schlecht ging. Dann erinnert sie sich an nix mehr und am nächsten Morgen hat sie voll den dicken Kopf gehabt.«

Madl: »Ja, 'ner Freundin von mir ist das auch mal passiert. Das war echt heftig. Wir waren auf einer Party, die eigentlich erst ab 18 war, und haben da übelst abgefeiert. Dann war sie plötzlich weg und ich habe sie gesucht, obwohl ich natürlich voll drauf war und eigentlich unbedingt feiern wollte. Auf dem Damenklo habe ich sie dann gefunden. Die war weiß wie eine Wand und hing in der Ecke einer Kabine. Sie hat mich angeschaut und gesagt: ›Wer bist du? Ich kenne dich gar nicht. Was willst du von mir? Willst du mir wehtun? Sag's lieber gleich, dann fange ich an zu schreien.‹ Ich habe ihr dann erst mal eine gescheuert, damit sie wieder zur Vernunft kommt.«

Flidschal: »Das ist auch wirklich das Beste, was du machen kannst, weil die ja voll weggetreten sind. Und dann musst du ihr den Finger in den Hals stecken. Die muss alles rauskotzen, egal wie eklig das ist.«

Madl: »Hab ich auch gemacht. Anders hätte ich die nicht von der Party wegbekommen und wir mussten ja um Mitternacht zu Hause sein.«

Flidschal: »Meine Schwester wurde rausgetragen – von einem Freund von uns.«

Madl: »Das kann aber auch voll peinlich sein. Ich weiß noch, als ich mal so richtig hacke war, hat mich der Andy, den kennst du ja auch, aus einer Kneipe rausgetragen. Ich hatte wohl angefangen, auf der Theke zu tanzen und mich auszuziehen. Er hat mich also über seine Schulter gelegt und ich hatte keine Chance, mich zu wehren. Beim Raustragen war mein Hintern voll zu sehen, weil ich ein Kleid anhatte und er mich ja über seine Schulter gelegt hatte. Das hasse ich voll. Ich liebe das Gefühl, angetrunken oder besoffen zu sein, aber ich hasse es, nicht mehr die Kontrolle über mich zu haben. Mir fällt es nur immer so schwer aufzuhören. Ich finde dann kein Ende und plötzlich bin ich wieder mal viel zu voll.«

Flidschal: »Ich gehe immer nach Hause, wenn ich merke, dass es zu viel wird. Ich kann das eigentlich ganz gut kontrollieren.«

Madl: »Ich hatte erst vor zwei Wochen so einen fiesen Absturz. Da war ich mit Christian auf einer Party und wir haben uns mal wieder extrem gestritten. Also habe ich mir eine Flasche Wodka genommen und total viel davon gesoffen. Pur! Normalerweise mag ich Wodka ja nur mit Red Bull, sonst finde ich das voll eklig. Aber da war ich so sauer, dass es mir egal war. Ich wollte einfach nur so schnell wie möglich besoffen werden. Irgendwann bin ich eingeschlafen, einfach so in der Ecke. Gegen 4 Uhr nachts bin ich dann wieder aufgewacht. Die Party war natürlich längst vorbei und ich bin nach Hause gegangen. Da hab ich voll Ärger mit meinen Eltern bekommen, weil ich ja eigentlich nur bis Mitternacht weg darf. Das war mir aber egal, ich war ja immer noch schön voll.«

Flidschal: »Das hatte ich auch schon. Wenn ich zu früh auf einer Party zu viel getrunken habe, dann habe ich mich auch manchmal pennen gelegt. Das Doofe war dann meistens, dass ich wieder nüchtern war, wenn ich aufgewacht bin, und die anderen voll blau. So macht das Feiern auch keinen Spaß.«

Madl: »Bei mir ist es auch immer so schlimm, dass ich irgendwas Peinliches machen muss, wenn ich betrunken bin. Kennste das? Ich kann mich dann nicht zurückhalten und mache irgendwas, was ich am nächsten Tag total bereue.«

Flidschal: »Ich hab mal mit dichtem Kopf auf der Wiesn auf dem Tisch getanzt und mein Kleid hochgezogen. Drunter hatte ich nur eine weiße Unterhose an und ich glaube, jeder in dem Zelt hat mich gesehen und Fotos mit seinem Handy gemacht. Das war vor zwei Jahren und ich hab heute noch Angst, dass ich die irgendwann mal im Internet finde.«

Madl: »Mir ist es schon voll oft passiert, dass ich betrunken war und dann mit anderen Kerlen so geflirtet und rumgeknutscht und gefummelt habe. Ich weiß nicht – irgendwie werde ich dann halt immer so offen, wenn ich voll bin, und dann habe ich irgendwie das Bedürfnis, das zu machen. Ich finde das dann voll geil.«

Flidschal: »Okay, dann freue ich mich schon auf heute. Wie viel willst du denn trinken? Zwei Maß? Reichen dir die?«

Madl: »Bock hätte ich schon mal wieder auf eine richtig coole Party. Ich habe fünf Biermarken, aber fünf Maß schaffe ich definitiv nicht. Dreieinhalb Maß sind mein Wiesn-Rekord. Das war letztes Jahr. Danach konnte ich mich aber an nichts mehr erinnern. Das war auch so ein schlimmer Abend. Mal sehen, wie es heute so wird. Wenn wir viel Spaß haben, werde ich auch viel trinken. Boah, aber wenn du wieder anfängst, unter dem Tisch zu rauchen, werde ich voll sauer.«

Flidschal: »Das war vorgestern so lustig, als wir alle zusammen im Zelt waren. Was ist denn so schlimm daran, wenn ich mal schnell abtauche, um an der Zigarette zu ziehen?«

Madl: »Das ist voll peinlich, wenn du da so suchtmäßig zwischen unseren Beinen hockst und rechts und links die Rauchschwaden aufsteigen. Ich hab dich dann ja auch total viel mit meinen High Heels getreten. Aber du hast das irgendwie nicht gecheckt. Hattest du eigentlich blaue Flecken?«

Flidschal: »Ach, du warst das? Ich habe mich nur gewundert, weil ich schon mitbekommen habe, dass mich da jemand tritt. Ich hab dann immer versucht auszuweichen. Aber dafür war ich anscheinend auch schon zu breit – klar, wenn ich anfange, unter dem Tisch zu rauchen! Dafür hast du dich noch voll mit der Bedienung angelegt. Du wolltest die ja verprügeln und hast ständig mit einer Flasche nach ihr geschlagen.«

Madl: »Ja, stimmt. Das war die Fanta-Flasche, die ich mir mitgebracht hatte – zum Mixen. Die Scheißkellnerin hat mich blöde Schnepfe genannt. Nur weil ich ihr gesagt habe, dass ich die Preise auf dem Oktoberfest viel zu hoch finde. Ich liebe es zu pöbeln, wenn ich voll bin.«

Flidschal: »Ich hoffe, dass heute die Katrin nicht wieder ankommt. Die nervt immer voll. Wenn die sieht, dass ich was trinke, will sie mich immer davon abhalten und schimpft, dass ich schon wieder zu viel getankt hätte und sie das voll scheiße findet. Das bringt mich dann immer total runter.«

Madl: »Das finde ich ja bei euch so gut: Ihr lasst mich einfach saufen, so viel ich will, und feiert mit mir. Ich wäre echt genervt, wenn ihr immer versuchen würdet, mich vom Partymachen abzuhalten.«

Flidschal: »Klar! Ich meine, wenn du jetzt was total Peinliches machen würdest, wenn ich dabei bin, dann würde ich schon was sagen. Aber vom Saufen würde ich dich niemals abhalten.

Da muss jeder selbst wissen, wie viel er trinken will. Ich hab übrigens nach unserem letzten Besuch auf dem Oktoberfest noch bergeweise Asia Food eingekauft und mit nach Hause genommen: Krabbenchips, Frühlingsrollen, Thai Curry, Banane mit Honig. Dann habe ich mich vor den Fernseher gesetzt und konnte plötzlich nichts mehr essen, weil mir kotzübel war. Gut, dass meine Mama und meine Tante auch auf der Wiesn waren. Die sind eine halbe Stunde nach mir gekommen, natürlich auch voll blau, und hatten noch ziemlichen Hunger.«

WAGEN 7

SCHULE

»Bei unserer mündlichen Prüfung waren wir zu dritt. Wir saßen alle drei auf Stühlen nebeneinander und ich war die Letzte. Dann gab es immer eine Frage an die Erste. Wenn die sie nicht wusste, hat sie die Zweite bekommen. Und erst wenn die auch keine Ahnung hatte, habe ich sie gestellt bekommen. Echt super! Das heißt, ich hatte nur die Scheißfragen!«

»Bei so langweiligen Versuchen wäre es eigentlich ein gutes Zeichen an den Prof, sich demonstrativ einen Wecker auf den Tisch zu stellen, für den Fall, dass man einschläft.«

FREITAG, 18.46 UHR

Vier Frauen, circa 20 Jahre alt, unterhalten sich sehr laut. Sie haben zwei Flaschen Sekt dabei, die bereits halb leer getrunken sind. Mit jedem Schluck von der Prickelbrause steigt die Ausgelassenheit. Die vier erinnern an Carrie, Samantha, Charlotte und Miranda aus *Sex and the City*. Nicht, weil sie durch ihre modische Kleidung auffallen – eher das Gegenteil ist der Fall: Sie sehen aus, als würden sie gerade aus dem Büro kommen. Alle vier tragen möglichst neutrale Business-Outfits. Es sind die Haarfarben, die den Vergleich nahelegen. Eine Frau hat wie Carrie lange gelockte braune Haare, die sie offen trägt. Die zweite hat rote Haare wie Miranda, die auch kurz sind. Die dritte hat wie Samantha blonde Haare, die ihr bis zur Schulter gehen, und die vierte wie Charlotte schwarze Haare. Vier Frauen, vier Haarfarben, vier Frisuren, nur die Rollen sind etwas vertauscht: Charlotte und Miranda sind die Wortführerinnen und die engagierteren Flaschenleererinnen. Samantha und Carrie halten sich eher zurück.

Charlotte: »Die haben mir zum Glück gleich gesagt, dass ich bestanden habe. Aber ihr könnt euch nicht vorstellen, wie nervös ich war. Echt jetzt, ich war so durch. Ich hab gedacht, ich klappe gleich zusammen. Ja, ohne Witz. Die S-Bahn hatte heute Morgen auch noch voll Verspätung und ich bin erst 15 Minuten vor der Prüfung da gewesen. Das war voll knapp. Und dann kam der bekloppte Prüfer zu mir und sagte: ›Frau Weber, wollen Sie nicht jetzt gleich drankommen?‹ Und ich so: ›Nee! Ich hab ja noch 15 Minuten, und die brauche ich auch, um mich zu organisieren.‹ Und er: ›Die paar Minuten bringt Ihnen jetzt auch nichts mehr, wenn Sie nicht vorbereitet sind. Ich bringe Sie jetzt gleich nach hinten.‹«

Miranda: »Das ist ja voll dreist! Das können die doch nicht einfach machen!«

Charlotte: »Das Peinlichste war, wie ich die begrüßt habe. Ich habe gesagt: ›Hi! Ich bin die Charlotte.‹ Ich habe denen nicht die Hand gegeben oder Guten Tag gesagt. Das fanden die bestimmt voll unverschämt.«

Carrie: »Krass! Eigentlich hättest du natürlich freundlich ›Grüß Gott‹ sagen müssen und denen die Hand geben.«

Charlotte: »Ich habe gedacht, das kommt sympathischer und weniger förmlich rüber, nicht so altbacken. Deshalb ich so: ›Hi!‹«

Alle lachen. Charlotte nimmt einen großen Schluck aus der Sektflasche. Jeder, der schon mal Sekt aus der Flasche getrunken hat, weiß, dass das nicht ganz einfach ist. Und tatsächlich: Als sie die Flasche vom Mund nimmt, schäumt der Sekt lustig über ihre Bluse und den Blazer. Sofort riecht der gesamte Wagen danach. Die Freundinnen brechen erneut in lautes Gelächter aus.

Charlotte: »Mist! Die Bluse hatte ich mir extra für heute gekauft und Sektflecken gehen ja so schlecht raus. Ach egal, heute wird gefeiert und ich habe ja noch ein paar Sektflaschen Zeit zum Üben – oder, Mädels? Zurück zum Thema: Das mit der Begrüßung hatte ich also schon mal verkackt. Dabei hatten wir das sogar im Unterricht. Die haben uns genau erklärt, wie man sich vorstellen muss, was man sagen soll und was besser nicht. Was auch super war: Ich hab natürlich den Herren zuerst Hi gesagt und danach erst den Frauen. Na ja, als Frau darf man das vermutlich sogar.«

Miranda: »Klar! Hundertprozentig!«

Charlotte: »Nach dieser verunglückten Begrüßung ging es gleich superchaotisch weiter. Er so: ›Kommen wir zum ersten Themengebiet: Risikomanagement.‹ Und ich dachte mir so: Was ist jetzt noch mal Risikomanagement? Ich hatte voll den Blackout! Ist das jetzt dieses oder jenes? Und weil ich ja meine Klappe nicht halten kann und Zeit gewinnen wollte, habe ich halt gesagt: ›Entschuldigen Sie, ich habe Sie leider akustisch nicht verstanden.‹«

Alle lachen wieder. Carrie nimmt einen extragroßen Schluck aus der Flasche, setzt diese danach gekonnt ab und blickt zu Charlotte rüber. Dabei nickt sie leicht, so als wolle sie sagen: »Siehste, so geht das.« Daraufhin setzt auch Charlotte die Flasche an, nimmt drei, vier große Schlucke, setzt ebenfalls tadellos ab und lächelt Carrie an. Auch sie nickt dabei leicht mit dem Kopf und zwinkert ihr zu – à la »Baby, mach dich mal locker! Sekt habe ich schon getrunken, als du noch das Milchfläschchen bekommen hast.«. Ein stummes Schaumwein-Duell.

Samantha: »Dabei ist das doch echt einfach! Das hatten wir im ersten Lehrjahr.«

Charlotte: »Ich fand's voll unfair! Auf jeden Fall hatte ich dann 15 Minuten Zeit, denen das zu erklären, und die saßen mir gegenüber und haben sich einen gegrinst. Zum Glück hatte mein Chef mir im Vorgespräch schon gesagt, was ungefähr auf mich zukommt, deshalb hat mich die Situation nicht überrascht. Aber trotzdem war's voll dämlich! Ich habe denen dann irgendeinen Schwachsinn erzählt – aber offenbar so überzeugend, dass ich mir das selbst abgekauft hätte. Ja, und zum Schluss haben die sich kurz über die Prüfung unterhalten und einer ist dann aufgestanden, zu mir gekommen und hat gesagt: ›Ich gratuliere Ihnen, Sie haben bestanden.‹ Ich war voll perplex.«

Miranda: »Das ist ja krass. Und du hattest echt keine Ahnung? Oder sagst du das jetzt nur so?«

Charlotte: »Nein! Ich schwöre! Ich hatte absolut keinen Schimmer. Ich hab nur Blabla gemacht. Er hat ja auch nicht gesagt, dass ich das super oder außergewöhnlich gut gemacht hätte. Aber bestanden ist bestanden!«

Samantha: »Ja klar! Bestanden reicht!«

Miranda: »Bei unserer mündlichen Prüfung waren wir zu dritt. Wir saßen alle drei auf Stühlen nebeneinander und ich war die Letzte. Dann gab es immer eine Frage an die Erste. Wenn die sie nicht wusste, hat sie die Zweite bekommen. Und erst wenn die auch keine Ahnung hatte, habe ich sie gestellt bekommen. Echt super! Das heißt, ich hatte nur die Scheißfragen!«

Carrie: »Ich weiß noch genau: Ich hatte einen Prüfer, der hat mich immer ganz grantig angeschaut. Der war richtig dick, bestimmt 150 Kilo, und hat geschnauft wie Darth Vader – wisst ihr, der Fette aus *Star Wars*. Und dann war da noch so eine voll ätzende Frau. Die fand mich anscheinend total unsympathisch und hat mich von Anfang an total untergebuttert. Das war *so* schlimm. Und ich hab mir gedacht: Was für ein Scheißsystem ist das eigentlich?«

Charlotte: »Blöd ist nur, dass mein Arbeitsvertrag vermutlich nicht verlängert wird. Die haben keine Vollzeitstelle mehr frei. Und ich habe gerade voll den Partyurlaub auf Ibiza gebucht – viel zu teuer, jetzt, wo ich weiß, dass ich bald kein Geld mehr habe.«

MONTAG, 6.37 UHR

Zwei Frauen, circa 35 Jahre alt, fahren mit. Sie sind vermutlich Lehrerinnen. Die eine trägt einen Jeansrock, schwarze Lederstiefel, die bis übers Knie gehen, und eine weiße Bluse, deren obere drei Knöpfe geöffnet sind, was einen Blick auf ihr sehr pralles Dekolleté möglich macht. Die braunen Haare hat sie streng zurückgekämmt. Zwischen ihren Beinen steht eine schwarze Lederaktentasche. Rein äußerlich ist sie der Typ Lehrerin, den Cameron Diaz in *Bad Teacher* spielt: etwas schlampig, etwas zu zeigefreudig, sehr kumpelhaft. Nur dass sie definitiv keine Brustvergrößerung nötig hat.

Ihre Bekannte trägt eine schwarze Jeans, dazu ein blaues T-Shirt und braune Halbschuhe. Über dem Arm hat sie einen roten Rollkragenpullover. Ihre gelockten Haare gehen ihr bis zur Schulter. Sie hat eine braune Tasche dabei, die an etlichen Stellen stark abgewetzt ist. Sie ist eher Michelle Pfeiffer in *Dangerous Minds*: sportlich, durchtrainiert, mehr drahtig als kurvig.

Michelle: »Ich hab heute Abend absolut keine Lust auf den Termin in diesem Lokal. Das wird bestimmt ganz schlimm.«

Cameron: »Ich kenne das ehrlich gesagt überhaupt nicht.«

Michelle: »Das ist halt so ein Wirtshaus, in dem nur CSUler rumsitzen – extrem konservativ. Da würde ich privat niemals hingehen. Und dort sollen wir über die Schulpolitik debattieren. Echt seltsam!«

Beide lachen.

Cameron: »Tja, so ist das! Aber das wird ja sowieso nur wieder Blabla – wie vor zwei Wochen. Da war das Thema Ganztagsschule und sie haben immerhin zugegeben, dass sich die Partei erst seit ein paar Jahren ernsthaft damit beschäftigt. Das ist ja nun nichts Neues. Da waren andere viel früher und viel weiter. Dann haben sie sich natürlich noch ein bisschen selbst beweihräuchert, weil da jetzt viel Kohle und viel Engagement reingesteckt wird. Sie haben gesagt, dass sie eher die offenen Ganztagsschulen unterstützen wollen, weil sie den Eltern die Entscheidungsfreiheit lassen wollen, und das war's. Viel Rauch um nix halt, wie immer! Ach ja, ein wichtiger CSU-Politiker war auch da und hat eine Rede gehalten. Der war mal Vorsitzender der Bund-Länder-Kommission für Bildungsplanung. Das Krasse war: Er hat gesagt, dass wir nicht die Fehler machen sollen, die die Politiker seit 20 Jahren machen, nämlich nur über Finanzierbarkeit und Umsetzungsmöglichkeiten zu reden, sondern uns eher darum kümmern sollen, zu hinterfragen, was sinnvoll für die Kinder ist. Da hat er ja recht, aber die Finanzierungsmöglichkeiten sind uns von den Politikern in einem ganz klaren Rahmen aufgezeigt worden – das heißt, wir kommen gar nicht umhin, darüber zu sprechen. Da beißt sich die Maus in den Schwanz – oder wie das heißt.«

Während ihrer Ausführungen zupft sie ständig an sich herum. Man merkt, dass sie sich nicht sonderlich wohlfühlt in diesem schicken, sexy Outfit. Die Sachen scheinen ihr zu körperbetont zu sein, weshalb sie ständig am Stoff ihrer Bluse zieht, damit ihre Brüste nicht zu sehr betont werden. Und der Rock ist ihr offenbar zu kurz, weshalb sie ihn ständig nach unten zieht. Vermutlich hat sie sich nur so in Schale geworfen, weil sie am Abend diesen wichtigen Termin hat. Normalerweise trägt sie auch eher legere Kleidung wie ihre Kollegin.

Michelle: »Das stimmt – das sind immer nur viele schöne Worte, aber in der Praxis lässt sich nichts umsetzen. Ich war vergangene Woche in meiner alten Schule, also da, wo ich zuerst unterrichtet habe. Die hatten mich zum Klassentreffen eingeladen. Ganz im Ernst: Das ist ganz fürchterlich geworden. Der Schulhof sieht aus wie der Freigangbereich im Knast. Die haben eine fette Mauer drum herum gebaut, weil die Kleinen nicht auf die Straße hinauslaufen sollen. Und dann gibt's da tatsächlich einen Raum, ein altes Klassenzimmer, in den haben sie einen Kicker reingestellt und Schließfächer, sonst nichts. Das soll der Raum sein, in den sich die Kinder zurückziehen können, wenn sie mal Freistunden haben. Das kommt bei Ganztagsschulen ja auch vor, dass man mal zwei, drei Stunden frei hat am Nachmittag. Da habe ich mir gedacht: Wenn ich in diesem blöden Raum eingesperrt wäre, dann würde ich überhaupt nichts machen, höchstens ein bisschen kickern. Aber das auch nur, wenn mir sonst wirklich überhaupt nix anderes einfällt und ich unbedingt dableiben muss. Aber was Sinnvolles würde ich dort definitiv nicht machen. Es wird echt an allem gespart und der gute Wille, den man beim Einrichten dieses Raumes garantiert hatte, hilft da auch nicht mehr.«

DIENSTAG, 19.17 UHR

Eine Mutter, circa 40 Jahre alt, und ihr Sohn, etwa 15 Jahre alt, sitzen in der S-Bahn. Der Sohn ist extrem hip gekleidet. Er hat eine Baseballmütze mit dem Logo der New York Yankees auf. Das Sonnenschild ist allerdings nach oben geklappt. Auf der Unterseite befindet sich ein goldener Hologrammaufkleber. Das muss man heutzutage offenbar so tragen, um cool zu sein. Außerdem hat er ein T-Shirt von Ed Hardy an, auf dem ein Totenkopf und ein Herz zu sehen sind, beides im Tattoo-Stil. Dazu trägt er blaue Baggy Pants, die ihm – was ja in der Natur dieser Art Hosen liegt – viel zu groß sind und den Blick auf schwarze Boxershorts freigeben. Seine Füße stecken in braunen Sportschuhen.

In der Hand hält er ein iPhone, auf dem er ununterbrochen herumtippt. Er liegt mehr, als dass er sitzt. Die Beine hat er so ausgestreckt, dass seine Mutter, die ihm gegenübersitzt, keinen Platz mehr hat und deshalb ihre Füße unter den eigenen Sitz zwängen muss.

Mama hat ihren Sohnemann offensichtlich gerade von der Schule abgeholt. Sie ist aber nicht der Typ Supermutti und Hausfrau, eher alleinerziehende, berufstätige Mutter. Im Gegensatz zu ihrem Sohn hat sie keine Markenbekleidung an: eine rote Windjacke, eine beige Stoffhose, braune Halbschuhe und, obwohl es über 25 Grad sind, einen blauen Rollkragenpullover. Sie trägt eine Brille und ihre blonden Haare sind zu einem Pagenkopf geschnitten, der einen braunen Ansatz hat.

Im Moment scheint sie von ihrem Arbeitstag fix und fertig zu sein und liest ein Buch. Es ist tatsächlich so, dass sich Mutter und Sohn während des gesamten nun folgenden Dialogs nie ansehen. Der Junge tippt ununterbrochen auf seinem Handy herum, sie schaut ständig in ihr Buch. Es ist ein äußerst skurriles Schauspiel, das die beiden dem unbeteiligten Beobachter bieten.

Sohn: »Wenn der im Unterricht nicht drangenommen wird, rastet er immer total aus.«

Mutter: »Na ja, der ist halt ehrgeizig und will unbedingt zeigen, was er kann.«

Sohn: »Nee, der macht immer so Aufmerksamkeitstests. Ich sage ihm dann schon: ›Dennis, das interessiert keine Sau, was du da sagst!‹ Weil ich ja nur zwei Reihen weiter sitze und wenn du den jeden Tag sechs Stunden lang erlebst, wirst du ja blöd im Kopf. Also gut, manchmal haben wir noch Chemie dazwischen, da sitze ich woanders. Aber vier Stunden täglich haben wir schon gemeinsam im Klassenzimmer. Und der schwitzt auch noch total. Wenn's dann wie jetzt gerade so heiß ist und ich eh schon genervt bin – boah!«

Mutter: »Ja, aber dafür, dass er schlecht riecht, kann er ja auch nichts.«

Sohn: »Doch! Der tut ja nichts dagegen. Aber viel schlimmer ist sowieso, dass der ununterbrochen nur Blödsinn erzählt. Wie gesagt, ich steck ihm schon ständig: ›Dennis, dass interessiert einfach keinen!‹ Und manche sagen dann zu mir: ›Ja, richtig so!‹ Weil der halt so eigenartige Sachen von sich gibt. Zum Beispiel: Wenn der sich meldet und nicht aufgerufen wird, schnalzt er immer so mit der Zunge und sagt: ›Aaaaaaaaah!‹ Manchmal könnte man echt reintreten.«

Mutter: »Seltsam, dass seine Eltern nicht merken, dass da was nicht stimmt!«

Sohn: »Der schluckt auch irgendwelche Tabletten, fast jede Schulstunde. Was für welche, weiß ich aber nicht.«

Mutter: »So was Homöopathisches? Also, so Kügelchen? Oder was?«

Sohn: »Nein, so große, ovale, zweifarbige.«

Mutter: »Du meinst also, der nimmt härtere Sachen?«

Sohn: »Vielleicht Antidepressiva oder so was. Vielleicht nimmt der auch Drogen. Ist mir wurscht!«

Mutter: »Seine Mutter habe ich früher häufig in der S-Bahn getroffen. Aber jetzt nimmt sie immer eine Bahn früher.«

Sohn: »Will die keinen Kontakt mehr?«

Mutter: »Nein. Aber das finde ich nicht schlimm, die war sowieso irgendwie komisch.«

Sohn: »Ist ja süß! Vielleicht hat die den gleichen IQ wie ihr Sohn. Ist halt ein bisschen zurückgeblieben. Mich grüßt sie auch nicht mehr, wenn ich sie allein irgendwo sehe. Da kann ich aber auch gut drauf verzichten.«

Mutter: »Ist ja auch kein Wunder! Der Dennis wird daheim alles erzählen – so wie du. Nur halt seine Meinung. Und das wirft wahrscheinlich kein gutes Licht auf dich.«

Sohn: »Nur wenn er nicht die Wahrheit sagt. Das sind so Leute … Ach, vergiss es!«

Es folgt eine längere Pause.

Sohn: »Seine Frisur ist auch so schlimm. Die Haare sind lang und fettig. Und dann kämmt er sich die so ganz straff zurück und macht ein Gummiband drum. Halt total schrecklich! Und er geht jetzt immer ins Berufsinformationscenter.«

Mutter: »Wenn er sich vielleicht einen Job sucht, ist das doch gut! Vielleicht weiß er ja im Gegensatz zu dir schon, was er werden möchte.«

Sohn: »Also, zu mir hat er mal gesagt, dass er keine Ahnung hat, was er machen will. Ich hab neulich mal auf sein Facebook-Profil geschaut. Eigentlich hat er mich ja gesperrt, aber Göran war bei uns und dann hat *er* sich angemeldet und wir haben sein Profil angeschaut. Echt voll krass, was der schreibt – da wird dir schwindelig.«

Mutter: »Was denn?«

Sohn: »Der schreibt zum Beispiel, dass das Gefühl voll schlecht ist, wenn man weiß, dass man bei Mädchen, die man mag, keinen Stich kriegt! Boah! Einmal hat er geschrieben: ›Ich habe das Gefühl, es hat alles keinen Sinn mehr.‹ Ich glaube, der nimmt sich spätestens mit 30 das Leben – einfach so, weil es ihm Spaß macht.«

Mutter: »Sind da nicht auch Psychologen bei euch an der Schule? Die könnten ihm doch helfen!«

Sohn: »Klar! Die holen den ja auch immer.«

MITTWOCH, 14.48 UHR

Zwei junge Frauen, circa 23 Jahre alt, diskutieren freundschaftlich darüber, welche Stadt schöner ist: Berlin oder München. Und so unterschiedlich wie die Städte sind auch sie.

Die eine hat ein graues Schlabberhemd an. Die obersten vier Knöpfe sind offen und man sieht, dass sie darunter ein Herren-Feinrippunterhemd anhat. Es steckt nicht in der Hose und das Ende schaut unter dem Hemd hervor. Außerdem trägt sie eine braune Stoffhose, lila Chucks und auf der Nase eine schwarze Nerdbrille mit dickem Plastikgestell. Direkt neben ihrem Sitz steht eine große Sporttasche, die mit pinken, grünen und gelben Neonstreifen im Graffiti-Look bemalt ist.

Das zweite Mädchen hat eine rosa Bluse an, die fein säuberlich in einer blauen Jeans steckt. Sie trägt einen Gürtel, dessen silberne Schnalle blank geputzt ist. Ihre Füße stecken in dunkelbraunen Bootsschuhen. Auch neben ihrem Sitz steht Reisegepäck – eine große schwarze Ledertasche.

Berlin: »Ich bin ja eher Berlin- als München-Fan. Also, München ist zwar voll gemütlich – mit den ganzen Biergärten und viel Grün und so. Man kann schnell mal joggen gehen und ist trotzdem noch mitten in der Stadt. Aber Berlin ist cooler. Klar gibt's da auch viele hässliche Ecken, aber ich mag halt diesen Stil, dieses ›Alt wird auf Neu gemacht‹, und die ganzen Fabriken, die zu Wohnungen umgebaut werden. Das ist einfach alles extrem stylish.«

München: »Ich mag Berlin nicht so. Ich war zwar bisher erst einmal da, und das auch nur für eine Woche, aber mir war das zu groß, zu unübersichtlich und zu dreckig.«

Berlin: »Ich hab ja zwei Jahre lang dort studiert. Das war eine wahnsinnig coole Zeit. München ist so eine Zuckerguss-Stadt. Alles ist schön. Alles ist sauber. Eigentlich ist man überall sicher und braucht sich nicht groß Gedanken über zwielichtige Gestalten zu machen, wenn man abends weggeht. Es gibt kaum Graffiti an den Wänden und sogar die S- und U-Bahnen sind sauber und ordentlich. Die spielen hier am liebsten Blasmusik und ziehen Lederhosen an. Das sagt doch eigentlich schon alles. Berlin ist da viel rauer und kantiger. Da passiert voll viel und alle sind sehr kreativ. Ich habe damals eine WG gesucht – es war ja das erste Mal, dass ich von zu Hause weg war. Bye-bye Kinderzimmer, hallo wirkliche Welt! Und schon nach kurzer Zeit habe ich meine Ansprüche sehr zurückgeschraubt. Mögliche Mitbewohner hatte ich in drei Kategorien eingeteilt: A wie akzeptabel, B wie bedenklich und C wie chaotisch. Eigentlich wollte ich nur eine WG, die ohne Probleme ein A von mir bekommen hätte. Das war dann schwieriger als gedacht. Letztendlich bin ich in eine B-WG eingezogen.«

München: »Das Problem hatte ich hier nie. Ich studiere ja seit dem ersten Semester hier. So richtig schlimme Zustände habe ich nicht erlebt oder gesehen. Ich hatte eher das Problem, hier eine bezahlbare WG zu finden. Ich komme ja sogar aus dem Umland, aber zum täglichen Pendeln ist es dann doch zu weit. Außerdem wollte ich auch unbedingt ausziehen. Dann bin ich in einer WG gelandet, die viel zu teuer war. Wir waren drei Frauen. Jede hatte ein 15-Quadratmeter-Zimmer, dazu kamen die kleine gemeinsame Küche und ein kleines Bad. Bezahlt haben wir 550 Euro – pro Person. Da bin ich dann schnell wieder raus. Hier weg will ich aber trotzdem nicht. Ich mag den Zuckerguss halt! Apropos: Ich habe voll Hunger. Jetzt ein schönes Schokoladencroissant und einen Caffè Latte, das wäre gut!«

Berlin: »Ich hätte mehr Lust auf Red Bull und eine schöne Zigarette. Das wäre jetzt genau das Richtige. Siehste! Ich bin halt doch eher die Berliner Göre.«

Beide lachen laut.

Berlin: »Aber ich fühle mich schon wohl in München. Keine Angst, ich gehe so schnell nicht weg. Und Berlin bleibt mir ja erhalten, weil meine Schwester gerade dorthin zieht. Die wollte da auch unbedingt hin, weil ich ihr immer so vorgeschwärmt habe, und jetzt hat's geklappt. Zum Wintersemester fängt sie an. Sie hat sich gerade mit zwei Freunden eine Wohnung gemietet, zu einem Spottpreis: Altbau, extrem hohe Räume mit Stuck an der Decke – wie in einem Schloss. Sie haben drei Zimmer, also jeder eins. Die sind superschön und groß, so 25 Quadratmeter, schätze ich. Außerdem natürlich noch ein Bad und eine riesige Wohnküche mit Balkon dran. Und sie zahlt 100 Euro warm. Also nix mit 550 Euro und Mini-Zimmer wie bei dir!«

München: »Das gibt's doch nicht – warum ist das denn so billig? Man denkt doch immer, in der Hauptstadt muss es voll teuer sein.«

Berlin: »Keine Ahnung! Das war aber schon so, als ich noch da gewohnt habe. Echt geile Hütten für einen Spottpreis! Ich glaube, Köln, München und Düsseldorf sind die teuersten Städte in Deutschland, was den Wohnraum betrifft.«

München: »Glaube ich auch. Ich meine, ich will nicht meckern. Jetzt zahle ich 260 Euro für ein 16-Quadratmeter-

Zimmer. Aber verglichen mit dem, was du gerade erzählt hast, ist das ja völlig überteuert. Echt deprimierend! Mein Bruder fängt zum kommenden Sommersemester auch hier in München an zu studieren. Und er hat jetzt beschlossen, zu Hause wohnen zu bleiben und zu pendeln. Weil ihm das hier einfach viel zu teuer ist. Das sind jeden Tag anderthalb Stunden mit dem Zug hin und am Abend wieder zurück. Aber bei meinen Eltern ist das Wohnen halt kostenlos.«

Berlin: »Echt? Das hätte ich ja nie gemacht! Ich komme aus Mannheim und bei uns wollten alle nach dem Schulabschluss einfach nur weg, egal was es kostet. Da war Berlin dann der totale Kulturschock, ein echter Flash. Aber ich hatte natürlich auch immer noch den Notanker: Mama und Papa. Wenn das Geld knapp war, weil ich mal wieder schlecht gehaushaltet hatte, hab ich angerufen und sie haben mir was überwiesen.«

München: »Das können meine Eltern leider nicht. Dafür habe ich bis vor zwei Monaten noch immer meine Dreckwäsche nach Hause gebracht und Mama hat sie gewaschen und gebügelt. Das mache ich jetzt aber nicht mehr. Irgendwann muss ich das ja schließlich auch selbst lernen.«

DIENSTAG, 7.15 UHR

Drei junge Männer, circa 25 Jahre alt, sitzen in der Bahn. Sie sind vermutlich Informatikstudenten und scheinen sich auf eine Klausur vorzubereiten, denn sie haben ihre Mappen mit vielen Formeln und Zahlen vor sich auf dem Schoß liegen und blicken gelangweilt hinein.

Einer von ihnen hat schulterlange braune Haare, die er mit einem roten Haargummi zusammengebunden hat. Er trägt einen blauen Kapuzenpullover, auf dessen Vorderseite ein Wolf mit weit aufgerissenem Maul zu sehen ist.

Der Student neben ihm hat ein graues Hemd an, das aus seiner grünen Jeans hängt, dazu blaue Stoff-Sneakers. Seine Haare sind blond, zum Seitenscheitel gekämmt und gehen ihm bis knapp über die Ohren. Neben ihm steht ein schwarzer Rucksack, der offen ist. Ganz oben liegt ein Buch, daneben zwei Dosen Red Bull, eine Packung Zigaretten und zwei Milchschnitten, außerdem eine Literflasche Cola.

Der Dritte im Bunde sitzt den beiden gegenüber. Er hat ein grünes T-Shirt an, auf dem zwei Panzer zu sehen sind, die sich Rohr an Rohr gegenüberstehen. Darunter ist zu lesen: »Bis einer weint!« Außerdem trägt er eine blaue Jeans, die ihm etwas zu kurz ist und schon an den Knöcheln endet, sowie weiße Stoffschuhe. Seine schwarze Hornbrille hat extrem dicke Gläser, die seine Augen stark vergrößern. Er hat blonde Locken und seine Frisur ist ein echter Klassiker: Vokuhila, also vorn kurz, hinten lang – wie Rudi Völler in den 1980er-Jahren.

Die drei sind wie aus dem Film *Wayne's World* entsprungen, mit dem Mike Meyers seinen großen Durchbruch hatte. Die Charaktere im Film heißen Wayne und Garth – und weil wir hier drei etwas nerdige und weltfremde Hauptfiguren brauchen, erfinden wir einfach noch den Kumpel Al hinzu, der im Film nicht vorkam.

Wayne schaut mit einem Blick, der erahnen lässt, dass sein Tagesmotto »Such dir dein Opfer aus« lautet, von seinen Unterlagen auf.

Garth steckt seine Mappe in die Tasche: »Ich bin fertig. Was ich jetzt noch nicht kann, lerne ich sowieso nicht mehr. Und zum Entspannen haben wir ja erst mal Atomphysik. Das Schöne an dem Fach ist, dass alle Versuche am Computer durchgeführt werden müssen. Da kann man dann unbemerkt vom Prof ein bisschen ballern.«

Alle drei lachen laut.

Wayne: »Ganz genau – und keiner rafft es. Du musst nur das Programm hinterher wieder vom Computer löschen und das war's.«

Al blättert noch in der Mappe.

Dann blickt er plötzlich hoch.

Al: »Das sind ja nur zwei Aufgaben, oder?«

Wayne: »Nein, drei!«

Garth: »Zwei stimmt schon. Die dritte ist nur die Wiederholung der zweiten.«

Al: »Und die erste Aufgabe besteht ja nur darin, das Gerät aufzubauen, oder?«

Garth: »Stimmt! Das ist also eigentlich nur ein Versuch. Boah, voll anstrengend!«

Al: »Ich habe vorgestern noch in einem Forum im Netz nachgeschaut. Die haben vermutet, dass wir einen Bug finden müssen. Vermutlich einen, der das Netz instabil macht. Dann sollen wir Verbesserungen vornehmen. Ist also alles extrem easy.«

Wayne: »Und immer merken: Wenn das Programm abstürzt, erst mal fest gegen den Computer treten. Es kann ja auch an der Hardware liegen.«

Er greift sich wieder seine Unterlagen und schaut interessiert rein.

Wayne: »Das ist tatsächlich genau derselbe Scheiß! Versuch 2 und 3 sind echt identisch.«

Al: »Der einzige Unterschied ist, dass am Ende eine andere Tabelle rauskommt, weil andere Zahlen drinstehen. Sonst ist alles gleich. Ich glaube, ihr müsst heute bei mir hauptsächlich darauf achten, dass ich nicht einschlafe.«

Wayne: »Und wenn doch, dass du ein schön kuscheliges Kissen hast – damit es nicht so laut knallt, wenn der Kopf auf dem Tisch aufschlägt.«

Garth: »Bei so langweiligen Versuchen wäre es eigentlich ein gutes Zeichen an den Prof, sich demonstrativ einen Wecker auf den Tisch zu stellen, für den Fall, dass man einschläft.«

Wayne: »Dann sollte man sich aber auch ein Schild vorn auf den Tisch stellen: ›Bitte nicht stören, bin pünktlich zum nächsten Versuch wieder wach!‹ So hat man immer circa 40 Minuten Zeit, mal die Augen zuzumachen – ein super Nickerchen. Das ist dann eine Vorlesung, die zur Abwechslung mal richtig was bringt.«

In dem Moment steigt eine junge Frau ein. Sie ist circa 20 Jahre alt und sehr hübsch: lange blonde Haare, strahlend blaue Augen. Unter ihrem hautengen weißen T-Shirt zeichnet sich ein rosafarbener BH ab. Dazu trägt sie Jeans-Hotpants, die waffenscheinpflichtig kurz sind, und schwarze High Heels an den nackten Füßen. Sie ist wie die Traumfrau Cassandra, die in *Wayne's World* von Tia Carrere gespielt wird.

Die drei Studenten starren sie an und bekommen glänzende Augen. Leise Kommentare wie »Boah!«, »Alter!« oder »Wie krass ist die denn!« sind zu hören. Es herrscht einvernehmliche Begeisterung.

Cassandra hat einen extrem schweren Koffer dabei, den sie nur mit größter Mühe von der Stelle bekommt. Nun müssten die Jungs eigentlich etwas tun, aufstehen und ihre Hilfe anbieten zum Beispiel.

Denn die Traumfrau müht sich wirklich damit ab, den großen Koffer über die Lücke zwischen Bahnsteig und S-Bahn zu hieven. Sie stöhnt und schimpft: »Mist! Wer lässt sich denn so was einfallen?« Mit anderen Worten: Sie würde sich über die Hilfe von starken Männern definitiv freuen. Und was machen die drei Helden? Lästern!

Al: »Das ist doch typisch Frau! Als Mann würde man den Koffer nie so schwer machen, dass man ihn nicht mehr tragen kann. Du würdest dir doch niemals die Blöße geben, jemand anderen zu bitten, dir den Koffer zu tragen.«

Wayne: »Ich hatte mal eine Freundin, die war genau so. Wir wollten zusammen in den Urlaub. Ich hatte mir extra noch einen Koffer mit Rollen besorgt, damit ich ihn nicht ständig tragen muss, sondern ihn schön bequem ziehen kann. Dann habe ich ihn so gepackt, dass er nicht zu schwer war. Für 14 Tage Türkei braucht man ja auch nicht *so* viel. Am nächsten Morgen kam meine Freundin vorbei, um mit mir zum Flughafen zu fahren. Sie hat ihren Koffer schon nicht mehr aus dem Kofferraum des Taxis bekommen. ›Schatz, hilfst du mir mal?‹, hat sie bloß geflötet. Aber das war ein richtig großer Schalenkoffer. Der war unfassbar schwer, 43 Kilo, haben die am Check-in gesagt, und er hatte natürlich keine Rollen. Meine Freundin hatte für den Urlaub ihren kompletten Hausstand in einen Koffer gepackt und das Ende vom Lied war, dass ich ihren schweren Koffer am Hals hatte und sie schön gemütlich mit meinem durch die Gegend gerollert ist. Typisch Frau halt!«

Mensch, Jungs, los! Auf geht's, helfen! Ran an die Traumfrau! Spätestens seit *Wayne's World* wissen wir schließlich, dass am Ende nicht immer der Schönling siegt; manchmal bekommt auch der Nerd die Traumfrau.

Wichtigste Voraussetzung: Er muss das Richtige tun. Diesbezüglich versagen die drei aber auf der ganzen Linie. Mittlerweile hat die Frau es nämlich allein in die S-Bahn geschafft und zieht mit dem Koffer von dannen.

Doch die Jungs trauern der blonden Dame nicht hinterher. Sie haben vermutlich nicht einmal erkannt, welche Möglichkeit sich ihnen da eben geboten hatte, vom Nerd zum Gentleman zu werden. Ganz im Gegenteil: Sie lästern munter weiter. Dann stehen sie auf.

Garth: »Also, auf in den Kampf gegen die Müdigkeit! Habt ihr heute Abend schon was vor? Wollen wir uns bei mir zum Daddeln treffen?«

Mit diesen Worten steigen sie aus.

STARKES GIFT
Lolita-Affäre ruiniert CDU-Chef seine Karriere!

WAGEN 8

TAGESTHEMEN

»Ich kann den Typen verstehen! Mal ganz im Ernst: Wenn wir eine 16-Jährige haben könnten, die uns auch noch gefällt, wir würden doch nicht Nein sagen! Obwohl wir alle drei verheiratet sind und sooo glücklich in unseren Beziehungen.«

»Der Typ ist echt unfassbar! Klaut sich seine Doktorarbeit zusammen und tut dann so, als hätten ihn die anderen halb getötet. Armer Karl Otto von und zu Dingenskirchen!«

Ein paar Versuche, selbst Themen zu setzen, habe ich auch unternommen. Sie waren aber nicht von großem Erfolg gekrönt. Das Prozedere war immer das gleiche: Ich wollte nicht aktiv in das Gespräch eingreifen, sondern habe mir demonstrativ eine Zeitung oder Zeitschrift vor die Nase gehalten. Die Schlagzeile, über die meine Mitfahrenden sprechen sollten, war auf der anderen Seite, sodass sie kaum eine Chance hatten, an ihr vorbeizuschauen. Viele ignorierten meine Versuche leider einfach. Bei einigen hatte ich aber Glück.

DIENSTAG, 18.59 UHR

Drei Männer, circa Mitte 30, fahren mit. Alle drei tragen einen Anzug, ein weißes Hemd und eine Krawatte, dazu schwarze Halbschuhe. Auf dem Schoß haben sie schwarze Aktentaschen. Hätten sie nicht unterschiedliche Haarfarben, könnte man sie für Drillinge halten, die von der Mama in die gleichen Klamotten gesteckt wurden. Wie sie so dasitzen, erinnern sie stark an Geldeintreiber der Mafia. Vermutlich sind es Banker.

Meine Schlagzeile lautet: »Starkes Gift – Mit Lolita-Affäre ruiniert CDU-Chef Boetticher seine Karriere!«*

Die beiden mir gegenüber sitzenden Männer schauen sofort interessiert darauf. Sie beugen sich fast synchron vor, stützen die Ellenbogen auf die Oberschenkel und beginnen zu lesen.

Al Capone: »Ich kann den Typen verstehen! Mal ganz im Ernst: Wenn wir eine 16-Jährige haben könnten, die uns auch noch gefällt, wir würden doch nicht Nein sagen! Obwohl wir alle drei verheiratet sind und sooo glücklich in unseren Beziehungen.«

** Quelle: Spiegel Nr. 34/2011*

Bei »so« macht er eine übertriebene Handbewegung, wie der Papst sie immer macht, wenn er sich den wartenden Menschen auf dem Petersplatz zeigt. Und er spricht das Wort extra langgezogen und ironisch aus.

Scarface: »Na ja, 16 ist schon echt jung. Und die war ja eigentlich erst 15, als die sich kennengelernt haben. Der hat sich also in eine 15-Jährige verliebt – mit 39. Puh! Also ganz im Ernst: Das wäre mir zu jung.«

Don Vito Corleone, der neben mir sitzt und die Schlagzeile nicht gelesen hat, beugt sich vor: »Schau mal nach links, neben mir!«

Er zwinkert mit einem Auge.

Neben ihm sitzen zwei junge Mädchen in sehr kurzen Hotpants und engen Tanktops. Die Bezeichnung »sexy« wäre eine eindeutige Verharmlosung ihres Aufzugs. Beide sind vermutlich nicht älter als 15, sehen aber schon sehr fraulich aus.

Scarface: »Okay, okay! Ich kann rein theoretisch natürlich schon verstehen, wie man bei einer 15-Jährigen schwach werden kann.«

Alle drei lachen sehr laut und unangenehm. Al Capone haut Don Vito Corleone auf die Schenkel. Sie benehmen sich wie drei Grundschüler, die sich gerade ihren ersten Sexwitz erzählt haben und sich sehr cool dabei vorkommen.

Al Capone: »Die Mädchen sind heute irgendwie schon viel reifer als früher. Ich weiß noch ganz genau: Als ich 15 war, kamen gleichaltrige Mädchen für mich absolut nicht infrage. Die waren meistens flach wie Bretter und völlig unsexy. Aber heute ...!«

Er blinzelt vielsagend zu den Nachbarmädchen hinüber.

Scarface: »Trotzdem finde ich es richtig, dass der Boetticher nicht mehr im Amt ist. Irgendwie gehört sich das nicht, das hat schon einen schalen Beigeschmack. Die ist ja immer noch ein Kind – auch wenn sie wie eine Frau aussieht. Außerdem verbaut die sich ihr ganzes Leben, wenn sie sich mit so einem alten Sack einlässt. Gerade die Jahre zwischen 16 und 30 sind doch super! Abi machen, studieren, feiern, mit verschiedenen Jungs rummachen. Das ist total prägend. Stattdessen würde sie die steife Hannelore an der Seite eines alten Mannes geben, bei Stehempfängen der Lokalgrößen rumhängen und immer lächeln, auch wenn ihr mehr nach Gähnen zumute ist! Außerdem würde ich den von Dingenskirchen ganz sicher aus meinem Haus prügeln, wenn der ankäme und mir mitteilen würde, dass ich jetzt sein Schwiegerpapa bin. Boah, nee! Das will ich mir gar nicht vorstellen.«

Al Capone: »Okay, okay, die Spaßbremse ist wieder unterwegs. Ich sehe das anders. Da kommt so eine Lolita auf dich zu, mit allem dran, was eine Frau so braucht: große Brüste, lange Beine, enge Klamotten. Die spricht dich an und macht dir schöne Augen. Und peng …«

Er schnippt mit den Fingern.

Al Capone: »… triffst du dich mit ihr. Dann erfährst du, dass sie 16 Jahre alt ist. Du bist aber schon scharf wie Nachbars Lumpi; alles Blut ist aus dem Kopf raus und hält sich in anderen Körperregionen auf. Du weißt, es ist legal, und du hast die Möglichkeit. Ich würde es machen. Da würde ich gar nicht zweimal drüber nachdenken.«

Don Vito Corleone: »Meine Tochter ist ja erst fünf Jahre alt. Aber ganz ehrlich: Wenn die in zehn Jahren mit einem 39-Jährigen um die Ecke kommt – den mähe ich direkt um! Irgendwie ist mir jetzt sogar der Spaß an den Damen neben mir vergangen.«

DIENSTAG, 14.33 UHR

Zwei Frauen und ein Mann sitzen mit mir in der Bahn. Die eine Frau ist etwa 20 Jahre alt. Sie trägt blaue Jeans, ein rosafarbenes

Poloshirt und hochhackige braune Schuhe. Ihre blonden Haare sind zu einem Pagenkopf geschnitten. Sie sieht Reese Witherspoon extrem ähnlich.

Ihre Bekannte ist circa 40 Jahre alt. Sie hat ein braunes Etuikleid, blickdichte braune Strumpfhosen und eine blaue Jacke an. Ihre Haare sind im Amy-Winehouse-Stil zum Vogelnest hochgesteckt.

Der Mann ist circa 35 Jahre alt, trägt schwarze Halbschuhe, eine blaue Anzughose und ein kurzärmliges weißes Hemd, das über der Hose hängt. Seine Haare hat er zu einer Elvis-Tolle gestylt.

Meine Schlagzeile lautet: »Guttenberg – der Rücktritt! Er war an der Grenze seiner Kraft!«*

Reese: »Ich lach mich tot!«

Amy: »Was ist los?«

Reese nickt in Richtung meiner Zeitung. Elvis und Amy gukken neugierig und fangen dann auch an zu lachen. Alle drei schauen mich entschuldigend an.

Reese: »Der Typ ist echt unfassbar! Klaut sich seine Doktorarbeit zusammen und tut dann so, als hätten ihn die anderen halb getötet. Armer Karl Otto von und zu Dingenskirchen!«

Elvis: »Tja, jetzt sehen die Adeligen mal, dass ihnen nicht mehr alles zufällt. Früher konnten die sich ja alles erlauben – heutzutage glücklicherweise nicht mehr. Der ist schon aufgrund seiner Herkunft auf der Sonnenseite des Lebens und heult jetzt rum, weil man ihn beim Abschreiben erwischt hat. Hilfe! Wo leben wir denn?«

Reese: »Aber ganz im Ernst: Irgendwie finde ich es sehr schön, dass der jetzt so rumheult. Damit macht er sich ganz wundervoll zum Affen. Stellt euch mal vor, der hätte das alles

* *Quelle: Bild, 1. März 2011*

wie ein Mann ertragen, so aufrecht und ehrlich meine ich: Ja, ich habe Blödsinn gemacht. Ja, ich ziehe die Konsequenzen. Ja, das war alles vollkommen falsch von mir. Ende, aus, Abgang, KT! Dann hätte ich vielleicht gesagt: Respekt – der Mann kann's, vor dem ziehe ich den Hut. Aber so? Einfach nur lächerlich!«

Amy: »Außerdem ist es doch toll, dass die perfekte KT-Welt jetzt in sich zusammenbricht. Der adelige Schlossherr mit den 500 Namen. Seine Frau ist eine ach so tolle, wunderschöne Superblondine. Er hat zwei megatolle Kinder und ist trotzdem noch unfassbar erfolgreich mit steiler Karriere. Wenn ich so etwas lese, denke ich mir sowieso immer, dass das nicht sein kann. Und dann freut man sich halt wie ein Schnitzel, wenn es auch noch bestätigt wird!«

Alle drei lachen.

Elvis: »Dem möchte man ein gepflegtes ›Heul doch!‹ entgegenrufen! Ich kenne viele Paare, die während des Studiums Kinder bekommen haben. Bei denen musste auch einer nach den Vorlesungen noch arbeiten und nachts wurde gelernt und die Arbeiten geschrieben. Das ist Stress pur und extrem aufwendig, aber Karlchen hatte es diesbezüglich ja nicht besonders schwer. Ganz im Gegenteil – er musste sich in dieser Situation nicht auch noch Gedanken um das Finanzielle machen. Da war er ja abgesichert!«

Amy: »Hoffentlich vergessen die Menschen das nicht so schnell. Wenn der in ein paar Jahren wieder auf der politischen Bühne auftaucht und dann das super Comeback hinlegt, wandere ich aus. Bis dahin hat er sich vermutlich bis zum Professor hochgeschummelt!«

Mit diesen Worten steigen die drei aus.

Nachwort

ENDSTATION

Am Ende meiner literarischen S-Bahn-Fahrt muss ich zu meiner Überraschung feststellen, dass die Menschen unterwegs weniger über das große politische Weltgeschehen und auch selten über tagesaktuelle Nachrichten oder Ereignisse wie Katastrophen, Sportergebnisse und sonstige Entwicklungen sprechen. Was sie wirklich beschäftigt, sind ihre Arbeit, Liebe, Lust und Leidenschaft in sämtlichen Formen sowie das Feiern, ganz triviale Dinge also, Alltägliches. Geht man nun davon aus, dass meine Anfangsfeststellung stimmt, nämlich dass die Menschen in der S-Bahn über das sprechen, was Deutschland wirklich bewegt, dann muss man sagen, dass die persönlichen Dinge, die eigenen Probleme, die täglichen Sorgen und Nöte das sind, was eigentlich zählt, was uns antreibt und beschäftigt.

Auch einige weitere Feststellungen konnte ich machen: Ja, Frauen reden definitiv mehr als Männer. Ich habe Hunderte Pärchen beobachtet, bei denen sie bereits morgens um 6 Uhr ohne Unterbrechung auf ihn einquatschte. Die Antworten auf den Redeschwall waren meist ein müdes »Mmh!« oder ein genervtes

»Ja!«. Wobei Reaktionen auch nicht unbedingt erwartet wurden. Die Männer hingegen scheinen das starke Bedürfnis zu haben, ihre Wortreserven zu schützen. In einem geistigen Fort Knox sollen sie offenbar so lange wie möglich bewahrt werden. Was besser ist, muss jeder selbst entscheiden.

Festzustellen bleibt außerdem, dass Frauen sich definitiv mehr Gedanken darüber machen, wie sie sich in der Öffentlichkeit präsentieren. Erschreckend viele Männer wählen noch immer den »Kariertes Hemd zu Jeanshose«-Look! »Hauptsache bequem und nicht zu aufwendig« scheint ihr Motto zu sein. Die Frauen dagegen putzen sich eher raus. Mit viel Liebe, bunten Accessoires und originellen Ideen bei der Zusammenstellung der Outfits versuchen sie, aus der Masse herauszustechen. Das geht natürlich manchmal mächtig daneben, aber selbst der Versuch, sich für den Tag zurechtzumachen, ist meiner Meinung nach mehr wert als das langweilige Grau in Grau der meisten Männer.

Ebenfalls festzustellen bleibt auch, dass Nike die mit großem Abstand beliebteste Turnschuhmarke der Menschen ist, die mit mir S-Bahn gefahren sind. Ich habe mal fünf Tage lang weniger auf die Gespräche und mehr auf die Fußbekleidung meiner Mitreisenden geachtet und bin auf sagenhafte 961 Nike-Träger gekommen. Auf Platz 2 und 3 folgen Puma (695) und Adidas (643). Dicht gefolgt von Converse Chucks, die bei immerhin 586 Trägern liegen. Allerdings sind Turnschuhe nicht die beliebtesten Schuhe. Auf Platz 1 ganz klar: der braune Halbschuh bei Männern und High Heels bei Frauen. Hier habe ich irgendwann das Zählen aufgegeben. Es waren einfach zu viele.

Überraschend fand ich die Tatsache, dass digitale Bücher mehr und mehr das gedruckte Wort ablösen. Mittlerweile nutzt mindestens ein Drittel der S-Bahn-Leser Kindle und Co. Doch natürlich werden auch weiterhin Bücher, Zeitungen und Zeitschriften gelesen.

Ein Phänomen, dem ich in der S-Bahn überproportional häufig begegnet bin, waren »lustige« T-Shirt-Sprüche. Dass es überhaupt noch Menschen gibt, die sich mit diesen bedruckten Peinlichkeiten auf die Straße trauen, war mir nicht bewusst. In den Innenstädten sieht man sie meiner Meinung nach kaum noch – in der S-Bahn dagegen geballt. Die meiner Meinung nach dümmsten Sprüche: »Trübsal ist nicht das Einzige, was man blasen kann!«, »Sind Engel Geflügel?«, »Dort Mund« mit einem Pfeil nach unten, »Wenn ich nicht mehr ansprechbar bin, bitte hier Bier einfüllen« mit einem Pfeil nach oben, »Bier formte diesen schönen Körper!«, »Ich bin nicht tot, ich rieche nur komisch!«. Ich habe mir 53 weitere sehr dämliche Sprüche notiert, die erspare ich uns hier aber.

Mein Fazit: S-Bahn-Fahren ist viel unterhaltsamer als sein Ruf – vor allem, wenn man es mit offenen Augen und Ohren tut. Trotzdem werde ich mir, wenn sich dieses Buch gut verkauft, vielleicht ein gebrauchtes Auto zulegen und zukünftig die Schienen gegen die Straße eintauschen. Dadurch spare ich nämlich 20 Minuten pro Weg. Aber bis es so weit ist, fahre ich weiter mit der Bahn.

DER AUTOR

Christof Dörr wurde 1972 in Kassel geboren. Er studierte Rechtswissenschaften in Marburg und arbeitete nebenher als freier Journalist. Nach Stationen bei *SAT.1* und *FOCUS TV* ist er heute Chef vom Dienst in der Redaktion des ProSieben-Magazins *taff*. Seit der Geburt seiner Zwillingstöchter Matilda und Carlotta lebt er in einem Vorort von München und fährt täglich zwei Stunden Zug.

Christof Dörr
»NÖ, DU STÖRST NICHT,
ICH BIN GERADE IN DER BAHN!«
Die tägliche Talkshow auf Schienen:
Eine Hommage an alle Liebesleben-Besprecher,
Unterwegs-Skyper und Auf-Lautsprecher-Steller

ISBN 978-3-86265-215-0

Lektorat: Carolin Stanneck | Illustrationen: Jana Moskito

KATALOG
Wir senden Ihnen gern kostenlos unseren Katalog.
Schwarzkopf & Schwarzkopf Verlag GmbH
Kastanienallee 32, 10435 Berlin
Telefon: 030 – 44 33 63 00
Fax: 030 – 44 33 63 044

INTERNET | E-MAIL
www.schwarzkopf-schwarzkopf.de
info@schwarzkopf-schwarzkopf.de